La Cite des Sang-Pur

Tome 1 : D'Ombre et de Poussiere

La Cite des Sang-Pur

Tome 1 : D'Ombre et de Poussiere

Lucille Chaponnay

/!\ TW (Trigger Warning) : Ce livre contient des scènes de violence explicites. Il est déconseillé à un public sensible.

Édité par Lucille Chaponnay
Imprimé par Amazon
ISBN : 9798600867420
Dépôt légal : Février 2020
Prix : 14,90€

A Pierre qui, grâce à ses livres
m'a ouvert la Voie.
Sans lui, ce livre n'existerait pas.

Les lignees de Sang-Pur

Corporels

Médecin
Transformateur
Liseur
Gardien de la Purification

Sensitifs

Nez
Bouche
Œil
Oreille
Main

Elementaires

Terre
Vague
Souffle
Flamme

Invisibles

Ombre
Lumière

- CHAPITRE 1 -

Elle s'était faufilée dans l'armoire de ses parents, un couteau à la main. Normalement, elle ne prenait pas peur quand ses parents recevaient des "invités". Elle avait même l'habitude des cris, de la souffrance et des longues négociations. Mais ce soir-là était particulier, elle l'avait perçu. Elle sentait ces choses-là. Les personnes qui étaient venues n'étaient pas comme les autres. Elles avaient soif de sang.

La fillette avait tenté de le leur expliquer, mais ses parents ne l'avaient pas écoutée. Ils lui avaient dit qu'elle était trop petite pour comprendre, qu'ils n'étaient pas différents des autres. Comprenant qu'elle ne pourrait pas les sauver – comment le pourrait-elle, du haut de ses dix ans et armée d'un unique petit couteau ? – elle était montée à l'étage, avait récupéré son sac de survie dans ce qu'ils appelaient sa chambre et ouvert la fenêtre du couloir pour faire croire à une escapade, puis s'était réfugiée dans l'armoire de ses parents. Elle en connaissait les moindres recoins, à force d'y être punie. Elle y avait trouvé la petite cache, si étroite qu'elle était invisible depuis l'extérieur. Au cas où, elle pourrait toujours essayer de se défendre avec sa lame.

Les cris tant redoutés finirent par résonner, bien plus vite, bien plus effrayants qu'elle ne l'avait imaginé. Des hurlements si aigus, si bestiaux, qu'ils la transpercèrent et la blessèrent au plus profond d'elle. La douleur de ses parents s'éteignit aussi subitement qu'elle était apparue. Le silence, lourd, était uniquement brisé par les battements sourds de son cœur. Dans un frisson d'horreur, la petite fille comprit que ses parents étaient morts. Elle porta une main à sa bouche pour étouffer le sanglot qui agitait son être. Elle était désormais seule, aussi faible qu'une souris. Une proie face aux prédateurs.

Les voix de ces prédateurs retentirent et, rapidement, de nouveaux bruits résonnèrent : vaisselle cassée, pas, mise à sac de la maisonnette... Deux d'entre eux montèrent à l'étage en appelant la fillette. Lorsqu'ils découvrirent ce qui lui tenait lieu de couchage, ils rugirent de colère.

— Elle s'est enfuie, les gars ! aboya une voix rauque. Tant pis, elle finira bien par crever dans les bas quartiers...

La porte de la chambre grinça, laissant place à des bruits de pas précipités. La petite fille se couvrit la bouche de ses mains tremblantes et se recroquevilla sur elle-même, genoux contre poitrine, tentant vainement de taire sa panique. Malgré ses paupières closes, elle vit un mince filet de lumière filtrer jusqu'à elle : l'armoire était ouverte. Les battements chaotiques de son cœur couvrirent les jurons des assassins. Mais ils ne virent pas ses cheveux bruns, n'aperçurent pas l'éclat argenté de ses larmes, ne sentirent pas la terreur qui la maintenait immobile. Ils finirent par se détourner, continuant leur exploration à l'étage inférieur.

— ... Une cachette, forcément ! ... Réserve des ingrédients... Cherche au... Une trappe ! grogna une voix grave

Mais que cherchaient-ils ? La fillette ne comprenait pas. Ses parents tenaient certes un commerce illégal de vente d'ingrédients alchimiques, mais beaucoup de Poussières le faisaient et ne craignaient, tout au plus, qu'une descente de la garde et une peine de quelques mois, ou un vol en bonne et due forme, comme les parents de son amie Junia. Mais jamais encore le quartier n'avait connu de meurtres pour un motif aussi léger ! Les hommes étaient là pour autre chose, mais elle ne savait pas quoi.

— Merde, les gardes arrivent ! s'écria une voix féminine qu'elle ne connaissait pas.

— Mais on n'a pas encore trouvé la planque...

— On se casse, on reviendra plus tard !

— Et la gamine ? Elle sait peut-être quelque chose, non ?

— On va la chercher et on retournera ici plus tard, quand ces vendus de la garde dégageront.

Les invités déguerpirent aussi vite qu'ils étaient arrivés, laissant dans une maison décharnée une fillette éplorée. Bientôt, ce furent les gardes qu'elle entendit. Cliquètements d'armures, voix rauques et calmes, pas prudents. Elle aurait voulu se fondre dans les parois en bois, disparaître dans cette armoire, mais le même instinct qui l'avait poussée à se cacher se réveilla, la pressant de se montrer aux nouveaux venus. Elle se repositionna dans l'armoire, bien à contrecœur, la peur se mêlant soudain à une forme aiguë de désespoir. Seule et fragile, comme une petite souris au milieu des rats, elle n'avait aucune chance de s'en sortir si les nouveaux venus cherchaient à l'attaquer.

Elle n'eut pas à attendre longtemps. Le regard étonné de trouver une petite fille coincée dans un endroit si étroit, ils la mirent debout, l'amenèrent dans le salon et la menottèrent à la cheminée, afin de continuer leurs recherches sans perdre leur témoin. La fillette ne broncha pas, le regard rivé sur le sol taché d'humidité. Elle n'avait pas voulu voir le corps de ses parents et les soldats l'intimidaient. Ils étaient si grands et forts, leur armure était si imposante qu'elle n'osait les regarder. Qui sait, si elle levait les yeux, peut-être pourraient-ils croire qu'elle avait massacré sa famille à l'aide de son couteau ? Ou qu'elle tentait de les espionner ? Pourtant, ils ne faisaient pas attention à elle, fouillant les moindres recoins de la maisonnette comme les invités avant eux.

Une nouvelle patrouille arriva ensuite, accompagnée d'un représentant de la Justice. Ce dernier ne portait pas de cuirasse rutilante, mais plutôt une tenue confortable de tissu noir renforcé de cuir brun. Contre sa poitrine brillait un insigne argenté représentant une main tenant une baguette. Ce symbole de justice, bien plus que les armes des soldats autour de lui, lui conférait une aura d'autorité. Son visage hâlé et pailleté trahissait une grande concentration, mais aucun dégoût pour la scène qui se déroulait sous ses yeux. Leurs regards se rencontrèrent brièvement, désespéré chez la fillette, à la fois résigné et teinté de tristesse chez le représentant.

— Rapport ! exigea-t-il d'une voix curieusement aiguë qui dénotait avec son sérieux, en se retournant vers les soldats.

— Deux morts, dans le garde-manger, sûrement les parents de cette petite-là. Identifiés par les voisins comme monsieur et madame Jossome, de petits marchands de fruits. Les voisins rapportent qu'ils ont souvent des invités la nuit tombée, indiquant une possible liaison avec le marché noir, mais nous n'avons trouvé que quelques ingrédients alchimiques éparpillés. Des traces de lutte, quelques coffres vidés, sûrement par les invités de ce soir... et la petite qui se cachait dans une armoire.

Un silence accueillit ces propos et le représentant de la Justice dévisagea longuement la fillette. Cette dernière, mal à l'aise, rougit et tenta de cacher ses larmes.

— Bien ! J'emmènerai la fille au palais de justice

demain. Comme la procédure l'exige, je devrai interroger les possibles témoins - il tendit un paquet d'enveloppes à l'un des gardes. Distribuez-les aux voisins et rappelez-leur qu'ils ont obligation de se présenter demain à l'heure indiquée sur ce papier. Je veux trois hommes ici, deux pour continuer à fouiller et à chercher des indices, un pour surveiller la rue. Peut-être que les invités n'ont pas fini ce qu'ils ont commencé.

— Bien, monsieur !

— J'envoie de nouveaux gars vous relayer demain.

Le représentant se dirigea alors vers la fillette, recroquevillée sur elle-même. Avec douceur, il défit ses menottes et lui fit signe de le suivre. Hésitante, elle se mit debout, sans lever les yeux, en signe de soumission. Ses joues se colorèrent de rouge quand elle se rendit compte de sa condition : petite et misérable, portant une robe déchirée et la peau souillée de boue, loin de la beauté et la propreté du Privilégié. Pourtant, elle n'avait d'autre choix que de le suivre.

Dès qu'ils furent sortis de la maisonnette, une odeur âcre et piquante les prit au nez. Les bas quartiers étaient mal dallés, laissant apercevoir un mélange de boue, d'herbe, de vomi, d'excréments et d'autres immondices inqualifiables. La fillette lança un regard sur le côté, vers un bâtiment délabré plus grand que les autres. Ses murs défraîchis et ses fenêtres aux rideaux déchirés lui procuraient un sentiment de mélancolie. Ses parents n'étaient peut-être pas très responsables, mais au moins l'avaient-ils inscrite à l'école près de chez elle. Maintenant qu'ils n'étaient plus là… Elle ne pourrait plus continuer à y aller. Elle devrait apprendre à survivre pour avoir de quoi manger le soir et des murs pour la protéger. Vendrait-elle de l'opium aux plus fous ou serait-elle obligée d'aller se vendre à Maîtresse Dore ? Des perles salées menacèrent de déborder de ses yeux. Elle ne portait pas ses parents dans son cœur. Ils la battaient, la considéraient comme une incapable, une moins que rien... Mais elle subissait sans discuter. Sans eux, elle n'avait pas d'avenir autre que la prostitution ou la Guilde. Et l'un comme l'autre étaient autrement plus cruels que ses parents !

L'enfant tourna la tête vers le représentant. Il semblait très concentré... Sur l'affaire ou sur la destination ? Elle n'arrivait pas à le deviner. Son teint légèrement doré trahissait la partie de sang magique qui coulait dans ses veines. Il n'en avait pas assez pour arborer le teint, plus clair et lissé, d'un Sang-Pur. Cependant, cela suffisait pour qu'il soit un Privilégié. Être représentant de la Justice faisait de lui un haut fonctionnaire, rang que ne pouvait atteindre une Poussière comme elle. Le plus haut échelon auquel elle pouvait prétendre était fonctionnaire inférieur, mais elle n'avait désormais même plus la chance d'en rêver. Malgré son jeune âge, elle avait souvent senti la colère monter en elle en imaginant que malgré son intelligence, elle ne pourrait sans doute qu'être femme de ménage ou factrice. Elle trouvait injuste d'être coincée à jamais dans les bas quartiers, car elle se savait capable de plus. Mais aujourd'hui… Aujourd'hui, elle était devenue orpheline ! Proie facile, elle devait se trouver un nouveau protecteur, et cela n'augurait rien de bon. Une de ses amies, à sept ans, avait subi ce sort-là et était allée se réfugier dans la Guilde. Deux mois plus tard, elle avait perdu une de ses mains, car elle n'avait pas assez volé pour leur chef.

Ils finirent par quitter les bas quartiers pour traverser les quartiers inférieurs. Ici, l'odeur de pauvreté avait laissé place à celle du charbon chauffant les maisons. C'était là que vivaient les Poussières les plus haut placés dans la hiérarchie. Petites maisons aux murs fissurés, aux portes abîmées et aux rideaux troués s'échappant par des fenêtres sans vitre, elles avaient pour la fillette des allures de palais. La rue, plutôt propre, abritait des écoles plus grandes et il s'en dégageait un sentiment de sécurité. Ils croisèrent une patrouille de gardes, plus occupés à discuter qu'à surveiller les rues plongées dans la nuit, mais qui par leur présence donnaient aussi un sentiment de sécurité. Il n'y en avait pas dans les bas quartiers, à moins d'un crime ou d'une descente dans un réseau du marché noir. La fillette s'était promis qu'un jour, elle vivrait dans ce quartier. Jamais auparavant ce rêve ne lui avait paru aussi lointain et inatteignable...

Le représentant, qui n'avait toujours pas pipé mot, à se demander même s'il n'avait pas oublié la fillette qui le suivait, l'emmena plus haut encore dans la ville. Après avoir marché plusieurs dizaines de minutes dans les quartiers inférieurs, ils se retrouvèrent dans les quartiers supérieurs. C'est là que vivaient les Privilégiés, comme l'homme à ses côtés. Le dallage en pierre grise avait laissé place à des pavés plus clairs et lumineux. Les rues étaient éclairées par des lampadaires aux feux immortels, et il y avait de nombreux soldats patrouillant. Rien à voir avec le quartier de diamant, où vivaient les Sang-Pur, mais c'était le paradis à ses yeux ! Les maisons, tout aussi petites que celles des quartiers inférieurs, étaient plus colorées et certaines arboraient, derrière de hautes haies, de mignons petits jardins. Des arbres étaient alignés dans certaines rues et l'on pouvait apercevoir quelques parcs endormis. La petite fille, ébahie, oublia momentanément la souffrance de sa nouvelle condition. C'était magnifique ! Inaccessible - puisqu'aucun Poussière n'était admis dans ce quartier sans autorisation ou accompagnement - mais splendide...

Plus loin et plus haut encore, elle aperçut pour la

première fois de sa vie le quartier de diamant. Il entourait le palais de domaines plus majestueux les uns que les autres. Elle ne put cependant pas voir davantage que quelques toits scintillants, car le représentant la fit entrer dans une coquette petite maison.

— Ah, enfin ! J'ai cru que tu ne reviendrais jamais des bas quartiers ! Alors... ? commença une femme au teint légèrement doré, en apparaissant devant eux.

La porte d'entrée menait vers une pièce principale, qui dégageait chaleur et confort. La petite fille étudia consciencieusement les fauteuils verts moelleux, le poêle, la table en bois massif, le tapis bleu et les rideaux turquoise. Puis, devant le silence gêné qui s'était installé, elle tourna sa tête vers le représentant et celle qui devait être sa compagne.

La femme la dévisageait avec curiosité et une pointe d'animosité. Elle avait la peau des Privilégiés, mais ses yeux étaient poussiéreux, gris. De longs cheveux caramel cascadaient dans son dos, formant des boucles soyeuses. Sa robe de nuit noire laissait transparaître une morphologie assez fine, et quelques rides commençaient à se dessiner autour de ses yeux ainsi que sur les coins de sa bouche charnue. Elle ne devait pas avoir plus de trente-cinq ans.

— Que fait une Poussière ici ? finit-elle par demander, la voix grave.

— Elle a été retrouvée sur une scène de crime, je ne pouvais pas la laisser là-bas... Et vu sa perte récente, l'envoyer en prison constituerait sûrement le pire des choix possibles.

— D'accord. J'imagine que tu dois la surveiller.

— Oui.

— Le salon est à vous. Je vais me recoucher, conclut-elle d’une voix posée mais tranchante.

— Aesia, attends !

— Quoi ?

— Tu ne dis pas bonne nuit à ton mari ?

Il lui avait souri d'un air tendre, métamorphosant son visage en un masque de douceur. La femme sembla hésiter, puis elle l'embrassa amoureusement.

— Ta gentillesse te perdra un jour. Bonne nuit, chéri !

— Bonne nuit, ma biche !

L'homme se tourna vers la petite fille, qui n'avait pas ouvert la bouche une seule fois, alors que sa femme se glissait dans l'escalier montant à l'étage. Il rapprocha les deux fauteuils moelleux l'un contre l'autre, formant une sorte de banquette. Il y installa une petite couverture.

— Voilà, petite ! Ce sera ton lit pour ce soir.

Elle leva ses grands yeux gris vers le représentant. Il lui adressait un sourire tordu, comme si sa bouche était incapable de s'étirer convenablement, voulant sans doute se montrer rassurant. C'était étrange, mais doux à la fois. Son petit cœur se serra douloureusement. Elle n'avait jamais été traitée avec autant d'égard, pas même par sa propre famille. Et jamais on ne lui avait proposé pareil couchage ! Chez elle, il n'y avait qu'un lit, celui de ses parents. Pas de canapés, ni de fauteuils, juste des chaises éventrées et des coussins moisis. Elle se hissa sur le petit lit improvisé. Le représentant se détourna pour approcher le canapé de la petite fille. Puis, avec un air sérieux, il sortit deux menottes attachées ensemble par une longue chaîne.

— Je suis désolé, petite, mais je dois t'attacher à moi cette nuit. Tu pourrais t'enfuir, et tu es un témoin inestimable. Je préférerais ne pas avoir à le faire, mais si tu venais à disparaître, j'aurais de graves ennuis.

Voir l'adulte lui expliquer, même aussi brièvement,

les raisons qui le poussaient à faire une action l'étonna encore. Son père ou sa mère ne lui avaient jamais exposé leurs motifs quand ils l'envoyaient dans sa chambre, lui criaient dessus ou encore la punissaient. Elle n'avait jamais été considérée comme un être pensant par les adultes, pas même par son professeur, jusqu'à cet instant précis. Le représentant lui parlait comme il l'aurait fait avec n'importe quel autre enfant. Il la voyait peut-être comme une petite Poussière encombrante, mais il agissait avec attention envers elle.

Une fois menottée, il la borda maladroitement. Voyant qu'elle ne semblait pas avoir sommeil, puisqu'elle observait le plafond entre curiosité et fascination, il reprit la parole.

—Demain, nous nous lèverons tôt. Nous prendrons un rapide petit déjeuner, puis je t'amènerai au palais de justice où je t'interrogerai sur ce qu'il s'est passé hier soir. Tu resteras sûrement sous ma garde jusqu'à ce que l'enquête soit close. Mais... hésita-t-il, en se raclant la gorge. Mais si tu as besoin de parler de ce qu'il s'est passé ce soir, ou même de parler tout court, je suis là, et pas seulement en tant que représentant de la Justice, d'accord ?

La petite fille avait fixé son regard sur lui. Elle n'était plus du tout gênée par ses yeux verts, portes vers un monde d'émotions qu'elle ne saisissait pas. Ses parents affichaient en permanence du mécontentement, ses amis de la curiosité ou de la résignation, voire de la tristesse, mais rien d'autre. Le représentant, lui, semblait à la fois indécis, perplexe, triste, affectueux, et tellement plus encore qu'elle craignit de s'y noyer !

— D'accord, murmura-t-elle d'une voix de souris.

Le représentant de la Justice lui adressa une nouvelle fois son sourire tordu et lui tendit sa main ouverte.

— Au fait, tu peux m'appeler Veomian ! Et toi, quel est ton prénom ?

La fillette fronça les sourcils devant cette main tendue, incertaine quant à la marche à suivre. Elle finit cependant par la saisir de sa minuscule main et la serrer de haut en bas, comme elle avait vu le faire son père, ses yeux baissés pour lui montrer son obéissance.

— Je... Je m'appelle Senia.

- CHAPITRE 2 -

Ce fut une main douce qui secoua Senia pour la réveiller. Sous ses paupières, qu'elle garda un instant closes, elle se remémora ce qu'il s'était produit la veille. Ses parents étaient morts. Elle n'avait pas vu leurs corps, mais les gardes l'avaient dit. Elle n'était pas vraiment triste. On ne pouvait pas dire que ses parents l'aimaient beaucoup. Ils la considéraient plus comme un poids mort ou un sac de frappe, que comme le fruit de leur amour. Il n'y avait jamais eu entre eux la moindre tendresse, ni même de sourires. Mais elle ressentit un curieux vide au fond de son estomac, comme si une partie d'elle s'était évaporée. Elle avait perdu tout ce qui lui était familier pour foncer tête baissée vers l'inconnu. Maintenant, elle devait affronter cette mystérieuse vie qui commençait.

Ainsi ouvrit-elle les yeux sur Aesia. Elle s'était attendue à voir Veomian, puisque sa femme ne lui avait témoigné aucune tendresse la veille. Mais ce fut bien elle qui lui adressa un sourire à la fois triste et délicat, âpre mais bienveillant. Un sourire tout aussi curieux que celui de Veomian, bien qu'il n'était pas tordu.

— Bonjour, Senia... commença la Privilégiée. Veomian a dû se rendre plus tôt que prévu au palais de justice, il m'a donc demandé de prendre soin de toi et de t'y accompagner à sa place. Le petit déjeuner est sur la table, mange autant que tu le souhaites. Je t'ai posé une bassine d'eau sur la table basse avec un pain de savon et de nouveaux vêtements, pour que tu puisses faire un brin de toilette et t'habiller convenablement pour le palais. Nous partons dans une demi-heure.

Senia la regarda s'éloigner et commencer à nettoyer des plats dans la cuisine. Elle ne savait pas si elle aimait Aesia ou non, et les sentiments de la femme envers elle étaient trop ambigus pour qu'elle les comprenne. La fillette ne s'attarda pourtant pas là-dessus, ayant déjà compris qu'elle ne resterait pas longtemps dans cette demeure. Elle alla s'asseoir à la table à manger pour déguster avec délice du pain noir frais, couvert d'une sorte de compote de fruits qu'Aesia appelait confiture.

La fillette profita de son petit déjeuner pour mieux étudier la maisonnette. La lumière du jour la transformait totalement, créant une atmosphère douce et chaleureuse. Contre le mur de la cuisine-salle à manger, se tenait un poêle en fer plus petit que celui du salon : un poêle de cuisine. Senia n'en avait jamais vu : c'était un luxe d'en posséder un chez les Poussières ! Ses parents à elle chauffaient les plats dans la cheminée, donnant à la nourriture un goût de bois et de cendre. À côté s'étendait un long plan de travail en pierre et en bois, contenant un évier et quelques rangements. Enfin, au-dessus de tout étaient creusés, à même le mur en pierre, des placards pour garder les ingrédients au frais et les conserver le mieux possible. Dans un coin, un escalier menait à l'étage, certainement à la chambre des deux Privilégiés puisque Senia avait vu Aesia y grimper. Enfin, près du poêle, se tenait une petite porte qui piquait la curiosité de la fillette. Avaient-ils un jardin ? Cultivaient-ils des plantes ? Ou mieux, possédaient-ils un bassin comme elle avait pu le voir sur une des rares peintures que contenait son ancienne école ?

La tête pleine de questions sans réponses, Senia se dirigea le ventre plein et les papilles ravies vers la bassine qu'Aesia avait posée sur la table du salon. Sans pudeur, elle enleva les guenilles qui lui servaient de vêtements, se passa un linge humide sur le visage, les bras, les aisselles et sa partie intime, se savonna rapidement et se sécha à l'aide d'un linge sec. Elle s'habilla ensuite avec les vêtements propres qui étaient posés sur le côté. Ils n'étaient pas neufs, mais d'une jolie couleur brune, et surtout sans trous, ce qui constitua immédiatement le bien le plus onéreux que Senia eut jamais porté. D'ailleurs, elle ne s'était jamais sentie aussi reposée ! Sa peau ne grattait plus, elle n'avait presque plus de courbatures, son ventre ne se tordait pas de faim et son dos avait arrêté de la tirailler. Une nouvelle énergie coulant dans ses veines, elle se saisit de la bassine qui contenait désormais une eau noire de crasse, les linges et le pain de savon, avant de se diriger vers Aesia.

— Madame, couina-t-elle de sa si petite voix. Où est-ce que je pourrais laver et ranger le matériel de bain ?

La femme avait sursauté et s'était tournée vers Senia, ses yeux gris agrandis par l'étonnement. Puis la commissure de ses lèvres se leva en un sourire attendri.

— Voyons, ma puce, tu peux les poser dans l'évier ! Ça tombe bien, j'ai fini la vaisselle. Nous nous en occuperons plus tard. Et puis, il est grand temps de partir retrouver Veomian. Mais d'abord, je vais t'attacher les cheveux. Ils ne sont pas très propres, nous les laverons ce soir en rentrant, d'accord ?

Senia hocha la tête docilement et se laissa attacher les cheveux. Il était curieux pour elle qu'on lui demande son avis, au même titre qu'on lui explique ce qu'il se passait. Elle trouvait cela particulièrement rassurant, de ne pas avoir à comprendre seule, d'être aidée.

Aesia ferma derrière elle la petite porte de la maisonnette avec une clé qu'elle gardait autour du cou. Le soleil commençait déjà son ascension journalière vers le ciel et, au grand plaisir de Senia, il n'y avait aucun nuage entre ses rayons et elle. La lumière du jour mettait encore plus en avant le quartier des Privilégiés, dont les pavés étaient si lisses qu'ils reflétaient le vert des arbres de part et d'autre des rues. Si les maisons étaient charmantes, Senia était fascinée par de grands bâtiments qui apparaissaient parfois à une intersection.

— Ce sont nos écoles et académies, lui expliqua Aesia, un sourire en coin devant l'air extatique de la fillette. Les écoles accueillent les enfants Privilégiés jusqu'à treize ans, leur apprenant à lire, écrire et compter, mais également l'histoire et la généalogie de notre pays et de notre cité, l'économie, la botanique et l'architecture. Puis, s'ils sont assez doués, ils peuvent aller dans les académies qui les spécialisent. Veomian est issu de cette grande académie que tu vois là-bas, l'Académie de Police et de la Justice.

Elle lui avait montré un bâtiment assez sobre, dont l'entrée était jetée dans l'ombre de deux immenses statues représentant une femme et un homme aux visages sévères. La femme, le regard vide, tenait un livre ouvert dans une main, et levait la fameuse baguette de la justice de l'autre. L'homme, quant à lui, fronçait les sourcils et avait sa main posée sur un glaive qui pendait à sa ceinture. Il tenait de l'autre main une balance. Senia put apercevoir ce qu'elle considéra comme des étudiants, vêtus ci d'habits en cuir ressemblant à ceux de Veomian, et là de longues toges d'un bleu clair faisant penser au ciel. Ils discutaient ou lisaient, assis sur les marches de l'académie.

— Et moi, je suis issue de l'Académie des Arts, que tu peux voir près du quartier de diamant.

Senia était trop petite pour voir le bâtiment entier que lui désignait Aesia. Elle ne pouvait observer que son toit éclaboussant les environs d'une lumière d'or : les tuiles étaient recouvertes de feuilles de métal précieux, donnant une atmosphère irréelle aux alentours.

— Est-ce que vous avez école avec les Sang-Pur ? demanda la fillette, que tant de luxe éblouissait.

— Oh, non ! Enfin, certains Privilégiés vont dans les écoles des Sang-Pur, mais ils sont rares et ont une fonction de garde du corps. Comme les écoles Sang-Pur ne sont ouvertes qu'aux enfants et aux professeurs, aucun autre adulte n'a le droit d'y entrer. Certaines puissantes familles inscrivent donc un Privilégié de leur choix, avec leurs enfants, pour les protéger. Tu serais étonnée de ce qui peut arriver comme violences entre ces enfants.

Senia hocha la tête. Elle ne pensait pas pouvoir être étonnée d'enfants qui se battaient. Dans son quartier, beaucoup de ses semblables mendiaient, volaient, et même tuaient pour leurs parents ou leurs garants. Si elle-même ne l'avait jamais fait, c'était uniquement parce qu'elle était si timide que ses parents la considéraient comme inutile. Elle avait donc été assignée aux corvées ménagères et ils l'avaient inscrite à l'école dans l'espoir qu'elle leur deviendrait ainsi plus utile.

— Ma puce, nous sommes arrivées.

Senia sortit doucement de ses pensées et observa une nouvelle fois autour d'elle. Elles avaient dépassé l'Académie de Police et de la Justice et se trouvaient désormais sur une large avenue qui semblait découpée en deux.

— Nous sommes à la frontière du quartier supérieur et du quartier de diamant, lui expliqua Aesia.

En effet, si le côté droit de la rue possédait un dallage en pierre presque blanche typique du quartier supérieur, le côté gauche était un mélange de pierres colorées formant des œuvres complexes : représentations d'animaux, de paysages exotiques et même de portraits. Sur le côté, de hauts arbres fruitiers ou chênes millénaires couvraient les passants de leur ombre. La rue menait à un bâtiment, également coupé en deux.

À droite, la ressemblance avec l'Académie de Police et de Justice était frappante : mêmes statues, même entrée et mêmes personnes portant une toge bleu foncé, bien qu'elles paraissaient plus vieilles. De l'autre côté, la roche blanchâtre laissait place à un matériau extrêmement lisse et brillant, d'une couleur crème veinée de noir : du marbre. Autour de l'imposante entrée, dont les portes en bois massif étaient sculptées de scènes de jugements, se trouvaient gravées à même le marbre les deux figures de la justice. Cependant, leurs cheveux étaient couverts d'argent et les objets qu'elles tenaient couverts d'or. Elles étaient plus belles, plus imposantes, plus intimidantes que leurs copies de droite. Au-dessus des arches, qui s'entrecroisaient pour former les entrées, était taillée une maxime. Senia plissa des yeux pour tenter de la décrypter, mais elle ne réussit qu'à lire « justice » avant qu'Aesia ne reprenne la parole.

— Nous allons entrer par la porte des Privilégiés. L'autre est exclusivement réservée aux Sang-Pur et à leurs accompagnateurs. Il n'est pas rare de voir des Poussières ici, mais généralement ils ne sont pas bien vus, alors ne fais pas attention aux regards des gens.

Effectivement, beaucoup de personnes se retournaient vers elles ; certains par curiosité, d'autres avec une franche animosité dans le regard. Senia frissonna, soudain très mal à l'aise, et baissa les yeux vers le sol. Elle ne connaissait même pas ces gens, pourquoi la regardaient-ils ainsi ? Elle se sentait coupable alors même qu'elle n'avait rien fait.

Les gardes à l'entrée les fouillèrent et leur

demandèrent leurs papiers. Senia ne comprit pas pourquoi elle était censée avoir un papier, ni ce que signifiait ceux que tendaient Aesia. Après une courte discussion, notamment sur Senia et sa présence ici, ils les laissèrent passer.

L'intérieur du bâtiment était frais et, ici encore, la frontière entre les deux quartiers était visible. Des colonnes séparaient les deux côtés, mais étaient assez espacées pour que Senia puisse voir ce qu'il se passait de l'autre part. C'est ici qu'elle les vit : les Sang-Pur !

Là où les Privilégiés portaient des habits fins et colorés, là où les gardes portaient de lourdes armures métalliques, où les Poussières portaient des guenilles fades, les nobles étaient vêtus de manière si fastueuse que la fillette en restait bouche bée ! Elle vit des couleurs qu'elle n'avait jamais vues auparavant : des centaines de déclinaisons de bleu et de vert, d'audacieuses touches grenat ou bordeaux, de lumineuses teintes jaunes et orange. Plusieurs matières se fondaient les unes aux autres avec souplesse et élégance, le satin cohabitant avec la laine, les pierres précieuses se mêlant au cuir, et les bijoux en or et argent se noyant dans des fourrures abondantes. Mais rien ne l'émerveilla tant que les nobles eux-mêmes. Ils étaient grands et imposants, leur peau lisse et parfaite était d'une blancheur aussi éclatante que le soleil, et leurs cheveux coulaient dans leur dos comme une cascade d'argent. Une aura de puissance les enveloppait à la manière d'un cocon, si épaisse que Senia frissonna et si imposante qu'elle se sentit tout de suite plus petite encore qu'une fourmi. Ils étaient l'incarnation même de la beauté et de la majesté. Senia était si absorbée par sa contemplation qu'Aesia dut s'y reprendre à plusieurs fois pour la détourner de ce spectacle.

— Ne les regarde pas avec tant d'attention, tu vas

te faire remarquer ! Et s'ils adorent qu'on les vénère, ils ne supportent pas que des inférieurs les regardent avec intensité.

Devant la réprimande et les sourcils froncés de la femme, Senia ferma un instant les yeux, attendant la douleur d'une gifle qui ne vint jamais, au lieu de quoi Aesia la poussa dans plusieurs couloirs attenants au hall principal, faisant disparaître nobles et habits luxueux. Enfin, elles arrêtèrent leur course devant une porte qui semblait bien commune, mais devant laquelle patientaient déjà plusieurs Poussières que Senia connaissait. Aucun regard, aucun sourire ne lui fut destiné. Ils la rejetaient déjà. Elle ne faisait plus partie de leur monde...

— Je ne peux pas t'accompagner plus loin, s'excusa Aesia. Et il est l'heure que j'aille travailler, tout un chantier m'attend. Tu n'es pas obligée d'attendre avec les autres, ils sont en avance et c'est toi que Veomian doit interroger en premier. Tiens, prends ce papier avec toi et surtout, garde-le précieusement. Il explique ta situation. Bonne chance, ma puce !

Et elle la laissa là. Désemparée, Senia avança doucement vers la porte et la franchit, sous l'indifférence générale. Un instant, elle se demanda si elle se ferait arrêter si elle partait tout simplement de ce palais de justice, mais elle n'en fit rien. Dans la nouvelle salle, elle vit juste une table avec deux chaises de part et d'autre. Il y avait également une grande vitre noire opaque sur un des murs, ainsi qu'une autre porte fermée. Rien d'autre. Déstabilisée, Senia n'osa pas bouger. Ce ne fut que lorsque l'autre porte s'ouvrit sur Veomian qu'elle se détendit légèrement.

— Ferme la porte et assieds-toi, Senia ! lui dit-il.

Elle s'exécuta, non sans déglutir. La voix de Veomian avait perdu toute sa douceur. Elle n'était pas méchante, mais possédait une froideur professionnelle que Senia ne lui connaissait pas. Elle s'installa en face du représentant, qui avait posé sur la table de nombreuses feuilles couvertes d'une écriture serrée. Enfin, il planta ses yeux dans ceux de la fillette. Ils étaient curieux, calculateurs, loin de la tendresse de la veille. L'interrogatoire commença.

- CHAPITRE 3 -

— Décline ton identité.

— Je m'appelle Senia et... Et j'ai... J'ai dix ans.

— Que faisais-tu hier soir, aux alentours de neuf heures ?

— Je ne sais pas... On est trop loin pour entendre les coups du clocher…

— Très bien. Raconte-moi ce qu'il s'est passé hier soir.

Senia prit une grande inspiration, surtout pour se donner du courage, et tenta de répondre du mieux qu'elle put. Elle résuma ce qu'elle avait entendu, vu et même deviné. Non, elle ne savait rien des activités de ses parents, mais avait deviné qu'ils vendaient des ingrédients alchimiques. Non, elle ne connaissait pas les invités, ses parents fermant la porte de la pièce principale dès qu'ils n'étaient plus seuls. Oui, elle avait distingué des cris, mais n'avait pas réussi à saisir entièrement la conversation. Oui, les hommes l'avaient cherchée pour la tuer, sans qu'elle sache pourquoi. Non, elle n'avait reconnu aucune voix, mais peut-être que si elle les entendait, elle pourrait désigner le coupable.

Veomian termina rapidement l'interrogatoire. Il lui était devenu évident que la petite ne savait presque rien des activités de ses parents, ni de ce que cherchaient les personnes venues chez elle. Il lui demanda donc de le suivre, la faisant sortir de la pièce par la porte qu'il avait empruntée. Derrière se trouvait une autre pièce où se tenaient deux Privilégiés. Ils regardaient le mur en face d'eux, qui permettait de voir la salle d'interrogatoire à travers la vitre noire qui, de ce côté, était totalement transparente. Elle trouva ce système ingénieux, mais perturbant. Comment du verre pouvait-il être opaque d'un côté et transparent de l'autre ?

— Demande permission de garder le témoin à résidence en attendant le verdict, dit alors Veomian de sa voix froide, en s'adressant aux deux Privilégiés. Le témoin ne peut se débrouiller seule dans les bas quartiers, et la mettre dans nos geôles est inapproprié.

Les deux Privilégiés jetèrent un coup d'œil à Senia qui, aussitôt, détourna le regard dans une attitude soumise. C'est ainsi qu'elle avait appris à se comporter face à un sang supérieur au sien.

— Demande acceptée. Elle devra rester sous votre protection ou celle du palais de justice tant que l'affaire ne sera pas close.

Veomian hocha la tête et prit la main de Senia pour la faire sortir. Les couloirs, qui n'en finissaient plus d'être longs, défilèrent sans qu'elle ne les reconnaisse. Elle n'y trouva qu'un nombre incalculable de portes closes, de personnes en toge et de gardes. Enfin, Veomian ouvrit une porte qui était en tout point identique aux autres.

La fillette retint un hoquet de stupeur. La pièce n'était pas très grande, mais comportait des étagères qui partaient du sol et s'élevaient jusqu'au plafond. Et sur ces étagères, des livres... Des centaines, peut-être des milliers de livres ! Senia n'en croyait pas ses yeux. Elle en avait vus quelques-uns, mais uniquement à l'école, et dont les pages étaient si fragiles que seuls les professeurs les manipulaient avec de grandes précautions. Ici, exit les pages gondolées par l'humidité, les taches ou encore l'odeur de moisi ! Au lieu de ça, elle découvrit des livres aux tranches colorées, des pages d'une agréable couleur crème, des effluves de cuir et de bois qui donnaient envie de s'enfoncer dans un fauteuil et de lire jusqu'à la nuit tombée !

— Voici la bibliothèque du palais de justice. Les livres parlent essentiellement d'histoire, de lois et d'enquêtes connues et tordues, mais tu peux en emprunter un si tu le souhaites. Tu sais lire ? demanda Veomian, avec une voix douce.

Senia hocha la tête de haut en bas. Elle savait décrypter les mots... Pas assez pour avoir une lecture fluide, mais suffisamment pour saisir ce qu'un livre racontait.

— Tiens ! lui dit alors Veomian , en lui tendant un livre à la couverture rouge gravée d'or qu'il venait d'attraper. Celui-ci est sur les différentes classes de notre ville. Tu y trouveras beaucoup de détails sur les Privilégiés et les grandes familles nobles. Maintenant, je vais te ramener dans le hall, il y a des bancs. Tu m'y attendras sagement. Fais attention, les gardes sont prévenus et te tiendront à l'œil. Une fois ma journée finie, nous rentrerons ensemble à la maison. Tu es d'accord ?

La question était rhétorique, mais Senia articula tout de même un faible oui. L'idée de passer toute une journée seule sous les regards de personnes qu'elle ne connaissait pas ne l'enchantait guère, mais elle avait un livre. Son ancien professeur ne cessait de répéter que, pour un Poussière, la connaissance était la plus grande des armes. Un livre pouvait lui apprendre des choses et, par conséquent, l'aider à se battre pour aller dans le quartier inférieur. Là-bas, tout serait bien... Là-bas, elle aurait un avenir.

Veomian la raccompagna dans le hall du palais de justice, lui montrant où aller pour faire ses besoins et lui rappelant qu'elle n'avait surtout pas le droit de sortir du palais, ou d'aller du côté des Sang-Pur. La petite acquiesça et le regarda repartir vers son travail, puis elle jeta un coup d'œil autour d'elle. Effectivement, les gardes qui patrouillaient vérifiaient régulièrement sa présence. Bientôt, les regards étonnés des personnes en toge et de celles, bien moins nombreuses, qui arboraient le signe de la justice comme Veomian, se firent indifférents. Les employés du palais de justice s'étaient faits très rapidement à la discrète présence de la petite Poussière. Celle-ci détourna son attention d'eux pour contempler, entre les colonnes, les nobles. Elle ne comprenait pas bien pourquoi le palais avait été coupé en deux et pourquoi elle devait se tenir si éloignée d'eux. Les Privilégiés, eux, pouvaient passer d'un côté à l'autre sans restriction. Ils avaient bien de la chance, conclut-elle. Côtoyer les êtres d'exception que formaient les nobles devait être si enrichissant !

Lorsqu'un noble la dévisagea à son tour, Senia arrêta son observation en rougissant, les yeux baissés sur son livre, honteuse de s'être laissée aller à la curiosité. Elle mit alors un point d'honneur à examiner l'ouvrage. Sa couverture gravée représentait à elle seule une œuvre d'art aux yeux de la petite Poussière. Lorsqu'elle l'ouvrit, le titre décoré lui donna du fil à retordre. Elle réussit pourtant à décrypter, au bout de quelques minutes, son sens : « Histoire du pays d'Ermera ». Heureusement, lorsqu'elle tourna la page, elle ne découvrit que la première lettre du chapitre décorée, le reste ayant une calligraphie simple et banale. Mais elle n'était pas au bout de ses peines : les mots utilisés étaient complexes, l'écriture dactylographiée s'avérait serrée et parfois l'encre bavait sur le papier. Senia ne comprit pas tout, mais réussit à décrypter l'essentiel.

Imwin, surnommée la Cité des Sang-Pur par le nombre de nobles qu'elle abritait, n'était autre que la capitale du pays d'Ermera. Elle était construite sur une colline au pied de laquelle coulait un fleuve. Culminant à son sommet, le palais abritait le conseil des nobles d'Ermera, appelé Conseil des Douze, composé des représentants des familles Sang-Pur les plus importantes. Tout autour se dressait le quartier de diamant, dont les demeures oscillaient entre prouesses architecturales et œuvres d'art. C'était le seul quartier qui évoluait en fonction du temps : des familles disparaissaient, d'autres s'élevaient, certaines se mêlaient, chacune créant à son image son manoir qui prenait une allure tantôt majestueuse, tantôt somptueuse, mais toujours impénétrable.

Les familles de Sang-Pur, d'ailleurs, avaient une histoire passionnante. La légende voulait que la déesse Selini, mère et protectrice du monde, soit descendue sur Terre par des temps troublés. La guerre faisait alors rage en toutes contrées, et les plaines d'Ermera étaient à feu et à sang. Seules quelques tribus tentaient, tant bien que mal, de rétablir la paix et l'ordre. Ainsi, la déesse s'approcha des plus sages de ses enfants pour les embrasser et leur transmettre un pouvoir qui leur permettrait d'arriver à leur fin. Les premières familles de Sang-Pur étaient nées. Grâce à leur nouvelle puissance, elles prirent rapidement le dessus sur les autres tribus, les réunifièrent toutes et créèrent le pays d'Ermera et sa capitale, Imwin. Peu à peu, les Privilégiés apparurent à leur tour. Les Poussières les plus méritants étaient remerciés par les Sang-Pur, qui leur léguaient alors une partie de leur sang, une frange de leur pouvoir. À force d'être remerciées, certaines familles de Privilégiés devenaient même des Sang-Pur. Ce n'était cependant plus arrivé depuis des siècles.

Senia allait passer à un chapitre portant sur les pouvoirs des nobles lorsqu'une main dorée apparut devant ses yeux.

— Me revoici, petite ! J'ai fini ma journée. Viens, on va déposer le livre à la bibliothèque puis on va retrouver Aesia à la maison.

Veomian avait retrouvé sa voix aiguë et pleine de gentillesse. Il la guida à la bibliothèque puis au dehors. Le soleil commençait doucement à décliner, ajoutant une touche orangée aux bâtiments qui les entouraient. Une légère brume s'était levée, soulignant la féerie des lieux. C'était beau... Incroyablement beau ! Et Senia passa tout le chemin du retour à la maison de Veomian à graver ces images dans sa mémoire. Alors qu'ils étaient sur le point d'arriver, Senia remarqua enfin le silence de l'adulte près d'elle, ainsi que sa concentration. Il semblait très soucieux. Se battant contre sa timidité maladive, elle finit cependant par ouvrir la bouche pour poser la question qui la taraudait.

— C'est à cause de moi que vous êtes contrarié ?

Veomian se tourna vers elle, surpris, puis lui adressa un sourire tendre.

— Oh non, ne t'en fais pas, petite ! C'est à cause de l'enquête. Tu vois, dès qu'il s'agit d'affaires où les victimes sont des Poussières, s'il n'y a aucune piste ou preuve rapidement, on clôt l'affaire en quelques jours. Ça m'ennuie beaucoup, car des affaires similaires ont été menées il n'y a pas longtemps. Elles ont trop de points communs pour que ce soit des hasards, mais...

Il s'arrêta là et contempla la fillette qui était tout ouïe. Elle ne saisissait pas tout, mais comprit qu'il ne pourrait sans doute pas résoudre le meurtre de ses parents, et ce car ils avaient l'unique tare d'être des Poussières. Ce ne fut pas tant le fait qu'on ne sache jamais ce qui s'était produit avec ses parents qui fit monter les larmes aux yeux de Senia, mais simplement l'injustice. Les Poussières valaient-ils si peu aux yeux du monde pour qu'on les considère ainsi ? Étaient-ils nés incompétents, ignorants, idiots ? L'était-elle elle-même ?

Elle détourna la tête et ravala ses larmes. Il y avait plus important. Si l'enquête finissait rapidement, alors elle ne pourrait pas rester là. Retourner dans son ancien quartier lui faisait peur... Si peur qu'elle frissonna. Madame Dore ou la Guilde ? Elle devrait choisir ou mourir, et ce n'était pas les livres de la bibliothèque du palais de justice qui la sauveraient !

Aesia accueillit son mari et la fillette avec un sourire, sans être dérangée par le silence malheureux qui s'était installé entre eux. Elle ordonna à Veomian de s'occuper du potager et de vérifier la cuisson du dîner de temps en temps, puis elle prit la main de la fillette dans la sienne. Dans son regard grisâtre se disputaient encore bienveillance et froide distance à l'intention de la fillette.

— Et toi, ma puce, on va s'occuper de tes cheveux, tu veux bien ?

— D'accord.

Aesia mena Senia dans le salon et la fit s'allonger sur le canapé, de sorte que sa tête pende dans le vide. Sur le sol, la Privilégiée avait disposé une bassine d'eau et du savon. Elle entreprit alors de nettoyer consciencieusement les cheveux de la Poussière. Il fallut plusieurs fois changer l'eau de la bassine et une longue heure pour qu'enfin, la femme soit satisfaite du résultat. Elle passa un linge sur la tignasse de Senia, dévoilant une chevelure d'un brun doux, et démêla patiemment chaque nœud.

— Tu as les cheveux très longs, constata Aesia. Souhaites-tu que je les coupe ?

Senia haussa les épaules, les questions esthétiques ne l'intéressaient pas quand il s'agissait de son corps.

— Bon ! Ils font un peu négligé et devront être

coiffés régulièrement... Je te les coupe jusqu'au milieu du dos, comme ça ils seront faciles à attacher et à coiffer.

Aussitôt dit, elle s'empara de petits ciseaux puis coupa les mèches les unes à la suite des autres. Quelques minutes à peine lui furent nécessaires.

— Tu veux te regarder, ma puce ? l'interrogea alors Aesia, satisfaite de son travail.

— Me regarder ?

Senia ne comprit pas. Regarder, elle savait faire. Observer les choses, surtout depuis la veille, était d'ailleurs quelque chose qu'elle s'employait à faire à plein temps. Mais comment pouvait-elle s'examiner elle-même ? Elle avait bien tenté de le faire, dans une flaque ou une vitre sale, mais à chaque fois l'image renvoyée était brumeuse.

Aesia lui sourit tendrement. Son animosité de la veille s'était presque dissipée et quelque chose de doux semblait se développer en elle. Elle fit signe à la fillette de la suivre et l'amena devant un petit meuble. Il contenait plusieurs tiroirs ainsi que deux petites portes qu'Aesia ouvrit. Se tenait à l'intérieur quelque chose qui déstabilisa un instant Senia. Elle voyait une petite fille et, derrière elle, un salon identique à celui dans lequel elle se tenait. C'était la première fois qu'elle se voyait...

— Les miroirs sont très précieux et chers. Ce que tu vois, c'est ton reflet, c'est ce à quoi tu ressembles !

Senia tendit la main et toucha la surface froide du miroir. C'était la même sensation que de toucher une vitre. Elle n'en avait pas vu beaucoup, car le verre était réservé aux Poussières les plus riches, les autres devant se contenter de maison sans ouvertures, ou de rideaux protégeant à peine des moustiques et aucunement du vent. Elle posa ensuite son regard sur les deux visages que laissait voir le miroir. L'un était d'une jolie couleur dorée, un peu ridé et fatigué, entouré d'une cascade d'ambre.

L'autre terne, mais lisse et rond, tendre, enveloppé de cheveux bruns. Seuls leurs yeux étaient identiques : nuageux. Senia décida qu'elle détestait son visage : c'était celui d'une petite Poussière, d'une incapable, d'une inutile.

— Je n'aime pas mon reflet ! déclara-telle en se détournant, la voix tremblante.

— En réalité, presque personne n'aime son reflet, rit Aesia.

— Tu n'aimes pas le tien ? s'étonna la fillette, pour qui la Privilégiée était une vraie beauté.

— Eh non ! Mais Veomian est pire. Il ne s'approche jamais du miroir !

Aesia referma les petites portes, cachant la pièce du miroir, et adressa un clin d'œil rieur à Senia. La fillette avait du mal à comprendre comment des gens comme eux, qu'elle trouvait magnifiques, puissent ne pas aimer l'image qu'ils voyaient dans la glace. Cela lui semblait inconcevable. Et si personne n'aimait son reflet, en était-il de même pour les nobles ? Impossible : ils étaient aussi beaux que des dieux !

Mais avant qu'elle puisse se pencher plus sur la question, Veomian revint du jardin, couvert de boue, et déclara que le repas était prêt. Alors, rien ne compta plus que le bon goût du potage de légumes.

- CHAPITRE 4 -

Plusieurs jours passèrent à l'image du premier. Senia se levait et accompagnait Veomian au palais de justice, où ils passaient tous deux la journée. La fillette se servait chaque matin dans la bibliothèque afin de trouver de quoi lire pour de longues heures. Elle s'ennuyait souvent, obligée de rester sur les bancs du palais. Si les passants l'avaient dévisagée les premiers jours, elle fit vite partie du décor. À tel point qu'elle put observer et dévisager sans restriction, sa nouvelle activité favorite depuis qu'elle avait accepté que les livres ne la sauveraient pas. Les allées et venues des Privilégiés, et parfois de quelques Poussières, lui faisaient imaginer le nombre d'enquêtes gérées dans ce bâtiment.

Elle voyait également des Sang-Pur. Ils se déplaçaient avec une grâce qu'elle enviait, et chacun de leurs mouvements était empreint de majesté. Ils ne demandaient jamais, ils commandaient. Certains semblaient travailler là : Senia voyait régulièrement cette femme à l'air sévère et aux cheveux argent plus fins que ceux d'une fée, habillée d'une superbe toge étoilée mettant en avant ses rondeurs délicates. Il y avait aussi ce petit homme rondouillard à la démarche pesante et aux doigts boudinés, couverts de bagues en or.

Veomian lui avait expliqué que la femme n'était autre que la Grande Juge, celle qui menait les procès les plus importants de la ville, et que l'homme occupait le plus haut rang de la police de la ville. Senia avait hoché la tête, comprenant que c'était là des gens très puissants. Mais, à ses yeux, tous les Sang-Pur étaient éminents.

Senia put aussi observer un curieux phénomène : lorsqu'ils arrivaient très tôt, ou repartaient très tard, elle pouvait voir des Poussières nettoyer furtivement et efficacement le palais de justice. Ils apparaissaient comme par magie lorsque les visiteurs désertaient le hall, et disparaissaient aussitôt qu'un Privilégié ou un Sang-Pur montrait le bout de son nez. Ils ne parlaient pas, ne faisaient aucun bruit et gardaient la tête baissée. Ils n'accordaient pas même un regard à la petite fille qui les regardait avec envie, se concentrant sur une tâche d'une importance cruciale : satisfaire leurs supérieurs. Travailler dans le quartier supérieur, pour servir des Privilégiés et même des Sang-Pur, était une chance inestimable, les plaçant parmi les Poussières les plus fortunés.

Alors que l'enquête piétinait depuis une semaine, Senia restait inlassablement sur son banc, attendant patiemment Veomian. Ce dernier finissait de plus en plus tard, et ce jour-là, le soleil avait depuis bien longtemps laissé place aux étoiles quand il sortit de son bureau. De grands cernes commençaient à manger son visage ciselé, et ce fut encore dans le silence qu'ils rentrèrent chez lui. Aesia les accueillit avec un regard de reproche, mais s'adoucit rapidement en voyant la mine atterrée de son mari. Ils parlèrent peu, et seulement de choses sans importance, jusqu'au moment où il fallut que Senia aille se coucher. Aesia lui embrassa tendrement le front et lui caressa la joue afin de lui souhaiter bonne nuit, un tic apparu deux jours plus tôt. La femme était devenue avenante et aimante avec la petite Poussière, qui le lui rendait bien, heureuse de partager des gestes affectueux. Des gestes qu’elle avait tant cherchés auprès de ses parents et qu’elle n’avait pourtant reçus que bien trop rarement...

Veomian avait arrêté de l'attacher à lui chaque soir, et même à dormir près d'elle. De toute manière, elle n'avait nulle part d'autre où aller et la maisonnée prenait de plus en plus un air de foyer dans son cœur. Elle s'y sentait bien, surtout depuis qu'Aesia se montrait tendre avec elle. Mais ce soir-là, seule sur les fauteuils qui lui servaient de lit, le sommeil la fuyait. Elle pouvait sentir l'atmosphère, épaisse et tendue. Senia se leva donc et s'approcha des escaliers avec la discrétion qui la caractérisait. Les deux adultes, après lui avoir souhaité bonne nuit, étaient montés à l'étage. Il ne fallait pas être devin pour comprendre que s'y trouvait leur chambre. La Poussière tendit l'oreille et finit par percevoir et comprendre quelques murmures.

— L'enquête... Comprends pas... Pourtant… Lié à des Privilégiés et... Mêmes traces... Plusieurs affaires... Mais sans résultats... Clôture est inévitable... Plus que deux jours et la petite... Quartier des Poussières... fit la voix faible de Veomian.

— Alors elle devra partir ? Se débrouiller seule ? Mais ce n'est qu'une enfant ! déclara plus distinctement la voix d'Aesia.

— Nous... Rien faire... Poussière... Impossible de l'adopter... Personne... À la récupérer... Pas d'autres solutions...

Les chuchotements se firent encore plus voilés, les voix plus émues et Senia jura entendre un sanglot. C'était assez. Elle se glissa sous ses couvertures et s'y enfonça le plus profondément possible, l'âme en peine. Elle aimait bien Veomian et Aesia. Outre leur gentillesse, ils la nourrissaient bien et lui expliquaient tout un tas de choses qu'elle n'aurait jamais comprises sans eux. Plus important, ils semblaient l'aimer en retour. Certains de ses camarades avaient été adoptés par des couples de Poussières qui ne pouvaient pas faire d'enfants. Que les Privilégiés aient voulu l'adopter elle, alors qu'elle n'était qu'une Poussière, lui serra le cœur : elle en était si heureuse, mais si triste en même temps... Elle serait bientôt seule, dans le quartier des Poussières. Réussirait-elle seulement à survivre ? Ce fut sur cette note inquiétante qu'elle glissa dans un sommeil sans rêve.

Le lendemain, se lever fut pénible pour tous les habitants de la maison. Aucun n'avait dormi convenablement, et l'ambiance était maussade. Pourtant, Senia mangea avec appétit et sourit aux deux adultes comme si elle n'avait pas perçu leur conversation. Mais une fois arrivée au palais de justice, livrée à elle-même avec un livre qui devait peser au moins la moitié de son poids, elle se laissa aller au chagrin. Outre la panique qui secouait son corps dès qu'elle pensait à sa vie seule, le désespoir de quitter les deux Privilégiés lui serrait le cœur. Ils s'étaient occupés plus d'elle que sa propre famille et étaient devenus, sans même s'en rendre compte, des parents pour Senia. En quelques jours, ils avaient pris une place si grande dans son cœur que la fillette ressentait une grosse boule douloureuse dans son ventre rien qu'en pensant à leur séparation. Les quitter serait une véritable souffrance.

Soudain, l'instinct de Senia, le même que celui qui l'avait secouée la nuit de la mort de ses parents, se réveilla, chassant ses démons aussi prodigieusement qu'un coup de vent aurait chassé un grain de sable. Quelque chose allait se produire, quelque chose d'aussi grave que ce qu'il s'était produit lors de cette nuit qui avait tout changé. La fillette sentit l'effluve du danger : la menace était si dense qu'elle pouvait la toucher. Elle se leva et observa autour d'elle. Il y avait peu de personnes dans le couloir, à peine quelques Privilégiés qui se déplaçaient avec la vitesse et l'air concentré de ceux qui ont beaucoup de travail. Rien d'anormal à cette heure-ci de la journée... Cela dénotait avec l'agitation de l'autre côté du couloir, celui des Sang-Pur. Un noble bruyant s'entretenait avec le haut chef de la police, qui tentait visiblement d'expliquer quelque chose à grand renfort de moulinets de bras. Senia s'approcha des colonnes qui séparaient le hall en deux et se fit aussi petite qu'une souris pour observer. Elle savait que ce qui devait arriver se produirait du côté Sang-Pur.

Le noble s'agitait de plus en plus. Il était grand, solidement bâti et habillé luxueusement : longue tunique sans manche, rouge et brodée d'or, col en fourrure, pantalon fin et chausses en cuir moucheté du plus bel effet. De complexes dessins noirs, représentant un mélange hypnotisant de plantes et animaux, parcouraient la peau de ses bras.

— Mais enfin, ré-ouvrez l'enquête ! Ma fille a failli être empoisonnée, et vos enquêteurs Privilégiés n'ont rien trouvé. J'exige une ré-examination du dossier, des interrogatoires plus poussés et une surveillance plus étroite des producteurs et vendeurs de nourriture ! Sans compter que vous avez déjà classé toutes les enquêtes concernant la disparition de mes Privilégiés... C’est inadmissible !

La voix du noble fit frissonner Senia. Forte, grave et rocailleuse, elle rappelait un temps d'orage. Elle était si puissante qu'elle résonna dans le grand hall du palais de justice, portant ses échos jusqu'au dehors et figeant chaque personne aux alentours. Son ton était si courroucé et impérieux que la fillette se demanda si ce n'était pas lui, la menace.

— Monsieur Fet'Melek, vous savez comme moi qu'une telle chose est impossible. De tels moyens ne peuvent être engagés pour une tentative que vous avez vous-même avortée. Je vous rappelle que sans preuve qu'une menace plane toujours sur votre fille, preuve que nous n'avons pu trouver, aucune autre mesure ne sera engagée.

— C'est tout bonnement inacceptable ! J'en référerai au Conseil !

Le noble continua à vociférer, mais Senia avait détourné son attention de lui. Dans son ombre se tenait une petite fille, si parfaite qu'on aurait pu la confondre avec une poupée. Son visage rond et rosé était encadré par une fastueuse chevelure tout de boucles et d'argent, et mangé par deux grands yeux couleur ciel. Elle portait une robe rouge piquée d'or, à l'image de la tenue de son père, serrée étroitement à la taille par un corset en cuir vermeil. Son corps enfantin exhalait un curieux mélange de grâce et de maladresse, cependant elle posait sur son environnement un regard plein de malice, ses lèvres fines étirées d'un petit sourire en coin. Senia sut sans l'ombre d'un doute qu'elle serait la victime de l'attaque qui n'allait pas tarder à arriver. Mais qui la menaçait, en plein milieu d'un palais de justice rempli de gardes ?

Les prunelles de Senia se promenèrent partout, alors que le sentiment de menace au fond d'elle grandissait. Le besoin impérieux de sauver la petite fille la transperça. Si elle n'avait pas été si concentrée sur son objectif, elle se serait sûrement frappé le front devant sa naïveté : une Poussière de dix ans, tenter de sauver une noble ? Quelle idée saugrenue ! Et pourtant, c'est ce qu'elle était sur le point de faire.

Elle le remarqua presque trop tard, cet homme qui, à son instar, était presque invisible aux yeux du monde : un garde aux traits de Privilégié, tout à fait quelconque. Il semblait traverser le couloir comme ses congénères, mais son regard, dur et froid, possédait une lueur désespérée. Ses mouvements de jambes étaient trop rapides et saccadés, son visage trop tendu. Senia le savait, elle les avait observés plusieurs jours durant les patrouilles, avec leur rythme aussi précis qu'une horloge. Cet homme-là allait faire du mal.

Alors qu'il arrivait au niveau de la poupée, Senia se mit en mouvement. Elle ne réfléchit pas. D'ailleurs, elle ne savait même pas réellement ce qu'elle faisait. Une seule idée embrumait son esprit : la noble ne devait pas mourir.

L'action se déroula de manière fulgurante : le garde dégaina son arme de fonction, une épée courte et aiguisée qui reflétait la lumière du hall. La poupée se figea, sa bouche s'ouvrit jusqu'à former un 'o' parfait et étonné. Son père se retourna vivement, mais pas assez vite pour réagir à temps. Senia, elle, s'était littéralement jetée sur la petite noble, la dégageant à temps de la trajectoire de l'arme. Le tranchant de la lame qui devait décapiter la noble tailla le bras de la Poussière, ouvrant une large plaie.

Alors que Senia retombait sur la poupée, en hurlant de douleur, le monde retrouva sa vitesse normale et des gardes se jetèrent sur leur traître de camarade. Une seconde plus tard, une poigne de fer saisit la Poussière et l'envoya avec violence sur le côté.

— Mon ange, tu vas bien ? Réponds-moi ! tonna le noble qui se plaignait plus tôt.

— Oui Pa', je n'ai rien, répondit la voix claire et chantante de la petite fille.

— Bien ! Où est le traître ? hurla-t-il alors, se tournant vers les gardes.

— Ici ! Il est mort. Empoisonnement, sûrement du cyanure. Il a dû se suicider après l'attaque.

En effet, ledit garde avait les yeux révulsés et le corps rigide de quelqu'un mort récemment et violemment. Sur le côté, Senia ne put s'empêcher de gémir. La douleur pulsait dans son bras, et le sang vermeil ne cessait de couler et de tacher le sol. La poupée s'était approchée, ses yeux ronds de curiosité.

— Pa', c'est elle qui m'a sauvée, déclara-t-elle alors.

— Comment avez-vous pu laisser une gamine Poussière faire mieux votre travail que vous ?! rugit-il. Et qu'attendez-vous pour la soigner ?!

— C'est que... Nous n'avons pas d'infirmerie ici, Monsieur...

— Il faut tout faire soi-même ici, c'est intolérable !

Il se pencha vers Senia, qui aurait tout fait pour disparaître. Être prisonnière de ce regard d'ambre, souverain et inébranlable, la mettait mal à l'aise. Elle prit conscience, plus que jamais, qu'ils faisaient partie d'un monde bien différent.

Il posa sa main sur son bras et sembla se concentrer intensément pendant un instant. Aussitôt, une douleur aiguë la traversa, mais elle se mordit la lèvre pour ne pas hurler. Pas devant les nobles ! Senia avait déjà honte qu'ils la regardent, qu'ils s'occupent d'elle... Elle ne voulait pas aggraver son cas. Mais elle lâcha tout de même un soupir de soulagement quand le noble délaissa son bras, désormais guéri. De cette mésaventure ne lui restait désormais qu'une unique estafilade rouge, qu'elle observa avec fascination. Il n'avait fallu que quelques secondes pour la guérir ! Elle jeta un coup d'œil admiratif au noble qui s'était retourné, furieux, vers les gardes et le Haut Chef de la police.

— Et maintenant, votre preuve, vous l'avez ?! Ma fille est en danger !

— Monsieur Fet'Melek, intervint une voix ferme et autoritaire. Je vous rappelle que le paragraphe 4 de l'article 110 du Codex concernant les lois appliquées à la justice explique clairement que sans preuve qu'un acte de violence sera reconduit, par la même personne ou une personne affiliée, la cité ne saurait vous fournir fonds et personnel pour protection.

Dans sa toge étoilée, l'air hautain et opiniâtre, la Grande Juge se campa devant le noble. Son indifférence naturelle était teintée de déplaisir. Le visage de monsieur Fet'Melek vira au cramoisi sous la colère. Sa haine était si palpable que Senia se demandait si les autres la sentaient aussi.

— Un de vos gardes a tenté d'assassiner ma fille et... !

Un geste de la main de la Grande Juge le fit taire.

— Et une enquête sera ouverte dès ce soir à ce sujet. Mais nous ne ferons aucune demande pour vous protéger tant que preuve n'aura pas été donnée que cet homme et la personne qui a tenté d'empoisonner votre fille sont liés à un groupuscule qui vous en veut. Si vous avez quelque chose à redire là-dessus, je ne peux que recommander d'écrire au Conseil pour qu'il change la loi. Sur ce, Monsieur, Mademoiselle...

Elle se détourna et disparut aussi subitement qu'elle était apparue, laissant la poupée malicieuse et son père rageur en plein couloir. L'étonnement de la Poussière allait en grandissant. Comment était-il possible d'aussi mal traiter des personnalités aussi éminentes ?

Cette pensée la quitta pourtant rapidement lorsqu'elle se souvint de l'endroit dans lequel elle se tenait. Alors que Senia tentait de trouver un moyen de s'éclipser discrètement, le regard du noble se posa une nouvelle fois sur elle. Il l'observa attentivement, comme s'il la remarquait pour la première fois.

— Comment tu t'appelles, petite Poussière ?

La gorge de Senia se noua sous l'appréhension. Avait-elle le droit de répondre à un Sang-Pur ? Se ferait-elle punir si elle osait parler devant eux ? Un rapide coup d'œil lui confirma que le noble attendait sa réponse et s'impatientait, aussi prit-elle son courage à deux mains pour répondre.

— Senia... Euh... Monsieur.

— Que fais-tu là ?

— J'attends... Veomian, il s'occupe de la mort de mes parents... Euh... De l'enquête, bégaya-t-elle, bien trop impressionnée pour conserver une voix posée.

Monsieur Fet'Melek hocha la tête, soudain pensif. Puis il se détourna totalement, sa fille à ses côtés, et s'en alla sans un regard en arrière.

- CHAPITRE 5 -

Senia n'avait pas parlé de la scène à Veomian. Peut-être le savait-il, les rumeurs allaient bon train dans le palais de justice... Ou peut-être n'avait-il pas eu le temps de tendre l'oreille. Il paraissait plus préoccupé que jamais, ses cheveux normalement si bien dressés étaient emmêlés, ses sourcils froncés et sa mine fermée. Il avait fini sa journée de travail plus tôt qu'à l'ordinaire, mais Senia se demanda si c'était vraiment de son fait ou s'il y avait été obligé.

Ils rentrèrent avant Aesia. À peine Senia eut-elle le temps de déposer sa veste sur le porte-manteau que Veomian avait filé dans le jardin, sans un mot. Senia l'aurait bien suivi, mais jamais encore ils ne l'avaient invité dans leur petit espace vert et elle ne voulait pas brusquer leur intimité. Elle tenait réellement à eux, les seuls adultes qui lui avaient donné un semblant d'amour et de foyer. La petite fille s'assit donc sur un fauteuil et observa la pièce principale, tentant d'en graver les moindres détails dans sa mémoire. Elle évita soigneusement de regarder l'armoire contenant le miroir, songeant avec horreur à ce reflet qu'elle ne supportait pas, et fixa longuement la cuisine qui lui rappelait les bons repas qu'elle y préparait avec ses parents d'adoption. Si elle se concentrait assez fort, elle pouvait sentir les effluves de galettes de céréales, entendre le rire d'Aesia à une blague de son mari et reconnaître la texture des légumes sous ses doigts. Ces souvenirs la plongeaient dans une mélancolie profonde qui faisait monter les larmes à ses yeux.

Aesia rentra une heure plus tard et vit Senia assise sur le canapé, à regarder le plafond d'un air inquiet. La Privilégiée la questionna sur sa journée, d'une voix maîtrisée et rassurante, avant de s'installer à la cuisine avec de la farine et de l'eau pour faire du pain. Pendant que la petite cuisinait, Aesia sortit voir Veomian dans le jardin. Malgré les paroles calmes et douces, Senia sentit que quelque chose clochait. Était-ce dû à cette conversation qu'elle avait entendue la veille? Cela l'étonnait tout de même : elle n'était qu'une Poussière, et des Privilégiés n'auraient pas dû être si attachés à elle. La fillette avait beau les aimer comme des parents, et avoir entendu leurs envies d'adoption vis-à-vis d'elle, ils n'en restaient pas moins séparés par tout un monde. Un fossé si profond qu'il était sans doute impossible pour eux de l'aimer également... Peut-être étaient-ils simplement trop gênés pour lui annoncer une nouvelle qui lui briserait le cœur.

Une trentaine de minutes plus tard, les deux adultes revinrent, le visage soucieux. À trois, ils finirent de préparer le repas en silence puis s'installèrent à table. Seul le bruit des couverts vint perturber le calme apparent de la pièce. En réalité, Senia était sûre que les deux adultes étaient en pleine réflexion et elle-même se sentait de plus en plus bouillonner intérieurement. Persuadée d'être la cause de leur gêne, elle se sentait coupable d'être un poids de plus dans leur vie. Ils n'osaient probablement pas le lui dire, lui faire comprendre que c'était bientôt terminé. Des larmes piquèrent ses yeux, mais elle se reprit. Elle n'avait pas pleuré à la mort de ses parents, alors il était hors de question de paraître faible devant les Privilégiés qui faisaient office de parents adoptifs ! Ils semblaient déjà embêtés à cause d'elle, elle ne voulait pas les mettre encore plus mal à l'aise ou, pire, leur faire honte.

Veomian finit par repousser son assiette dans un soupir, lancer un coup d'œil vers Aesia qui n'avait pas levé son regard de son repas, puis se racler la gorge.

— Petite, nous avons à te parler... déclara-t-il d'une voix plus aiguë encore qu'à l'ordinaire.

Senia scruta son visage à la recherche d'un quelconque mécontentement ou d'un embarras, mais elle n'y trouva que de la tristesse et une pointe de regret.

— Écoute, je t'avais dit que je ne pourrais te loger que le temps de l'enquête. Nous avons beau ne pas encore avoir trouvé le coupable, l'affaire sera classée demain soir s'il n'y a pas d'avancée. Et... Hum... J'ai connu assez d'enquêtes pour savoir que nous ne trouverons rien en vingt-quatre heures. Ainsi, demain soir sera ton dernier soir avec nous.

Le cœur de Senia se mit à battre douloureusement dans sa poitrine, comme s'il avait décidé de frapper sa cage thoracique à la manière d'un boxeur. Pourtant, elle ne ressentait pas la détresse qu'elle s'était attendue à éprouver, mais seulement de la tristesse.

— Nous avons essayé... Hum... De trouver quelqu'un pour s'occuper de toi, mais... Tes parents n'avaient visiblement pas d'amis et le voisinage refuse d'adopter un nouvel enfant. Nous... Aesia et moi ne pouvons adopter que... Hum... des enfants Privilégiés. Nous avons réussi à t'inscrire dans un orphelinat du bas quartier et avons veillé à ce que tu puisses aller à l'école encore deux ans, mais.... Hum... Nous n'avons rien pu faire d'autre.

Que Veomian et Aesia se soient préoccupés d'elle, jusqu'à envisager son adoption et s'occuper de son futur, lui alla droit au cœur. Lui assurer deux ans d'école, c'était déjà énorme, même si elle savait que l'orphelinat ne lui rendrait pas la vie facile... Mais c'était mieux, bien mieux, que Maîtresse Dore ou la Guilde ! Un sourire reconnaissant s'épanouit sur son visage. La joie de savoir qu'ils l'aimaient à ce point lui embrasait le cœur.

— Merci pour tout ce que vous avez fait pour moi ! couina-t-elle. C'est beaucoup. C'est plus... Jamais...

La petite Poussière cherchait ses mots, voulant leur faire comprendre à quel point ils comptaient pour elle, à quel point elle leur était redevable... À quel point elle les aimait ! Rien ne voulut franchir ses lèvres, si ce n'est quelques bégaiements.

— Tu ne nous dois rien, ma puce... intervint alors Aesia, d'une voix chevrotante. Tu nous as aidés à nettoyer la maison et à faire à manger. Dis-toi qu'ainsi, tu as payé ton loyer ici.

— Merci quand même ! s'exclama Senia, en étouffant un sanglot. Vous avez été plus gentils que mon papa et ma maman !

La fillette voulut rajouter plus de choses, leur expliquer sa reconnaissance, les remercier pour les nombreux livres qu'elle avait lus au palais de justice, parler du bonheur d'avoir pu se balader, ne serait-ce que quelques jours, dans les rues des Privilégiés, mais les mots restèrent obstinément coincés dans sa gorge. Aussi, elle aida Veomian et Aesia à débarrasser la table, puis alla sagement se coucher sur le canapé.

Curieusement, elle n'eut aucune difficulté à s'endormir. Son avenir ne lui faisait pas peur : elle savait, au fond d'elle, qu'il était assuré, d'une manière ou d'une autre. Son instinct le lui soufflait. Seul restait le chagrin de devoir quitter Veomian et Aesia, les premiers à lui avoir enseigné ce qu'était qu'être humain.

Le lendemain, Senia suivit Veomian au palais de justice. Comme si les soucis s'étaient envolés pendant la nuit, il se montra enjoué et lui parla tout le long du chemin des arbres fruitiers qu'ils rencontraient, ou de certains Privilégiés qu'ils croisaient et dont il connaissait le nom. Il l'installa dans le hall du palais de justice, mais elle refusa de prendre un livre. Son instinct, toujours lui, lui murmurait qu'elle n'aurait pas le temps de s'ennuyer. Veomian sourit, passa une main dans les cheveux de la fillette pour les ébouriffer d'un geste affectueux, puis alla travailler, lui promettant de finir tôt pour qu'ils puissent passer une longue et belle dernière soirée ensemble. Sa tendresse toucha profondément Senia.

Elle resta docilement assise sur son banc, observant les allées et venues des gardes et des employés du palais de justice. Moins d'une heure passa avant qu'elle ne constate un mouvement irrégulier du côté des Sang-Pur. Son cœur se mit à galoper chaotiquement dans sa poitrine : la poupée était là, ses grands yeux ciel la fixant d'un air curieux. Elle finit par se détourner et disparaître dans un couloir. Senia ne vit pas trace de son père, et cela la surprit encore plus. Que venait-elle faire là, le lendemain de sa tentative de meurtre ? Comment pouvait-elle rester si calme ?

Senia n'eut pas le temps de se poser plus de questions. Un Privilégié était apparu devant elle, ses fins sourcils froncés, et ses yeux criant leur désapprobation.

— Es-tu Senia, la petite Poussière qui accompagne le Représentant Veomian ?

— Euh... Oui, c'est moi.

— Bien ! Suis-moi !

Il se mit à marcher rapidement, sans même vérifier que la fillette le suivait. Senia eut du mal à tenir le rythme sans courir tout à fait, ce qui aurait été à ses yeux ridicule et indigne, et ses petites jambes se mirent à la tirailler rapidement. Mais elle ne se plaignit pas, ni ne demanda à ralentir. Malgré la vitesse du Privilégié bougon, elle remarqua qu'elle avait passé la frontière du hall et était désormais du côté noble. Il était plus beau, plus luxueux, tout de marbre et de feuilles d'or, sans oublier les couloirs plus larges et ouverts sur l'extérieur. De larges baies-vitrées donnant sur des patios fleuris laissaient passer les rayons du soleil, créant une atmosphère magique. Senia en était tout éblouie, oubliant jusqu'à son souffle tumultueux et ses côtes douloureuses.

Après quelques minutes de marche, le Privilégié s'arrêta brusquement et vérifia d'un coup d'œil sombre que Senia était toujours là. Il frappa ensuite à une porte en bois massif, sur laquelle était sculpté un immense animal que la fillette n'avait jamais vu. Il avait une face chevaline et d'énormes cornes à la forme étrange, qui poussaient de son crâne pour aller tutoyer le feuillage d'un arbre. Elle n'eut pas le temps de le détailler davantage : la porte s'ouvrit et on la poussa sans ménagement à l'intérieur. Un intérieur si somptueux que Senia en fut émerveillée... Les étagères étaient en bois brillant et sculpté, le plafond haut et couvert de peintures colorées, le mobilier confortable sans une seule tache ou trace d'usure. Le sol était un mélange esthétique de tapis et de marbre, tantôt aussi moelleux et chaleureux qu'une mie de pain fraîche, tantôt glacé et luxueux comme une pierre précieuse. Mais le regard de Senia fut rapidement happé par autre chose.

Elle était là, la poupée ! Si droite et élégante dans son fauteuil de velours que la Poussière se sentait d'autant plus ridicule... Ses yeux rieurs la fixaient avec la même curiosité étonnée que la veille, un sourire énigmatique creusant ses lèvres vermeilles. À ses côtés se tenait son père, toujours aussi grand et imposant. Impressionnant et bouleversant de majesté, il la reléguait au stade de grain de sable. Enfin, penché sur des feuilles, se trouvait un

Privilégié. Il possédait la peau dorée et satinée typique des gens de sa condition, pourtant il semblait plus... lumineux. Sans qu'elle puisse se l'expliquer, Senia trouva sa présence plus marquée que celles des autres Privilégiés.

— Senia ! s'exclama alors la voix gutturale du noble. Viens t'asseoir en face de nous, nous avons à te parler.

C'était un ordre, pas une demande. Elle s'exécuta en tentant de masquer ses tremblements. Son instinct lui soufflait que tout allait bien, mais elle avait beaucoup d'appréhension. Pourquoi un noble s'adresserait-il encore à elle ? Pour la piéger ? Parce qu'il la pensait coupable de la tentative de meurtre de sa fille ? Elle n'avait pourtant rien à voir là-dedans.

— Bien ! Comme tu es sous la responsabilité de Veomian jusqu'à demain matin, sept heures, nous n'avons pu te rencontrer en dehors du palais de justice. Et nous avions peur de perdre ta trace, une fois de retour dans les bas quartiers...

Le Privilégié sembla attendre une réponse, et cela n'aida pas Senia à comprendre ce qu'il se passait. Elle hocha simplement la tête, attendant la suite, sans oser regarder les personnes en face d'elle.

— Êtes-vous sûr que c'est bien elle, monsieur Fet'Melek ? Sait-elle seulement parler ?

La voix de l'homme s'était faite cassante et blessante. Senia, confuse, se mordit les lèvres et s'empêcha de répondre. Un Privilégié était au-dessus d'elle dans la hiérarchie, réagir à ses paroles pourrait être pris pour une insulte.

— C'est une fillette, pas un oisillon ! Et avec de la chance, elle intégrera l'effectif de ma maison, alors surveillez vos paroles et contentez-vous de faire votre travail, Jellus !

Le Privilégié sembla pâlir puis bougonna quelques mots, avant de reprendre contenance. La Poussière n'osa pas regarder le noble, mais le remercia du fond du cœur d'avoir pris sa défense.

— Monsieur Fet'Melek, ici présent, voudrait te proposer un contrat : celui d'être la garde du corps de sa fille, Miodanscelle Fet'Melek, ici présente. Ce contrat demande que tu la protèges au risque de ta propre vie. En signant, tu acceptes de suivre des stages de formation physique au combat et de reconnaissance des poisons, ainsi que d'empêcher tout type de menace d'atteindre mademoiselle Fet'Melek. En échange, tu seras nourrie, logée et formée. Comprends-tu les clauses de ce contrat ?

Elle les comprenait parfaitement, mais ne savait pas pourquoi elle, qui était si petite, si... Poussière, serait chargée d'une responsabilité aussi grande.

— Mais pourquoi moi ? Ce serait mieux un adulte ou un Privilégié...

L'homme ouvrit la bouche pour lui répondre, mais un geste de la main de monsieur Fet'Melek le coupa dans son élan.

— Fillette, tu as su repérer le danger et sauver ma fille alors même que les gardes du palais de justice, ainsi que ma milice personnelle, en ont été incapables. Je sens que tu as un don qui peut être précieux pour la protection de ma fille. De plus, les adultes sont interdits dans l'école où elle va aller l'année prochaine, il lui faut donc une personne de son âge pour la protéger au sein même du bâtiment d'enseignement. Plusieurs familles utilisent ce stratagème, et certains n'hésitent pas à y faire entrer des enfants assassins. Tu es donc la candidate idéale !

Senia hocha une nouvelle fois la tête, comprenant mieux les enjeux. Qu'une école interdise les adultes lui semblait étrange, mais elle n'en fit pas la remarque. Elle ne connaissait, somme toute, rien à l'univers des nobles. Elle en savait si peu à leur sujet...

— Bien ! reprit alors le Privilégié. Le contrat se terminera en même temps que la scolarité de Miodanscelle Fet'Melek. Voilà le contrat version papier, à lire et à signer.

Il tendit un paquet de feuilles à Senia, ainsi qu'une plume et de l'encre. La fillette prit ces feuilles avec un froncement de sourcils. Enfin, elle osa relever la tête et planta son regard dans celui du Privilégié. Il ne semblait pas ravi de ce qu'il se passait, voire franchement écœuré, comme si une Poussière ne méritait pas, même après un acte héroïque, autant de considération.

— Et après ? demanda-t-elle, de sa toute petite voix.

— Après quoi ? s'étonna le Privilégié.

— Bah après le contrat, il y a quoi ?

Le Privilégié écarquilla ses beaux yeux caramel puis se mit à rire, d'un rire si mauvais que la petite fille le détesta immédiatement.

— Il faudrait déjà que tu survives jusque-là, Poussière !

Il continua à ricaner doucement, jusqu'à ce que la voix gutturale du noble le coupe.

— Après, il n'y a rien. Tu te débrouilleras seule, si tu es encore vivante.

Lui semblait tout à fait sérieux - loin, très loin de se gausser d'elle. Senia l'en apprécia et l'en admira que plus.

— Monsieur, vous pensez que je... euh... je vais mourir ?

— C'est une possibilité non négligeable, effectivement.

Senia ne comprit pas le mot « négligeable », mais ne le fit pas remarquer. Elle avait cependant saisi qu'il y avait de grandes chances qu'elle ne s'en sorte pas vivante. Pourtant, quelque chose en elle la poussait à signer... Mais pas tout de suite. Il lui semblait qu'elle pouvait demander plus. Son instinct lui soufflait quelque chose d'insensé, quelque chose qu'elle avait peur de dire, sous peine de plonger dans le ridicule. Pourtant, il l'avait toujours bien guidée ! Si bien qu'elle finit par prendre son maigre courage à deux mains et se lancer.

— Si je protège votre petite fille et que... euh... je survis jusqu'à la fin de l'école... Est-ce que je pourrais devenir Privilégiée, moi aussi ?

Lorsque le rire railleur du Privilégié résonna une nouvelle fois dans la pièce, les joues de Senia prirent une teinte rouge violacé et ses yeux se baissèrent instinctivement vers le sol. Elle avait fait une grossière erreur, ils enlèveraient le contrat une fois qu'ils auraient fini de se moquer d'elle... Jamais ils ne voudraient d'une Poussière aussi stupide ! Elle serait bonne pour l'orphelinat pendant deux ans et ensuite...

— C'est accepté !

Jamais la voix du noble ne lui parut si libératrice. Senia releva alors son visage étonné vers lui et fixa son regard insondable, sans même se rendre compte qu'elle osait regarder un noble dans les yeux. Encore une fois, il la prenait au sérieux, comme une égale aux Privilégiés.

— Mais, Monsieur... tenta le Privilégié, aussi étonné que la fillette.

— Rajoute ça dans un paragraphe à la fin. Si elle survit, nous ferons d'elle une Privilégiée.

— Mais...

— Rajoute-le ! Maintenant !

— Bien, monsieur Fet'Melek...

Senia n'en croyait pas ses yeux, ses paroles avaient eu plus d'impact que celles d'un Privilégié ! Ce noble devait avoir sacrément confiance en ses capacités... L'homme, plus mécontent que jamais, rajouta un paragraphe sur les trois exemplaires du contrat qu'il avait, puis les tendit à Senia. Elle prit le temps de les lire attentivement, les sourcils froncés. Elle ne comprit pas plus de la moitié des mots, mais assez pour savoir qu'ils ne lui avaient pas menti. Elle prit ensuite une plume et signa les feuilles d'un S tremblotant.

— Garde cet exemplaire, c'est le tien. Monsieur, votre contrat. Je me charge de ranger l'exemplaire du palais à sa place. Ce fut un plaisir, Monsieur, Mademoiselle.

Il ne salua pas Senia, mais elle ne lui en tint pas rigueur. Elle n'était qu'une Poussière à ses yeux, rien de plus. Le noble se leva, ainsi que la poupée qui semblait totalement absorbée par ses pensées.

— Le représentant Veomian sera informé du changement de ta situation. Souviens-toi toujours de tes engagements envers ma famille, fillette, et tout ira bien.

Senia fit oui de la tête, incapable de lui répondre. Son regard dériva ensuite vers la petite noble et la poupée sembla soudain sortir de sa bulle, lui adressant un sourire en coin.

— À demain ! lui lança-t-elle.

Ainsi, le destin de Senia se mit en marche.

- CHAPITRE 6 -

Six ans plus tard.

L'univers autour d'elle était plongé dans une brume aux allures spectrales. Devant elle se trouvait une splendide demeure qu'elle ne reconnut pas. Pourtant, elle connaissait désormais le quartier de diamant et ses bâtiments, mais celui qu'elle avait devant les yeux ne lui disait rien. Non, ce n'était pas tout à fait vrai. Cette maison la bouleversait, sans qu'elle ne sache vraiment pourquoi... En s'approchant, le jardin éveilla en elle un sentiment oublié qu'elle ne parvint pas à saisir. Elle souhaitait s'allonger sur l'herbe et cueillir des pâquerettes, mais l'atmosphère qui pesait sur ses épaules, aussi lourde que du plomb, l'en dissuada finalement. Elle se tourna alors vers la façade sculptée et entreprit d'ouvrir la porte de bronze qui condamnait l'entrée, rongée par la curiosité. Elle voulait comprendre ce sentiment diffus de familiarité qui la tenaillait, et son don lui soufflait que les réponses à ses questions se trouvaient à l'intérieur. Aussitôt qu'elle pénétra dans le hall d'entrée, comme si la porte n'avait rien pesé, elle fut plongée dans un noir d'encre. Loin d'en avoir peur, elle tâtonna et finit par trouver une bougie et une allumette.

La pièce lui apparut sous l'aura de la flamme qu'elle avait allumée. La maison s'était départie de son luxe, ne restaient que des murs à moitié effondrés et des fenêtres sans vitre aux volets ballants. "Les bas quartiers" pensa-t-elle, avant d'être attirée par quatre personnages singuliers en pleine discussion. Il y avait ses parents, habillés de leurs loques habituelles. Sa mère tenait une très petite fille dans ses bras. "Serait-ce moi ?" se demanda-t-elle, l'esprit de plus en plus confus. Un couple de Poussières leur faisait face, bien mieux vêtus que ses parents, mais à l'air si désespéré qu'elle ne put que les plaindre. Ils tendaient, comme une offrande, des carnets en cuir. " Prenez-les" disaient-ils avec une voix brisée. "Utilisez-les, vendez-les, qu'importe, mais ne les laissez pas la prendre.". Ses parents ricanèrent en s'emparant des carnets, et elle sentit en elle une colère sourde. N'étaient-ils vraiment capables que de mépris devant de pauvres âmes égarées ? Elle s'approcha d'eux, avec l'idée de les sermonner. Maintenant qu'elle avait appris à se défendre, à survivre, elle ne se laisserait plus marcher sur les pieds. Et elle ne les laisserait plus être aussi avilissants...

Gong… Gong… Gong…

Senia, encore plongée dans son rêve, compta inconsciemment les coups de l'horloge mécanique de la demeure des Fet'Melek. Elle s'approchait de plus en plus de ses parents ignobles, bien décidée à leur livrer le fond de sa pensée, mais le huitième coup résonna en elle plus sûrement qu'un réveil. Son inconscient était bien trop entraîné pour la laisser terminer son songe, si bien que l'horloge résonnait encore quand elle ouvrit les yeux. Malgré le sommeil qui s'accrochait obstinément à elle, diffusant le goût amer d'inachevé sur sa langue, elle se mit immédiatement en mouvement. Elle chassa instantanément la vision de ses parents Poussières pour penser à ceux, bien plus affectueux, qui l'avaient en quelque sorte adoptée. Veomian et Aesia lui manquaient terriblement et elle songeait de plus en plus à leur rendre une petite visite. La dernière remontait à deux ans, lorsque Tiarrukesh Fet'Melek avait enfin accepté de lui donner une après-midi. Ce jour-là, tremblante de peur, elle avait retrouvé ceux qu'elle aimait comme si le temps avait arrêté sa route. Ils étaient toujours aussi prévenants.

Perdue dans ses réflexions, Senia se leva enfin de son petit lit en bois aux draps soyeux, jeta à peine un œil au reflet que lui offrait le grand miroir de son armoire et se saisit de sa tenue, préparée soigneusement la veille, posée sur sa chaise de bureau. Étouffant un bâillement, elle enfila son pantalon, son corset et son veston de cuir brun, attacha sa ceinture où pendaient, entre autres, deux hachettes au milieu d'une collection de coutelas, et enfila ses bottes. En moins de cinq minutes, elle était apprêtée au combat. Avec la même efficacité silencieuse, elle se glissa hors de sa chambre et entra dans celle de Miodanscelle Fet'Melek.

Si Senia considérait que sa chambre était d'un luxe peu commun, celle de Miodanscelle ressemblait à un palais de coussins uniquement dédié au confort. Deux fois plus grande que la chambre de la Poussière, elle contenait un immense lit à baldaquin, dont les rideaux transparents laissaient deviner la silhouette encore endormie de la jeune noble, une coiffeuse sculptée couverte de dorures et une penderie qui prenait la place d'un mur entier. Le sol, couvert de tapis colorés plus moelleux les uns que les autres, n'était pas visible.

— Debout, princesse, il est temps de se lever ! cantonna Senia.

À son habitude, Miodanscelle poussa quelques râlements et insultes peu convenables pour une personne de son rang.

— Ne m'appelle pas comme ça ! finit-elle par articuler en se levant. Je suis loin d'être une greluche exotique !

— Mais oui, mais oui... Besoin que j'appelle quelqu'un pour t'aider à t'habiller, Ô illustre noble ?

— Je te déteste, Senia ! Tu pourrais au moins me réveiller avec convenance !

— Aaaaaah Majesté, la pauvre Poussière que je suis manque trop de Sang-Pur pour savoir vous assister avec convenance…

Derrière son air boudeur, Miodanscelle finit par éclater de rire, arrachant un sourire à Senia. Puis la jeune noble prit une robe dans son immense penderie, la revêtit et passa quelque temps devant la coiffeuse pour se maquiller et se parfumer. Elle proposa à Senia de faire de même, mais la Poussière refusa la proposition. Elle ne voyait aucun intérêt à le faire elle-même. Le point positif de n'être qu'une garde du corps, c'était qu'elle n'avait pas à s'embarrasser de tels chichis.

— Bien, comment me trouves-tu désormais ? demanda Miodanscelle lorsqu'elle eut fini.

Senia la détailla. Elle portait son adolescence avec grâce. Âgée désormais de seize ans, elle arborait une belle poitrine et des rondeurs dont raffolaient bien des jeunes nobles, mises en valeur par ses robes près du corps. Ce jour-là, elle avait opté pour un habit vert feuille, rehaussé de touches d'argent et au décolleté en fourrure.

— Tu es aussi belle que d'habitude, princesse !

— Il faudrait vraiment que je t'apprenne à mieux me flatter... Et à arrêter de m'appeler comme ça ! râla Miodanscelle.

Senia s'autorisa un nouveau sourire. Ermera était un pays bien particulier, géré par le Conseil des Douze, lui-même formé par des nobles émérites et travailleurs de différentes familles. Ces nobles-là mettaient un point d'honneur à voter tous types de lois, à travailler sans relâche pour qu'elles soient appliquées, et à les revoir si cela s'avérait nécessaire. Ils voyaient donc d'un œil très critique les royaumes voisins, gouvernés par des rois et des princes qui se complaisaient dans des festivités sans fin, réglant leurs querelles à coups de duels sans honneur. Ils n'étaient, à leurs yeux, que les marionnettes de conseillers peu scrupuleux, et il était ainsi avilissant d'être traités comme tels.

— Arrête de râler, Mio', ça pourrait te donner des rides ! Ce serait dommage de gâcher un si joli minois, reprit Senia.

— Pff ! Je suis une Corporelle de toute manière, les rides n'auront aucune prise sur moi. Toutefois, tu as raison, je dois rayonner ! Mais d'abord, le petit déjeuner.

Rien n'enchantait plus Miodanscelle que la promesse d'un bon et beau repas. Manger n'était pas un besoin, mais un plaisir qu'il était inconcevable de rater. Senia suivit son amie en soupirant : certes la nourriture des Sang-Pur était un réel festin de saveurs et d'odeurs, mais elle avait du mal à ne manger que pour le plaisir quand elle repensait à ses années passées l'estomac grondant de faim, et au nombre de Poussières qui mouraient dans les rues par manque de denrées.

Pourtant, son sentiment de culpabilité ne dura pas longtemps. Le petit déjeuner était le plus gros repas de la journée, mais également un moment de partage que ne ratait jamais sa nouvelle famille. Miodanscelle rejoignit à la table des Fet'Melek son père qui, sourcils froncés, lisait un courrier. Senia s'installa silencieusement à sa place sans émettre un bruit.

— Bonjour, Pa' ! s'exclama la poupée avec un sourire radieux. Bien dormi ?

Ce dernier posa sa lettre et lança, avec intérêt, ses yeux ambre sur sa fille.

— Très bien, et toi, mon ange ?

— Ça va. Il faudrait juste apprendre à Senia l'art du réveil...

— Vraiment ? Mais dis-moi, Miodanscelle, est-ce pour cela que je l'aurais employée ?

— Non, mais tu l'as bien formée au combat, alors pourquoi pas aux bonnes manières ?

— Tu penses que savoir tenir une fourchette avec élégance pourrait l'aider à te protéger ?

— Bien entendu !

Les deux nobles rirent de bon cœur, avant d'entamer les plats. À son habitude, Senia restait en retrait. Ils l'avaient toujours traitée comme une invitée, voire une amie dans le cas de Miodanscelle, n'hésitant pas à briser le fossé qui les séparait, mais elle se sentait encore à part. Elle était une Poussière, et son reflet lui rappelait chaque jour qu'elle ne venait pas de ce monde. Senia avait beau coiffer ses longs cheveux bruns en tresses serrées, ses mèches lui remémoraient que sa place était dans les bas quartiers, loin de ces fastueux banquets et ces discussions insouciantes. Mais les grognements de son estomac chassèrent ces pensées bien rapidement, et il lui faudrait toutes ses forces pour entamer la journée et la protection de Miodanscelle.

Il n'y avait qu'une école pour les enfants des nobles. Elle interdisait, en son sein, tout adulte en dehors du corps enseignant et administratif, cela dans un but de protection. Bien sûr, aucun noble n'était assez fou pour envoyer sa progéniture seule dans un tel établissement, sachant toutes les rancœurs que se portaient les différentes familles entre elles. Ainsi, comme l'école était ouverte à tous – mais terriblement chère -, les nobles engageaient des enfants Privilégiés pour intégrer le même cursus que leurs enfants, et ainsi les protéger. Cela avait un coût, mais les Sang-Pur étaient prêts à payer. Les tentatives de meurtre entre enfants étaient monnaie courante, mais il y avait rarement des morts, et presque jamais du côté noble. Senia n'avait vu qu'une seule tentative aboutir, et cela n'avait conduit qu'à blesser un petit Sang-Pur.

Ces gardes du corps improvisés changeaient très régulièrement, suite à une mort, une blessure ou à leur incapacité à protéger les héritiers des familles. En réalité, Senia n'en connaissait que deux, en dehors d'elle, qui étaient restés plusieurs années consécutives. Deux Privilégiés au regard assassin, mais exceptionnels en matière de protection. Ils étaient pourtant moins efficaces qu'elle, alors que Miodanscelle était l'une des nobles les plus fréquemment mis en danger. Senia avait compté : un peu moins d'une tentative de meurtre direct par mois, sans compter les tentatives d'empoisonnement. Senia n'avait failli que deux fois, dont une quatre ans plus tôt, lorsqu'une fléchette avait atteint Miodanscelle. Mais, ayant tout de suite signalé cette attaque, la jeune noble n'avait même pas eu à supporter les symptômes du poison, et son père avait consenti à garder la Poussière comme garde du corps. Il y avait également eu Cius… D'un geste rageur de la tête, Senia chassa l'image du Privilégié.

Elle-même essuyait bon nombre de tentatives de meurtre à son égard. Les raisons étaient multiples, et le fait d'éliminer un garde du corps permettait notamment de se rapprocher de sa cible. Mais Senia était une Poussière, plus douée que la majorité des Privilégiés. Cette contradiction amenait son lot de haine et, si elle était encore vivante, c'était uniquement grâce à son don... Ce don si précieux qui lui permettait de sentir le danger et qui les avait sauvées, Miodanscelle et elle, de si nombreuses fois ! Senia avait pu le développer et l'apprivoiser au fil des années. Désormais, elle pouvait savoir avec précision d'où venait un danger et qui en serait la victime. Cela lui permettait de prévoir chaque coup, et de désamorcer n'importe quelle tentative. Sauf si elle ignorait volontairement les signaux…

— Allez, Senia, on y va ! Tu vas encore nous mettre en retard, rit Miodanscelle en lui donnant une pichenette sur le bras.

Bien entendu, Senia était prête avant même de réveiller Miodanscelle, mais celle-ci aimait bien la taquiner, surtout quand elles étaient en retard à cause de sa propre gourmandise. Elles se mirent en route seules, sans escorte. Tiarrukesh Fet'Melek avait à ce point confiance en la protection qu'offrait Senia.

La demeure des Fet'Melek était proche de l'école, à peine à cinq minutes de marche. Il n'y avait qu'un immense parc, en pente, à sillonner pour y accéder. Cette traversée constituait l'un des moments préférés de la journée de Senia. Le parc était splendide, un mélange étudié et organisé de fleurs, arbres, pelouses, fontaines et statues. Une haie d'arbres aux troncs centenaires permettait de l'isoler du reste de la ville, si bien que l'on n'y entendait que le bruit du vent et le piaillement des oiseaux. Un véritable bol d'air qui ressourçait à chaque fois la Poussière !

Dès qu'elles franchirent le portail opposé du parc, l'école se dressa, majestueuse, devant elles. Entouré de hauts murs qui encadraient une seule et unique entrée, le bâtiment s'élevait derrière une large cour dallée percée, en son centre, d'une sublime fontaine. La bâtisse abritait bon nombre de salles de classe, aménagées par tranches d'âge et par matières. Si les enfants de trois à dix ans n'avaient cours qu'avec un seul professeur, enseignant les bases des mathématiques, des langues, de l'histoire et de la botanique, de onze à dix-huit ans chaque élève pouvait choisir les matières qu'il voulait apprendre. Naturellement, Miodanscelle avait privilégié les sciences, de par sa nature de Corporelle, une lignée particulière des Sang-Pur dont les pouvoirs étaient liés au corps humain. Senia l'avait suivie afin de pouvoir la protéger au mieux, même s'il était rare que quelqu'un tente quoi que ce soit pendant un cours. Les actes de violence avaient généralement lieu pendant les pauses.

L'école n'était ouverte que le matin et le début d'après-midi. Elle fermait à quinze heures, laissant les élèves libres. La plupart partaient finir la journée au cœur de l'armée, apprenant à se battre et à se défendre. Certains, cependant, se dirigeaient plutôt à la bibliothèque ou rentraient chez eux, pour continuer leur apprentissage seuls. Miodanscelle faisait un peu des deux : elle passait quatre après-midis par semaine à l'armée et deux autres à la bibliothèque. Le dernier jour de la semaine était un jour de repos.

Miodanscelle sembla s'agiter, et Senia sortit ainsi de ses pensées pour observer autour d'elles. Elles étaient dans la cour. Beaucoup de jeunes gens étaient déjà présents et, pourtant, un silence inhabituel régnait. Malgré son instinct qui lui soufflait qu'il n'y avait aucun danger, Senia se frappa mentalement de ne pas avoir fait plus attention à cela. Sa condition devait la pousser à être plus observatrice.

— Qu'est-ce qu'il se passe, Senia ? chuchota Miodanscelle.

— Aucune idée. Il n'y a pas l'air d'avoir de danger pourtant…

La noble haussa les épaules, sans se départir du sourire qui ne la quittait jamais, et s'approcha de son groupe d'amis. Senia resta à l'écart, évitant de se mélanger aux Privilégiés qui surveillaient le groupe de nobles, mais en étant assez près pour entendre la discussion.

— C'est quoi ces têtes d'enterrement ? Il y a encore eu des disparitions de domestiques ? rigola Miodanscelle.

Ses amis lui lancèrent des regards mi-outrés, mi-amusés. La disparition de domestiques au sein des grandes familles de nobles n'était pas une nouveauté, si bien que la plupart en riaient désormais. Après tout, ce n'était que des Privilégiés et des Poussières, remplaçables en un claquement de doigts.

Dans un premier temps, personne ne répondit à la poupée, qui continuait à les fixer avec insistance. Puis, finalement, une de ses amies toussota légèrement, comme gênée, et lui montra une silhouette au loin.

— Il y a… ça...

Sa voix était pleine d'un mélange de répugnance et de peur. Senia se mit alors à examiner, comme tout le monde, un garçon qui se tenait assis seul sur le coin d'une fontaine.

Ce qui la frappa en premier fut son physique. Il était presque commun, avec sa peau pailletée typique des Sang-Pur, son nez droit, son visage ovale. Presque... Là où le teint des nobles était pâle, le sien était bronzé, presque aussi brun que du caramel fondu, et ses cheveux mi-longs et ébouriffés étaient noir de jais. Une aberration pour les nobles, pire encore que le fait qu'une Poussière intègre l'école. Le cœur de Senia s'emballa bizarrement, alors même que son instinct lui soufflait que tout allait bien.

— Que fait un Ombre ici ? demanda Miodanscelle, son beau sourire soudain crispé.

- CHAPITRE 7 -

Senia s'était, à son habitude, assise au fond de la classe. Elle était en cours de Politique Sociale, mais n'écoutait que peu, malgré la passion que mettait le professeur dans son cours. Le pauvre noble s'esquintait la voix à expliquer en long, en large et en travers le fonctionnement du Conseil des Douze, le système de vote et la politique actuelle. D'habitude, elle aurait écouté avec trouble le combat perpétuel entre les Royalistes, qui se battaient pour l'abolition du peu de privilèges que possédaient les Poussières et instaurer un roi à la tête du pays, et les Traditionalistes qui, eux, étaient pour le maintien de la société actuelle. Le professeur abordait également les dernières décisions du Conseil, nouvelles taxes, attributions des budgets ou encore traités de paix avec les royaumes voisins, autant d'éléments qui auraient été suivis avec intérêt par Senia en temps normal.

Mais l'Ombre s'était assis à côté d'elle, indifférent aux regards outrés de ses camarades de classe. Aussi, l'observa-t-elle à la dérobée, toutes ses pensées tournées vers lui.

Sa venue n'avait fait aucun heureux, et pour cause ! Lors de l'étude de l'histoire du royaume d'Ermera, Senia avait dû tout apprendre sur les différentes lignées de Sang-Pur et sur les familles qui en découlaient. Il y avait quatre lignées différentes au sein des nobles : les Corporels, les Sensitifs, les Élémentaires et les Invisibles, chacun avec des pouvoirs bien spécifiques. Les Corporels, comme la famille Fet'Melek, possédaient la faculté de lire ou changer les corps. Les Sensitifs, eux, bénéficiaient d'un sens plus développé que la moyenne, souvent l'ouïe ou la vue. Les Élémentaires pouvaient manipuler les éléments : feu, eau, air ou terre, mais chacune de leurs manipulations leur coûtait énormément d'énergie. Enfin, les Invisibles... Lignée à part, elle était considérée comme la plus dangereuse et la plus mystérieuse. Elle était divisée en deux familles : les Lumières et les Ombres.

Ils étaient reconnaissables à leur physique, les Lumières étant particulièrement pâles, voire diaphanes, sans cheveux ni poils, et les Ombres possédant un teint plus bronzé, presque cuivré, et une chevelure noir de jais. C'était une lignée capable de modifier les particules de lumière, ou d'ombre, pour se cacher aux yeux du monde. Ce pouvoir particulièrement puissant leur permettait d'éliminer leurs concurrents sans aucun effort. Leur puissance était telle que, des siècles auparavant, les autres lignées s'étaient réunies et alliées pour qu'au moindre geste suspect, les Invisibles se fassent éliminer. Sans accord, la guerre semblait inévitable puisque les tensions s'accumulaient entre eux. Ainsi, le Conseil des Douze fut créé, et une alliance fut signée entre les différentes lignées pour fonder un pays paisible. Pour éviter que la lignée des Invisibles ne soit trop puissante, elle devait se soumettre aux ordres du Conseil des Douze, dont trois de leurs membres faisaient partie. Ils étaient aujourd'hui considérés comme des soldats d'élite et des espions du Conseil, ne se mêlant jamais aux autres lignées, même jeunes.

Le fait qu'un Ombre, aussi juvénile soit-il, quitte le palais, était donc de mauvais augure. Personne ne le considérait comme un adolescent allant sagement en cours, malgré son âge. Il était un agent du Conseil des

Douze. Quelque chose se tramait, et les élèves n'avaient aucune idée de ce que cela pouvait être. Un jeune noble préparait-il un crime horrible ? L'Ombre venait-il les espionner ? Dans quel but ?

Senia, elle, ne ressentait aucun danger émaner de lui. Cependant, il pourrait à tout moment se transformer en ennemi pour Miodanscelle, et donc par extension pour elle. Comment combattre un tel phénomène ? Bien sûr, un Ombre ne pouvait que se cacher dans des endroits sombres, mais la menace restait conséquente.

La Poussière se détourna. Elle n'aurait certainement pas la réponse aujourd'hui, elle ne pourrait donc compter que sur son don et ses formidables réflexes de combat. Mais sa curiosité était piquée... Il faudrait qu'elle creuse le mystère de cet Ombre ! Lorsqu'elle en aurait le temps, bien entendu. Pour le moment, il fallait qu'elle se concentre sur cette fichue Politique Sociale.

Elle ne suivait pas ce cours par passion, mais bien pour surveiller Miodanscelle. C'était facile pour elle : en bonne noble, elle connaissait déjà les rouages du Conseil. Ce n'était d'ailleurs pas le seul cours que Senia devait suivre par obligation. Le pire restait la Physiologie Humaine, matière favorite de son amie. Connaître certains points du corps était très utile à Senia, notamment pour son rôle de garde du corps, mais les détails concernant la digestion, les hormones ou encore la manière de fonctionner d'une synapse lui passaient complètement au-dessus de la tête. Rien que l'idée de ce cours la faisait grimacer ! La jeune fille détourna les yeux vers sa protégée.

Miodanscelle avait hérité du pouvoir de son père, un excellent transformateur. Cette branche des Corporels était spécialisée dans la modification de l'anatomie humaine. Les Fet'Melek avaient construit toute leur fortune là-dessus : esthétique des corps et tatouages. Jamais Senia n'aurait imaginé le nombre de Sang-Pur mécontents de leur physique… Et encore moins les sommes qu'ils étaient capables de dépenser pour changer. Cela la dépassait. Non pas qu'elle-même n'aurait pas envie d'avoir recours à un changement, mais à ses yeux tous les nobles étaient d'une beauté sans égale. Miodanscelle la première s'amusait constamment à transformer son nez, ses joues ou encore ses rondeurs. Un vrai caméléon... Pour s'entraîner, elle utilisait toujours Senia. Ainsi, cette dernière s'était vue changer au fil des années, non pas naturellement, mais par amitié pour la noble qui voulait faire de sa garde du corps une beauté.

Senia soupira. On ne pouvait pas être belle en étant Poussière, et ça Miodanscelle ne pourrait jamais le changer avec son don ! En revanche, la garde du corps n'oubliait jamais son contrat. Plus qu'un an à tenir en vie en protégeant Miodanscelle et elle deviendrait Privilégiée. Elle resterait probablement avec la famille Fet'Melek, mais serait grassement payée, aurait des journées de congé et pourrait, qui sait, évoluer. Avoir une vie, peut-être même des amis. Construire une famille, rendre plus souvent visite à Veomian et Aesia… C'était là le rêve qu'elle s'était forgé au fil des années.

Le cours prit fin avant que Senia ne puisse reprendre le fil du monologue du professeur. Elle avait même oublié de recopier les schémas et devrait, encore une fois, s'en remettre à Miodanscelle pour l'aider. Il avait toujours été compliqué pour la garde du corps de suivre les mêmes cours que la noble tout en ayant des notes assez élevées pour passer, en même temps que Miodanscelle, dans la classe supérieure. Si elle ne réussissait pas, alors elle ne pourrait suivre les mêmes cours et protéger totalement la jeune fille. Cela la conduirait irrémédiablement à un renvoi.

La Poussière se leva dès que le professeur les laissa et s'approcha furtivement de Miodanscelle pour lui tendre son déjeuner. Il était composé d'une simple salade de crudités conservée dans une jarre en verre, de quoi tenir jusqu'au repas du soir. La noble lui jeta un regard plein de malice et ouvrit la bouche, certainement pour lui demander de rester déjeuner avec ses amis et elle dehors. Mais Senia se détourna très vite et s'installa assez loin pour ne pas entendre la proposition de Mio'. Elle n'avait pas l'intention de la vexer ou de l'humilier en lui répondant non devant ses amis, et la noble ne comprenait pas pourquoi sa garde du corps, qu'elle considérait comme une sœur, ne voulait jamais s'installer avec son groupe. Comment faisait-elle pour être aussi naïve ? Elle était la seule à ne pas détester Senia, à ne pas la regarder comme une moins que rien, à la considérer comme son égale.

La Poussière s'assit à part, dans l'ombre d'un pilier, assez proche cependant pour intervenir auprès de Miodanscelle à tout moment. La noble riait aux éclats, comme souvent. Un vrai soleil à elle seule ! Elle s'entendait bien avec son groupe d'amis, au nombre de quatre, et ils semblaient tous si insouciants qu'on pouvait presque croire qu'ils l'étaient. L'un d'eux, Giakkad Ilk'Framwolk, regardait Miodanscelle avec une telle déférence que cela arracha un triste sourire à Senia. Le pauvre n'avait aucune chance, et n'en aurait certainement jamais. Le regard pétillant et malicieux de Mio' était rivé sur ses amis uniquement par fierté, mais Senia la connaissait trop bien. Elle savait ce que signifiaient ses rares œillades et ses joues rosées qu'elle masquait bien vite.

L'attention de Senia quitta furtivement sa protégée pour venir se fixer un instant sur un autre groupe de jeunes gens. Elle l'aperçut sans même avoir à la chercher : Niowlella Opt'Diozep. Même si pour Senia tous les nobles étaient beaux, elle devait reconnaître que Niowlella était assez commune. Visage ovale poupin, regard de fer et cheveux métalliques raides coupés mi-courts, elle avait un air rigide qui allait souvent de pair avec sa famille : les Terres, faisant partie de la lignée des Élémentaires. Mais elle possédait cette aura de puissance qui l'enveloppait aussi sûrement qu'un manteau de fourrure. Comme la plupart des Terres, elle se vouait à l'architecture, ce qui la rendait d'autant plus banale. Mais plus encore, Senia ne l'aimait pas. Elle avait un côté froid, dur et rigide qui aurait tendance à éteindre le feu joyeux qui brûlait en Miodanscelle. Elle ne comprenait pas ce qu'elle lui trouvait... Mais elle n'était qu'une Poussière, et même sans cela, elle n'avait aucun pouvoir sur les amours de Miodanscelle.

Alors que Senia finissait sa propre salade, bien loin de la sustenter, son instinct se réveilla brutalement. Quelqu'un était en danger. Elle fouilla instinctivement du regard la cour, guidée par son don si précieux, quand elle découvrit la future victime : l'Ombre. Il regardait avec incertitude son repas, puis finit par le saisir avec l'intention de le manger, n'ayant pas conscience que ce dernier pourrait le tuer.

— Je ne ferais pas ça si j'étais vous, déclara calmement Senia, qui s'était approchée de lui.

L'Ombre leva des yeux verts étonnés, avec une pointe de frustration dans le regard. Elle-même ne savait pas ce qui lui avait pris, elle qui n'avait jamais sauvé qui que ce fût d'autre que Miodanscelle. C'était la sensation fugace que c'était la bonne chose à faire, comme ce jour où, au palais de justice, elle avait sauvé la petite poupée.

— Je te demande pardon ?

La voix de l'Ombre était grave, profonde et douce. Pourtant, elle y décela une pointe acide.

— Votre repas est empoisonné. Vous ne devriez pas le manger, répondit simplement Senia.

— Comment le sais-tu ?

— Je le sais, c'est tout.

— Pourquoi voudrais-tu me sauver la vie ? Tous les nobles, dont celle que tu défends, me détestent.

Bonne question ! Senia haussa les épaules, comme si elle était totalement indifférente à ces propos, comme si cela n'avait pas d'importance, et trouva rapidement une excuse face à son comportement inhabituel.

— Vous êtes un protecteur de la cité, un soldat du Conseil des Douze. Vous mettre en péril, c'est mettre en péril des familles nobles, donc la personne que je protège. Peu m'importe que vous soyez un Ombre, détesté et seul. Je fais mon travail.

L'Ombre secoua la tête, et laissa son déjeuner sur le côté. Puis, sans aucune gêne, il posa les yeux sur Senia et la dévisagea longuement, la mettant cruellement mal à l'aise. Instinctivement, elle baissa le regard vers le sol, un instinct de soumission dont elle n'avait su se défaire même après plusieurs années auprès de Miodanscelle. Au bout de quelques minutes, elle prit la décision de s'en aller, quand enfin il se décida à parler.

— Pour une Poussière, tu as un sacré culot, et un sacré don pour protéger la petite Fet'Melek. Pas étonnant que tu sois si connue, Senia ! Et si haïe...

La concernée haussa une nouvelle fois les épaules, désabusée. Elle n'avait que faire de cette haine, ni de ce que cet Ombre avait à dire, finalement. Elle lui envoya un coup d'œil qu'elle voulut impassible, et pourtant... Son cœur se serra curieusement, comme triste. Senia se détourna, le laissant seul.

Après un autre cours profondément ennuyeux sur l'Alchimie des Corps et des Pouvoirs, Miodanscelle et Senia se dirigèrent vers la bibliothèque. Les rues pavées parfaitement propres, les bâtiments à l'architecture gargantuesque, les nobles et leurs apparats n'éblouissaient plus la Poussière : elle avait pris l'habitude de cet environnement. Cependant, elle n'oubliait jamais la chance qu'elle avait.

Les deux filles n'étaient pas suivies par les amis nobles de Miodanscelle, qui préféraient aller prendre des cours de combat. Cela arrangeait bien Senia : quand ils la regardaient, c'était toujours avec mépris.

— Alors, j'ai vu que t'as parlé à l'Ombre, petite coquine ! lui susurra Miodanscelle avec un clin d'œil.

— Il allait s'empoisonner. Je n'allais pas le laisser faire !

— Mais oui, c'est ce qu'on dit, c'est ce qu'on dit, roucoula fièrement la noble.

— Tu peux bien parler, tu n'as toujours pas osé adresser la parole à Niowlella...

Miodanscelle se mit à rougir fortement, et agita un de ses nombreux éventails pour faire croire qu'elle avait trop chaud.

— Arrête de faire l'idiote ! Niowlella ? Pff, jamais ! C'est une Élémentaire, ils nous méprisent, je ne vais pas aller m'acoquiner avec pareilles personnes ! Et puis… C'est une fille !

Senia lui envoya un sourire moqueur.

— Pas avec moi, Mio' ! Tu sais bien que je te connais par cœur...

— Arrête de dire des bêtises ! Niowlella... N'importe quoi, oui !

— Mio'…

— Oh, n'insiste pas, Senia ! Pas aujourd'hui ! Elle

ne voudra jamais de moi, je ne veux pas me faire de faux espoirs, c'est tout. Et quand bien même… Tu as vu comment sont regardés les couples de… ce genre, même chez les nobles ? Je ne peux pas faire honte à mon père ! C'est déjà bien assez dur d'être transformateurs, considérés comme des sous-nobles, alors….

— Ton père veut juste ton bonheur ! Si tu lui en parlais, je suis sûre…

— Non, Senia ! Ce n'est qu'une passade de toute façon, pas la peine de lui en faire part.

— Mio'…

— La discussion est close ! Et je suis sûre que tu fais ça uniquement pour cacher ton attirance pour cet… Ombre… Friponne ! Sans parler que tu as encore du retard en Politique Sociale ! Ne le nie pas, je t'ai vu le dévorer des yeux au lieu de t'intéresser au cours... On travaillera là-dessus à la bibliothèque, d'accord ?

Senia acquiesça. Elle savait que Miodanscelle se refermerait comme une huître si elle insistait, et lui ferait la tête pendant au moins une journée. Or, elles avaient un devoir de Politique Sociale et Senia n'était de toute façon pas du genre à appuyer là où ça fait mal. Une passade, prétendait Mio'... Mais la Poussière savait que cet amour, qu'elle se refusait, était présent depuis des années. Elle savait aussi que Tiarrukesh n'en voudrait aucunement à sa fille si elle se décidait enfin à lui avouer ses sentiments. Après tout, il était si ouvert envers Senia !

Mais il faudrait sûrement du temps pour que Miodanscelle s'en rende compte, encore plus pour qu'elle trouve le courage de l'avouer et enfin de le vivre. Que ce soit avec Niowlella ou une autre.

- CHAPITRE 8 -

Les jours suivants se ressemblèrent tant et si bien que Miodanscelle développait toutes sortes de stratagèmes pour sortir ses amis de leur mutisme boudeur. Alors que les élèves semblaient s'être mis d'accord pour s'habiller de couleurs sombres, les faisant ressembler à un cortège endeuillé, la Corporelle portait ses toilettes les plus colorées en ignorant totalement les regards que cela entraînait sur elle.

— Enfin, Mio' ! trépigna un jour Niddish Ilk'Bioshess, une Sensitive particulièrement nerveuse. Tu ne peux pas faire comme tout le monde, pour une fois ?

Miodanscelle chassa la réflexion d'un revers de main, sans se départir de son sourire.

— À ce que je sache, il n'y a pas eu mort d'homme... Et vous avez tous des mines épouvantables, il faut bien que je rattrape tout ça !

Senia, qui observait de loin sa protégée, haussa un sourcil. Pas plus tard que la veille, un nouveau meurtre de domestique avait eu lieu chez Kialanash Fet'Melek, son oncle. Même si c'était devenu habituel - cela faisait des années que toutes les semaines au moins, un Privilégié ou un Poussière au service des grandes familles mourait - Senia ne pouvait comprendre que les nobles soient aussi peu touchés par leurs disparitions répétées. Certains étaient leurs gouvernants depuis qu'ils étaient poupons, d'autres leurs gardes du corps depuis des années, et pourtant ils auraient été plus tristes si l'un de leur vêtement avait été taché ! Comme si la vie ne valait pas plus qu'un veston en fourrure... La Poussière adorait Miodanscelle, mais dans ce genre de moment, elle ne pouvait s'empêcher de penser qu'elles vivaient chacune dans un monde totalement à part.

— Mais il y a un Ombre... rappela Giakkad, avec une toute petite voix. Il est là pour nous espionner ! Et s'il voulait nous arrêter ? Ou nous tuer ?

— Oh la la, vous dramatisez tellement ! s'exclama Miodanscelle. Je n'ai rien à me reprocher, je ne vois donc pas pourquoi je changerais mes habitudes. Vous avez des choses à cacher, vous ? Puis franchement, même si c'était le cas, vous habiller avec mauvais goût ne vous protégera pas d'un Ombre !

Cet éclat de voix ne passa pas inaperçu et un silence pesant tomba sur la cour. Voyant que tous les regards étaient tournés vers elle, y compris celui de Niowlella, Miodanscelle rosit légèrement, mais se tint droite et ne flancha pas. Senia en ressentit une pointe de fierté : peu de nobles sortaient du lot et, à la place de son amie, beaucoup auraient perdu la face.

Cependant, la Poussière ne fut pas surprise quand, lorsque les cours furent terminés, son don se réveilla. La plupart des Élémentaires détestaient les Corporels, et les nobles en général n'appréciaient guère tout ce qui sortait du moule. Elle remarqua immédiatement le garde du corps qui en voulait à Miodanscelle. Même sans son don, il était évident qu'il projetait quelque chose de mauvais tant il était tendu. Sa peau dorée luisait de sueur alors qu'il faisait doux, et ses yeux ne cessaient de sauter de Senia à Miodanscelle. La Poussière fit semblant de ne pas le voir et le laissa approcher. C'était un employé de la famille Opt'Messep, des Élémentaires d'eau, mais elle ne pouvait l'arrêter tant qu'il n'avait pas montré de signe d'attaque envers la noble.

Le garçon se montra très vif pour son âge, tirant son couteau si vite qu'il aurait été difficile, même pour un œil averti, de voir le mouvement. Mais Senia, aidée par son don, le fut plus encore.

Lorsqu'elle était plus jeune, son don se définissait plus comme un pressentiment particulièrement puissant, mais qui ne lui permettait pas de deviner avec précision les attaques de ses ennemis. Désormais, quand le danger était proche, elle pouvait presque le palper, et même le voir. Sans se l'expliquer, elle savait quels seraient les prochains coups de ses adversaires, lui permettant de réagir en conséquence.

La Poussière se jeta donc sur le Privilégié au moment où l'arme fendait l'air pour trouver la nuque de Miodanscelle. Le choc le projeta sur le côté, le déséquilibrant momentanément. Senia en profita pour lui envoyer un coup de pied retourné en plein visage, qui l'assomma. Miodanscelle et ses amis, devant la scène, poussèrent des petits cris étonnés, puis un professeur se dirigea vers eux, alerté par le grabuge. Il se planta devant Senia qui, malgré le statut de Sang-Pur de l'homme, le regarda dans les yeux.

— Que s'est-il passé ?

— Cet homme a tenté de tuer Miodanscelle Fet'Melek, ici présente, récita machinalement Senia.

— Des témoins ?

Senia regarda le groupe d'amis. Sans témoin, le Privilégié serait relâché rapidement et l'affaire classée sans suite. Il pourrait continuer à être garde du corps au sein de l'école. Avec témoin, il serait bon pour la prison pendant un bon moment, puis il devrait faire profil bas pour ne pas subir les conséquences de son échec. Du reste, s'il avait réussi, il aurait sans doute été condamné à mort, mais la famille qu'il servait l'aurait fait s'échapper et, prime et nouvelle identité en poche, il aurait fui dans une autre ville. À croire que la justice, dans cette ville, ne signifiait plus rien...

Malheureusement pour le Privilégié, Giakkad avait été témoin de sa manœuvre. Le professeur hocha la tête, porta le garde du corps toujours inconscient vers un mur de l'école, puis étant un Élémentaire terre, lui scella les mains à même le mur en attendant la venue des gardes.

Insensible à ce qui venait de se dérouler sous ses yeux, le groupe de Miodanscelle continua sa discussion là où il l'avait arrêtée. Pourtant, un coup d'œil suffit à Senia pour comprendre que son amie avait été plus ébranlée qu'elle ne le laissait paraître. Elle caressait une mèche de ses cheveux couleur argent, ce qu'elle ne faisait que lorsqu'elle était en proie à une réflexion profonde. Personne d'autre ne le remarqua, et c'est sous les babillages des nobles que tous se dirigèrent vers l'impressionnant bâtiment de l'armée.

Alors que les bâtisses du quartier de diamant rivalisaient en élégance, en courbes gracieuses ou en couleurs éclatantes, le bâtiment de l'armée, ou "bloc", n'était qu'un cube blanc surmonté de quatre tours carrées à chacun de ses coins. Il se résumait en un mot : efficacité.

À la bibliothèque, Senia continuait de suivre Miodanscelle comme son ombre, mais cela n'était pas possible au sein de l'armée : les nobles partaient d'un côté suivre des cours avec les généraux, les garde du corps de l'autre pour s'entraîner comme des soldats. Et encore... Ils étaient appelés par les nobles "*le mur de chair*", des soldats prêts à obéir aux ordres, rompus à la guerre, mais surtout une première ligne envoyée au combat, d'où leur nom. L'idée même d'être considérés comme "*dispensables*", voire "*jetables*", rendait Senia furieuse. Elle était cependant bien heureuse de se trouver dans ce cours-là, puisqu'elle trouvait soporifique de s'esquinter le cerveau à développer des stratégies plus loufoques les unes que les autres.

Autre inconvénient de ce cours si particulier : aucune protection n'était autorisée. Ainsi, chaque élève ne portait que de simples vêtements en coton, si légers et courts qu'ils dévoilaient une bonne partie de leur anatomie, et si serrés que la plupart se sentaient comme nus. Senia ne s'était jamais sentie aussi humiliée que le premier jour de cours à l'armée. Mal à l'aise dans son corps, elle avait encaissé les réflexions de tous les Privilégiés présents, et était devenue instantanément la cible de leur professeur, Ilk'Registar. Cependant, il était bien plus dur pour elle de subir les réflexions et les œillades dégoûtées que les coups de bâton. La douleur physique était oubliable, même si elle laissait parfois des traces comme en témoignaient les vieilles cicatrices de son dos. La souffrance psychologique, elle, était une tout autre affaire.

Mais tout cela faisait partie du passé. Si les coups du professeur continuaient à pleuvoir, Senia s'enfermait dans une armure mentale qui ne laissait filtrer aucune parole, ainsi les Privilégiés avaient depuis bien longtemps cessé de l'insulter, pour ne ricaner que lorsque le professeur s'acharnait sur elle.

Avec un soupir résigné, Senia sortit des vestiaires pour se figer devant le spectacle qui l'attendait. Elle ne resta pas longtemps immobile, rejoignant les gardes du corps alignés devant le professeur, mais ne put résister à l'envie de jeter un coup d'œil pour vérifier qu'elle n'hallucinait pas.

L'Ombre était là, parmi eux, le regard rivé devant lui en bon petit soldat, un sourire ironique flottant sur ses lèvres.

Que faisait-il donc dans l'armée ? Et encore pire, dans le groupe du *mur de chair* ? C'était un Invisible, certes, mais un noble avant tout. Sa place n'était pas ici. Pourtant, quand le professeur entra dans la pièce à son tour, il ne tiqua même pas, l'ignorant royalement.

— Que faites-vous encore alignés devant moi ?! grogna le professeur. Les dix minutes d'échauffement ne se feront pas toutes seules !

Aussitôt, les Privilégiés se mirent en mouvement, fuyant la Poussière et l'Ombre comme des pestiférés. Senia n'en prit pas ombrage et alla se mettre dans un coin. Balancer sa nuque, rouler des épaules, dérouiller ses poignets, gondoler ses hanches, onduler les chevilles… Le tout sous le regard appuyé de l'Ombre. Lui ne s'échauffait pas, se contentant de l'observer avec cet air amusé qui la fit frémir de colère. Elle l'avait sauvé de l'empoisonnement et lui cherchait à la mettre mal à l'aise. Elle tenta de l'ignorer, mais puisqu'il ne se détournait pas d'elle, elle finit par lui envoyer un regard noir. Du coin de l'œil, elle aperçut quelques Privilégiés qui pointaient l'Ombre du doigt, en se moquant de lui derrière son dos. Quelques instants lui suffirent pour comprendre pourquoi.

Habillé d'un caleçon en coton, comme tous les hommes présents, il ne payait pas de mine. Plus petit que la moyenne, il était frêle d'épaules, possédait des biceps délicats et des cuisses fines, loin, très loin des carrures imposantes de certains gardes du corps. À cela s'additionnaient son air dégagé et ses yeux qui, lorsqu'ils n'étaient pas posés sur Senia, étaient dans le vague. Ainsi, il semblait ne représenter aucun danger, mais la Poussière ne s'y trompa pas. On le pensait perdu dans ses pensées ? Il avait, au contraire, une vigilance de tous les instants. Son gabarit n'était pas impressionnant ? Ses muscles criaient leur vitesse et leur souplesse. Cela ne faisait pas de lui quelqu'un de fort, mais d'autrement plus efficace au combat que n'importe quel garde du corps.

Pour la première fois depuis une éternité, le professeur choisit un Privilégié pour faire la démonstration du coup qu'il voulait apprendre à ses élèves. Senia n'avait jamais eu de binôme pour s'entraîner lors de ces sessions, si bien qu'elle fut déconfite quand Ilk'Registar l'obligea à se mettre avec l'Ombre. Généralement, un sac de frappe lui suffisait.

Le noble lui adressa de nouveau son sourire amusé, mais ne pipa mot. Ils reproduisirent tous deux parfaitement le mouvement que leur avait enseigné le professeur, dans le silence. Puis vint le moment du combat libre. Lors de cet exercice, les binômes choisissaient quel style de combat ils souhaitaient perfectionner. En temps normal, Senia se serait sans doute esquintée sur un mannequin en bois avec un bâton censé représenter une épée, arme qu'elle maîtrisait le moins bien. Cette fois-ci, elle n'eut même pas le temps de réfléchir ou de choisir face à l'Ombre. Toujours sans un mot, ce dernier lui tendait déjà un morceau de bois reproduisant un poignard, et à peine l'eut-elle saisi qu'il se mit en position de combat.

Ce que Senia avait pensé plus tôt s'avéra juste : malgré son don, qui la prévenait en avance de tous les coups qu'elle recevrait, elle effleura à peine l'Ombre. Vif et souple, il l'esquivait facilement. Cependant, bien qu'elle fût en nage à la fin du cours, les muscles hurlant de fatigue, Senia eut la fierté de n'avoir été touchée que très peu de fois. Elle vit soudain ce cours comme une chance : celle de pouvoir se mesurer et s'améliorer face à un adversaire coriace. Elle qui se demandait quelques jours plus tôt comment faire face à un tel adversaire, voilà qu'elle pouvait trouver un bout de la réponse !

Lorsqu'elle sortit du vestiaire, se sentant enfin complète dans son habit de cuir et avec ses nombreuses armes à proximité, elle fut surprise de croiser une nouvelle fois l'Ombre, le dos appuyé contre un mur, dans une position détendue. Quand il la vit, il lui adressa un sourire en coin et un clin d'œil.

— À bientôt, petite Poussière... lui dit-il.

Il partit ensuite d'une démarche nonchalante. Senia rougit violemment sous la colère. Ce garçon ne lui avait pas adressé la parole pendant tous les exercices, puis l'avait attendue à la sortie pour lui dire « *à bientôt* » ? Si c'était une menace, elle refusait d'avoir peur, d'autant plus que son don était toujours aussi silencieux. Et si ce n'en était pas une, qu'était-ce ? Un jeu ? Eh bien, il ne serait pas le premier à vouloir jouer avec elle... Ni le premier à perdre !

C'est avec une humeur assombrie que la Poussière rejoignit Miodanscelle pour retourner chez elles.

- CHAPITRE 9 -

Les journées passèrent et Senia ne pouvait se défaire de ses sentiments de colère et de tristesse qui, tour à tour, venaient la tenailler. D'un côté il y avait Miodanscelle qui, si elle n'avait pas abandonné ses vêtements colorés et autres bijoux étincelants, s'était enfoncée dans une discrète mélancolie. La Poussière ne pouvait que comprendre : depuis son petit discours entendu par l'ensemble des jeunes nobles dans la cour, les sourires hypocrites à son encontre étaient presque aussi nombreux que les tentatives d'assassinat. Elle payait cher cette petite erreur de jugement, et s'était même fait trahir par son amie Niddish qui, après avoir quitté le groupe d'amis, avait envoyé sans remords son garde du corps au casse-pipe. Senia l'avait bien entendu intercepté avant tout geste dangereux, mais le mal était fait : le regard de Miodanscelle brillait désormais d'une lueur émoussée. Pourtant, sa fierté la poussait à refuser de faire comme tout le monde et à continuer de parader comme si l'Ombre n'était pas là, en dépit des conséquences et ce malgré les regards durs de plus en plus fréquents de Niowlella et sa clique.

D'un autre côté, il y avait l'Ombre justement. Par trois fois, elle l'avait recroisé à l'entraînement à l'armée, et toujours la même scène : ils s'entraînaient ensemble en silence, puis il l'attendait ensuite à la sortie.... Peu importait le temps qu'elle mettait pour s'habiller. Il lui soufflait alors un « À bientôt, petite Poussière... » avant de s'éclipser. Cela avait le don de l'agacer prodigieusement, mais elle n'osait pas répondre à l'Invisible. Elle avait bien trop peur de commettre un impair en lui lançant des paroles acerbes.

Ce jour-là, malgré tout, Senia ne pensait pas à l'Ombre, mais bien à Miodanscelle. Fait étrange, elle avait peu mangé le matin même, et elle semblait perdue dans ses pensées. Elle avait à peine adressé quelques mots à son père, pourtant prévenant, et était partie aussi tôt que possible à l'école. Bien sûr, elle gardait toujours ce sourire lumineux et marchait avec grâce. Rien ne semblait pouvoir ébranler ce masque savamment travaillé durant plusieurs années, qu'elle portait à la manière d'une armure. Mais Senia n'aimait pas ça... En tant que garde du corps, elle ne portait jamais de masque. Elle ne disait pas non plus tout haut ce qu'elle pensait tout bas, mais ne cachait pas ses émotions pour autant, alors que Miodanscelle brillait par ses talents d'actrice. Si elle arrivait facilement à duper ses amis, Senia le devinait aisément à ses tics nerveux, mais aussi à son comportement une fois la porte de la demeure des Fet'Melek atteinte. La poupée s'effondrait parfois, sans crier gare, et Senia tentait alors de recoller les morceaux, calmer ses craintes et chasser ses démons. Si la Poussière avait pensé les premiers temps que les nobles avaient une vie rêvée, elle avait vite découvert un enfer d'un tout autre genre que celui de son enfance. L'enfer du paraître, de la dissimulation et du mensonge ! Quelque chose de moins brut, mais de cruellement plus insidieux. Malsain. Un univers où les poings et les armes ne suffisaient pas, où il fallait comploter dans l'ombre pour se faire une place.

Tiarrukesh essayait aussi, à sa manière, d'apprendre à sa fille à s'en sortir, se protéger et être heureuse malgré tout. Cependant, son salon esthétique lui prenait presque tout son temps, et il était difficile pour lui de prendre à la fois la place de père et de mère pour rassurer Miodanscelle. Il était, de toute façon, très dur de s'entendre dire à l'adolescence que la vie ne tiendrait jamais qu'à un fil, à de la chance et à beaucoup, beaucoup de trahisons. Que l'amour que l'on portait à quelqu'un d'autre était impossible, qu'il pourrait devenir à tout moment une arme mortelle si cette personne faisait partie d'une famille ennemie.

Senia aurait été incapable d'embrasser un masque de joie feinte dans ces conditions, et pourtant Miodanscelle accomplissait ce petit miracle tous les matins. Au fond, la Poussière savait bien que son amie ne feignait pas toujours l'innocence et la gaieté : elle avait gardé cette partie enfantine qu'elle ne saurait perdre sans s'égarer elle-même. Mais plus le temps passait, plus elle semblait s'effondrer lentement de l'intérieur.

Toutes ces pensées inquiètes polluaient l'esprit de Senia. Elles tournaient en boucle, mettant à mal sa concentration lors des cours, et en voyant Miodanscelle plus abîmée que jamais, ce jour-là ne faisait pas exception. De toute manière, elle connaissait déjà tout ce que le professeur de Botanique s'évertuait à leur apprendre : les plantes médicinales ou, au contraire, empoisonnées n'avaient pas de secret pour elle, grâce aux formations spéciales que lui avait payées Tiarrukesh pour la faire devenir garde du corps. À ce souvenir, Senia grimaça. De tous les cours, son apprentissage sur les poisons avait été de loin le plus désagréable…

— Senia, que fais-tu ? l'interrogea subitement Miodanscelle.

La Poussière leva les yeux de son pupitre, pour se rendre compte que le cours était terminé. Elle sourit pour rassurer Miodanscelle et se leva comme ses camarades.

— Rien, allons-y !

Miodanscelle lui jeta un regard d'avertissement, pour lui rappeler son rôle certainement, puis rejoignit ses amis. Ils se dirigeaient tous vers le complexe de l'armée, ce qui agaça aussitôt Senia.

Elle retrouva comme toujours l'austère et illustre professeur Ilk'Registar, ainsi que l'exaspérant Ombre. Malheureusement pour elle, le professeur sembla se rappeler de sa présence.

— N'espérez jamais désarmer un soldat qui utiliserait une arme à deux mains, laissez ça aux Élémentaires, commença-t-il en ne la quittant plus du regard. Cependant, épées et autres cure-dents sautent allègrement des mains de leur propriétaire si vous prenez le temps d'apprendre. La Poussière, tient donc ce bâton que je montre au mur de chair comment faire !

Depuis que l'Ombre était là, il ne s'était plus laissé aller à l'humilier, ou aux démonstrations de violence. Avait-il changé d'avis ? Peu importait, la force de l'habitude avait appris à Senia à ignorer la douleur, mais également à savoir se comporter face à ce type d'individu. Laisser passer... Après tout, insulter un noble ne pourrait lui valoir que la prison, la conduisant inexorablement au renvoi, et donc brûlant toutes ses chances de réaliser son rêve. Plus qu'un an, c'est ce qu'elle se répétait. Au moins, une fois qu'elle serait Privilégiée, elle serait moins détestée.

Comme Senia s'y attendait, et malgré une garde qu'elle savait excellente, son bâton s'échappa tristement vite de ses mains, propageant un ricanement dans les rangs Privilégiés.

— Reprends ton bâton, et dépêche-toi ! Quelle empotée ! Bon...

Il la désarma encore quelques fois, avant de montrer ses mouvements plus lentement aux élèves, lui tournant allégrement le dos. Mais Senia n'en avait cure : elle avait parfaitement vu ses gestes, et les avait retenus par la même occasion. Lorsqu'il passa près d'elle et de l'Ombre, s'entraînant à se désarmer, il n'eut rien à redire.

— Bien, passons à vos combats libres ! En place, jeunes gens !

Senia vit l'ombre se saisir d'un nouveau bâton, plus court, censé reproduire un poignard. Il n'avait jamais utilisé d'autre arme que celle-ci. Normalement, la Poussière suivait le mouvement et prenait également un bâton de petite taille. Normalement... Elle en avait marre de reproduire toujours les mêmes exercices.

— Pourrions-nous changer aujourd'hui, s'il vous plaît ? demanda-elle avec toute la politesse dont elle était capable.

L'Ombre planta ses yeux dans les siens, avant qu'un sourire moqueur ne vienne étirer ses lèvres. C'était la première fois qu'elle lui adressait la parole depuis qu'elle l'avait sauvé de l'empoisonnement, puisqu'elle n'avait jamais répondu à ses menaces. Il croisa les bras contre sa poitrine. Ses yeux verts pétillaient de malice.

— Pourquoi ?

— Cela fera la cinquième séance à l'arme courte en combat libre. Les deux dernières fois, nous n'avons pas pu nous départager. Il serait peut-être temps d'essayer autre chose, puis de revenir à l'arme courte plus tard.

Le sourire de l'ombre s'élargit, dévoilant des dents blanches bien alignées, contrastant avec sa peau brune.

— Tu penses vraiment que nous sommes équivalents à l'arme courte ?

— Ce que je pense importe peu. Ce qui est sûr, c'est que si vous êtes meilleur que ça, vous ne me le montrerez jamais !

Ses yeux se firent plus profonds, insondables puits

sans fin. Senia sentit son corps être parcouru de frissons, ses poils se dresser et son cœur cavaler. Il la mettait toujours dans un état étrange, lorsqu'il parlait. Elle ne savait pas encore si c'était de la colère, de l'appréhension ou une franche frustration qui la tenaillait à chaque fois. Ce garçon la déstabilisait, elle le savait dangereux et pourtant son don restait muet comme une tombe devant lui. Sans parler de l'ego surdimensionné qu'il semblait avoir, son air moqueur et le mystère inconfortable qui planait autour de lui.

— Culottée et intelligente ! Il n'est pas bon d'être ton ennemi, ni celui des Fet'Melek, n'est-ce pas ?

Devant son silence, il haussa son sourcil noir, lui donnant un air désappointé.

— Bien ! Que proposes-tu donc, petite Poussière ?

— Corps-à-corps, petit Ombre ! répliqua-t-elle avec une pointe d'acidité.

Après tout, il était à peine plus grand qu'elle. L'Invisible s'autorisa un sourire amusé.

— Parfait ! Que mademoiselle soit servie !

Il fit une petite courbette ironique, puis passa à l'attaque. Comme pour la punir, il mit les bouchées doubles et Senia faillit se faire submerger. Faillit... Son don, plus efficace que jamais, parvenait à lui faire voir avec quelques millisecondes d'avance d'où surgiraient les coups, la faisant parer à temps. L'adrénaline s'ajouta à la partie, ainsi qu'une soudaine soif de montrer ce qu'elle valait. Alors que des années durant, les moqueries des Privilégiés ne l'avaient pas touchée, l'ironie de l'Ombre l'avait piquée au vif. Elle enchaîna les coups, les bottes, les parades et autres pièges. Elle parvint à le frôler à de nombreuses reprises, mais reçut quelques coups en échange.

À la fin du cours, essoufflée, suffocante et couverte

de bleus, Senia eut tout de même la fierté d'avoir mis l'Ombre en nage. Son teint mat avait pris une douce couleur rosée et il suait à grosses gouttes. Moins qu'elle, certainement, mais assez pour qu'elle s'en réjouisse chaudement.

Alors qu'elle sortait du vestiaire habillée de ses éternels vêtements en cuir, lessivée, mais prête à raccompagner Miodanscelle à demeure, elle eut la mauvaise surprise de croiser l'Ombre qui l'attendait toujours. Néanmoins, quelque chose avait changé. Il la dévisageait maintenant avec une nouvelle insistance, comme s'il avait faim et qu'il allait la dévorer. Avec une lueur de mort ! Elle passa devant lui, la démarche orgueilleuse, se refusant à la peur. À peine l'eut-elle dépassé, qu'elle sentit un souffle près de son oreille.

— Ackis !

Elle se retourna vers lui immédiatement, adoptant inconsciemment une posture de combat. Elle ne sentait toujours pas de danger, mais il s'était trouvé soudain trop près d'elle.

— Vous disiez ?

— Ackis ! C'est mon prénom.

Cette fois-ci, Senia fut incapable de lire une quelconque émotion dans son regard couleur forêt. Cela la perturba d'autant plus. Que lui voulait-il ?

— Très bien ! Vous connaissez déjà le mien... finit-elle par articuler.

— Bien sûr ! Bonne soirée, Senia !

La jeune Poussière se détourna vivement. Quelque chose chez cet homme la dérangeait grandement, et elle n'aimait pas le fait de ne pas savoir ce que c'était.

Senia retrouva Miodanscelle, qui paraissait plus pâle que jamais. Pourtant, son regard n'aurait su être plus flamboyant. La Poussière ne fit aucun commentaire,

Miodanscelle ne lui parlerait pas tant qu'elle ne serait pas sûre qu'elles n'étaient pas épiées. Elle avait beau avoir un tas d'amis, elle n'arrivait pas à leur faire assez confiance pour discuter avec eux de certains sujets. Elle salua dignement ses camarades, son masque joyeux toujours en place, puis partit vers le parc qui la séparait de son foyer, suivie de Senia qui n'avait pipé mot.

Lorsqu'elles arrivèrent au parc, sans personne aux alentours, Miodanscelle se mit à trembler ostensiblement, la tête baissée, comme en proie à un terrible dilemme. Comme elle ne se décidait toujours pas à parler, Senia prit les devants.

— Quelque chose à m'annoncer sur le cours de cet après-midi ? interrogea-t-elle avec douceur.

— Hum... Tu sais que je suis nulle en stratégie offensive.

— Oui.

— J'étais en cours avec Niowlella, lâcha-t-elle comme si ce simple nom contenait l'explication de son tourment.

— Oui, Mio', je suis au courant. Jusque-là, rien d'anormal...

— Elle... Euh... Elle m'a proposé... Hum... Quejelaideenbotaniqueetquellemaidenstrategieoffensive ! lâcha-t-elle enfin d'une voix étranglée.

— Je... n'ai pas compris ce que tu as tenté de me dire, Mio' ! Articule, s'il te plaît !

Cette dernière s'arrêta de marcher un instant, reprit de grandes bouffées d'air, puis planta son regard ciel dans celui de son amie.

— Elle m'a proposé un échange de services. Je l'aide en botanique, elle m'aide en stratégie offensive.

Senia resta un instant interdite. Ça pour une première, c'en était une ! Deux filles de familles opposées qui voulaient s'entraider... Bon, plutôt s'échanger des services, comme le disait si bien Miodanscelle, mais tout de même ! Senia n'était pas à l'aise avec ça, mais simplement parce qu'elle n'aimait pas Niowlella. Malgré tout, cela voudrait dire que Miodanscelle passerait du temps avec la personne que son cœur avait choisi... et ça, Senia ne pouvait que s'en réjouir.

— Très bien ! À la bibliothèque, je suppose ?

— Oui.

— Je serai là pour te protéger.

— Merci !

Senia ne sut quoi ajouter, mais elle savait qu'il n'y avait besoin de rien d'autre. Les sourires qu'elles s'échangeaient étaient suffisants, Miodanscelle semblait enfin revivre.

- CHAPITRE 10 -

— Bon, et maintenant, à toi de m'expliquer ! lui souffla Miodanscelle, la main posée sur le poignet, un large sourire aux lèvres.

— T'expliquer quoi ?

— Tu n'as jamais été aussi fatiguée physiquement après un cours, tu as des bleus un peu partout, et au vu de ton rythme cardiaque, de tes pupilles élargies et de la tonne d'hormones qui parcourent ton sang actuellement, je pencherais pour une bonne dose de frustration, voire même de la colère! Sachant que tu t'entraînes avec l'Ombre, je gagerais qu'il est impliqué dans ce joyeux mélange d'émotions...

Senia soupira et donna une petite tape à la main de son amie, au contact avec sa peau. Elle oubliait toujours que Miodanscelle, en Corporelle, ne savait pas seulement changer les corps, mais aussi en dévoiler les moindres secrets au toucher.

— Et la déontologie dans tout ça, Mio' ?

— Dois-je te rappeler le contrat que l'on a passé ensemble dans ma chambre il y a plus de quatre ans ? « Nous jurons sur notre honneur de ne jamais se cacher l'une à l'autre. Comme des sœurs, nous partagerons nos joies, nos peines, nos secrets, car il n'est rien de plus précieux que le soutien d'une amie dans les moments les plus douloureux... Ou les plus joyeux ! » déclama Miodanscelle, la main sur le cœur.

— Oui, c'est bon, je m'en souviens aussi bien que toi... râla gentiment Senia, incapable d'en vouloir à son amie. L'Ombre m'a juste donné du fil à retordre en cours. Il est vraiment bizarre, je ne sais pas ce qu'il cherche. Et au lieu de son "à bientôt" habituel, il m'a dit son nom. Tu savais qu'il s'appelle…

— STOP ! Stop, stop, stop ! Ne me dis surtout pas son prénom !

Une pointe de terreur et de détresse avait soudain surgi dans la voix de Miodanscelle. Senia se tut aussitôt pour lui lancer un regard interrogateur.

— Et pourquoi donc ?

— Mais enfin, Senia ! Quand un Invisible te donne son prénom, il s'expose. Or, ce genre d'individus ne s'exposent que pour proférer des menaces, tout le monde le sait !

— Tout le monde le sait ?

— Mais oui, ça fait partie des histoires qu'on raconte pour les petits, avec l'Invisible qui donne son nom à sa future victime, qui finit toujours par mourir…

— Mio', je n'étais pas là quand ton père te racontait encore des histoires pour t'endormir...

— Ah oui, j'oubliais ce détail ! J'ai tellement l'habitude que tu sois là... Bref, il t'a menacée !

Rien qu'à cette idée, Miodanscelle paraissait préoccupée, et même un brin hystérique. Elle caressait une mèche de ses cheveux en se mordant la lèvre, un tic nerveux. Senia elle-même ne se sentait pas très bien, mais elle relativisa vite.

— Tu es sûre que tu n'as rien fait, Senia ? Il te surveille peut-être.

— Mais enfin, Mio', je suis toujours fourrée avec toi à te protéger ! Quand aurais-je eu le temps de faire quoi que ce soit ?

— Tu connais les passages secrets de la maison, tu pourrais sortir la nuit tombée...

— Oui, c'est vrai que c'est très commun une Poussière dans le Quartier de Diamant, avec une dizaine de coutelas apparents, en pleine nuit. Bon sang, Mio' ! Tu t'entends ? Je ne t'ai jamais rien caché ! Si tu en doutes, prends ma main, je ne te mens pas...

Miodanscelle refusa d'un geste. Il était vrai que si elle avait vérifié les dire de son amie en lisant son corps, cette dernière aurait été en colère. Elles étaient proches, trop pour que le moindre doute sur les paroles de l'une d'entre elles soit permis.

— N'empêche, il t'en veut.

— Bah, ce n'est pas comme si personne n'avait jamais voulu me tuer...

— Je ne voudrais pas t'alarmer, Senia, mais c'est un Ombre. Un Ombre ! Il pourrait rentrer chez moi la nuit sans être repéré par les gardes ! C'est pour ça qu'ils sont à la solde du Conseil, ils sont puissants et…

— Je ne voudrais pas te contredire, Mio', mais quelles seraient les raisons pour qu'il me tue ? Qu'il ne m'aime pas ? Je n'ai rien fait. Et ne te fais pas plus naïve que tu ne l'es, il ne serait pas envoyé sur le terrain pour une Poussière. Il cherche un noble.

Miodanscelle ouvrit la bouche pour répliquer, mais elles étaient arrivées chez elles. Elles n'avaient aucune intention d'être entendues par le personnel de Tiarrukesh.

À peine eurent-elles posé un pied à l'intérieur de la demeure qu'un domestique, au teint à peine doré, les invita à le suivre. Elles atterrirent, non sans surprise, dans le bureau de Tiarrukesh. Il était très inhabituel que son père soit de retour du salon si tôt et les fasse quérir dans son bureau. D'ailleurs, le noble était si concentré sur la lecture d'une pile de feuilles qu'il ne les remarqua que lorsque les domestiques les laissèrent seuls, prenant soin de fermer la porte derrière eux.

— Pa' ? Que fais-tu là ? Tu as fini plus tôt ? s'avança alors Miodanscelle.

— J'ai fermé la boutique il y a une heure, effectivement. J'avais besoin de vous parler. Asseyez-vous !

Le noble avait relevé ses yeux ambre vers les deux filles. Miodanscelle prit place en face du bureau de son père, mais Senia resta debout, derrière elle. Même assis, Tiarrukesh restait terriblement impressionnant. Il posa doucement les documents qu'il tenait un peu plus tôt. Il avait beau paraître calme, la Poussière devinait sans difficulté la tension dans ses avant-bras nus. Miodanscelle l'avait également remarqué puisqu'elle avait perdu tout sourire et toute nonchalance.

— Pa', à quel point est-ce grave ? demanda la jeune noble d'une voix mal maîtrisée.

— Ce n'est pas… Nous ne sommes pas en danger. Enfin, pas encore... Non, Miodanscelle, laisse-moi finir, sinon nous en aurons pour toute la soirée ! Comme vous le savez, tous les quinze ans, le Conseil des Douze se fait réélire. La prochaine élection se déroulera dans un an et les premiers candidats commencent à prospecter, à mener leur campagne.

Il sembla soudain désappointé et le silence s'installa. Miodanscelle se détendit légèrement, sans comprendre pour autant où il voulait en venir. Senia, elle, eut soudain un horrible pressentiment qui n'avait rien à voir avec son don. Pour que Tiarrukesh ait une mine aussi grave en parlant d'un tel sujet, cela ne pouvait signifier qu'une chose…

— Qu'est-ce que ça a à voir avec nous, Pa' ? Le seul candidat qui soit proche de nous, c'est oncle Kialanash.

— Justement ! La nouvelle n'est pas encore connue

de tous, Miodanscelle, mais ton oncle a été retrouvé… assassiné, ce matin.

Senia ne bougea pas d'un pouce, mais son esprit se mit immédiatement en marche. C'était encore pire que ce qu'elle craignait. Kialanash Fet'Melek était un Corporel extrêmement connu et populaire. Il attisait toutes les passions : on l'aimait ou on le détestait. C'était un médecin extrêmement réputé, au cabinet souvent encombré de nobles malades ou cherchant des conseils. C'était également un des seuls Purificateurs.

La Purification était un rite codifié, ployant sous un monticule de lois, qui permettait de donner du Sang-Pur à un Poussière ou un Privilégié. Seuls les Corporels pouvaient le mener, puisqu'ils étaient les seuls capables de modifier un corps, et c'était ce rite qu'elle passerait si jamais elle protégeait un an de plus Miodanscelle. Son dossier avait été accepté par le Conseil des Douze, probablement parce qu'ils pensaient qu'une garde du corps Poussière encore en vie après plusieurs années tenait du miracle.

Bien que la Purification soit désormais très rare, Kialanash était soit source d'une immense jalousie, ayant un pouvoir caché mais bien réel, soit admiré au-delà de l'imaginable. Il était parfait pour prétendre à un siège au Conseil des Douze. Malgré tout cela, il était étonnant qu'il ait été assassiné. Sa demeure était l'une des mieux gardées du quartier de Diamant, et aucune de ces raisons n'était suffisante pour prendre un risque aussi énorme et préparer un coup aussi difficile. Enfin, cela signifiait de gros ennuis pour le Conseil, qui devrait dès lors trouver et former un Corporel au rite, alors que cette tâche aurait dû revenir à Kialanash.

Senia revint à la réalité en raison du silence assourdissant. Elle remarqua instantanément la raideur de

Miodanscelle et le regard fuyant de son père, qui semblait osciller entre malaise et tristesse. Après tout, il parlait de son frère. Ce fut donc la Poussière qui reprit.

— Des traces ? Des pistes pour les assassins ?

— Rien de tout cela. C'est ce qui est le plus étonnant... À croire qu'il s'est tranché la gorge lui-même.

— Aurait-il fait des choses que l'on ignore ? Eu des ennemis à ce point soucieux de le voir disparaître ?

— Non et non ! Rien de tout cela, du moins pas à ma connaissance.

Senia voulut continuer son interrogatoire, mais à son plus grand étonnement, elle fut coupée par Miodanscelle.

— Nous ne sommes pas ici pour parler de son enterrement, n'est-ce pas, Pa' ?

Le noble poussa un profond soupir.

— Effectivement... Bien entendu, l'enterrement se déroulera dans deux jours au soir, et nous y serons. Mais je ne vous ai pas fait venir que pour ça. Mon frère étant désormais hors lice... Je vais me présenter pour avoir un siège au Conseil des Douze.

Miodanscelle laissa échapper un petit cri et la main de Senia se crispa sur le siège de cette dernière. Voilà qui expliquait tout ! Se présenter à un siège du Conseil comportait de multiples intérêts, mais également des risques non négligeables. Miodanscelle et Tiarrukesh seraient plus en danger que jamais.

— Mais Pa' ! Pourquoi tu ferais ça ? Tu n'as jamais eu d'intentions politiques !

— Je sais, Miodanscelle. Mais la vérité est que nous n'avons qu'un seul autre candidat Corporel, ce n'est pas assez. Ces sièges conditionneront notre futur. Ton futur. Il faut que je protège nos intérêts, comme le feront les Élémentaires, les Sensitifs et les Invisibles. Nous sommes déjà sous-représentés, alors si nous n'étions pas présents du tout… Tu sais ce qui est arrivé aux Élémentaires les quelques années où ils ont déserté le conseil !

Une époque sombre. Ne pouvant assister aux votes des lois, ils s'étaient vite retrouvés relégués au rang de soldats ou ouvriers, sans aucune force de proposition. Au bout de quelques années, plus personne ne les considérait encore comme des nobles à part entière. Leur colère avait alors fait trembler la colline et cela avait failli dégénérer en guerre civile. Des dispositions avaient donc été prises et une ré-élection avait été organisée à la hâte pour donner des sièges à cette lignée. Cela s'était déroulé vingt-neuf ans plus tôt.

Alors que Senia s'attendait à voir Miodanscelle négocier, crier ou encore piquer une crise, cette dernière ne fit que se lever et quitter la pièce... Une réaction qui indiquait clairement la teneur de sa détresse. La Poussière s'apprêtait à la suivre quand la voix de Tiarrukesh l'arrêta.

— Senia… Je sais que je te donne une nouvelle dose de travail, et j'en suis désolé. Miodanscelle risque d'être exécrable. Mais sois là pour elle, s'il te plaît ! Elle vient d'apprendre qu'elle a perdu son oncle, que nous sommes encore plus en danger, et que dans un an, elle devra reprendre ma boutique ou la fermer puisque je ne pourrai plus m'en occuper personnellement. C'est beaucoup à assimiler pour quelqu'un d'aussi jeune, qui pensait avoir la vie devant elle pour faire des choix et profiter de sa famille.

Senia hocha la tête. Elle avait déjà compris tout cela et sentait que tout allait se complexifier, mais elle voulait rassurer les personnes qui l'avaient recueillie.

— Vous pouvez compter sur moi, monsieur Fet'Melek ! Ça va aller, vous ?

Il eut soudain l'air fatigué, et un pli soucieux barrait son front.

— Il faut bien, Senia, il faut bien... Promets-moi juste de protéger ma fille coûte que coûte ! Sa vie vaut, à mes yeux, toutes les autres, la mienne y compris.

— Je vous le promets !

Sur ces paroles, elle quitta la pièce. Tiarrukesh avait besoin d'être seul, de clarifier ses pensées et d'organiser un futur dont il n'avait nullement envie. Et elle, elle avait besoin de retrouver Miodanscelle. La jeune noble devait être dans un état épouvantable...

Elle la trouva dans sa chambre. Alors qu'elle n'avait été absente que quelques minutes, elle découvrit combien Miodanscelle avait un don pour mettre tout sens dessus dessous quand elle était en colère. Elle était assise par terre et s'acharnait à détruire un de ses énormes coussins à coup de ciseaux, en hurlant.

— Pourquoi ?! Ma mère m'a été enlevée, et maintenant mon père se trouve des excuses pour fuir notre foyer ?! Alors que tonton est mort ! Aaaaaaah !

Senia s'approcha doucement, presque tendrement de la jeune fille. Une lueur de meurtre s'était allumée dans son regard.

— Mio', fais attention avec ces ciseaux… articula-t-elle le plus calmement possible.

— Quoi ?! J'ai seize ans ! Tu crois VRAIMENT que je suis si délicate et maladroite que je vais me blesser ? Va te faire voir !

Et elle continua à poignarder violemment ses coussins en rugissant. Senia la connaissait suffisamment bien pour savoir qu'elle allait finir par réellement se blesser, toute folle de rage qu'elle était. Son corps tremblait, et ses pouvoirs de Corporelle commençaient déjà à faire des siennes : les muscles de Miodanscelle ondulaient sous sa peau à force de se contracter et se relâcher, sa peau elle-même était si tendue qu'elle laissait parfois apparaître des coupures, jusqu'aux tatouages que Miodanscelle portait normalement dans son dos et qui se baladaient sur ses bras nus.

— Miodanscelle Fet'Melek, tu vas lâcher ces ciseaux ! asséna Senia, lentement mais distinctement.

— Tu n'es pas ma mère ! Tu n'es même pas ma sœur, pas ma famille, pas mon amie ! Tu n'es rien ! Dégage, sale Poussière !

Senia savait que Miodanscelle ne pensait pas un traître mot de ce qu'elle avait dit, pourtant elle se sentit blessée. Pas assez cependant pour laisser tomber. Si son amie l'insultait ainsi, c'était qu'elle avait un réel besoin de se défouler, et les coussins n'étant que des victimes faciles, elle serait irrémédiablement frustrée. Il était impossible de la raisonner dans ces conditions, ce qui la rendait d'autant plus dangereuse pour elle-même. Senia changea alors de plan.

— Non, Mio', si tu refuses de les lâcher, je viendrai te les prendre !

— Essaye donc ! J'ai hâte de voir ce que tu vaux vraiment !

— Je vois...

La Poussière n'hésita pas et se rapprocha de la noble. Cette dernière se mit en position de défense. Son regard d'habitude si rayonnant brûlait d'un incendie destructeur. Dès que Senia était un peu trop près, elle reculait d'un bond, les ciseaux toujours devant elle. La noble ne souhaitait pas blesser son amie, pourtant elle lui jeta un vase dans l'espoir que cette dernière partirait et la laisserait seule. Senia l'esquiva souplement, mais ne sortit pas. Il lui était inimaginable de laisser Miodanscelle dans cet état.

Lorsque Miodanscelle recula une dernière fois et sentit le mur derrière son dos, elle perdit momentanément sa concentration et Senia en profita pour se jeter sur elle. D'un coup sec, elle frappa son poignet, lui faisant lâcher les ciseaux, puis la saisit bras le corps avant de les faire basculer toutes les deux sur le sol, au milieu des plumes de coussin.

Miodanscelle hurla, se tortilla, tentant de se libérer de l'étreinte de Senia, mais rien ne marcha. Elle était immobilisée et ne pouvait se libérer.

— Chuuuuut… soufflait Senia. Tout va bien se passer...

— AU SECOURS ! AU MEURTRE ! LÂCHE-MOI, IMMÉDIATEMENT !

— Ton père ne t'abandonne pas, Mio' ! Il essaye de t'offrir un avenir, continua imperturbable la Poussière.

— TU NE SAIS RIEN ! LÂCHE-MOI !

Senia continua à lui murmurer des paroles apaisantes, tout en berçant Miodanscelle. Ses hurlements, ses coups, ses insultes continuèrent à pleuvoir pendant longtemps jusqu'à ce que, soudain épuisée, elle s'effondra en pleurant dans les bras de son amie.

- CHAPITRE 11 -

Senia ne fut pas autorisée à accompagner Miodanscelle à la crémation de son oncle. Ce genre de rituel n'était destiné qu'aux nobles. Même les Privilégiés devaient attendre dehors. D'ailleurs, seuls les Sang-Pur avaient droit à ce genre d'obsèques. Les autres étaient enterrés dans des caveaux ou des fosses communes. Ce qui venait de la terre retournait à la terre ! Les divins, eux, retournaient aux cieux.

Cependant, les livres pouvaient vous en apprendre beaucoup sur les rituels des Sang-Pur. Ainsi, Senia arrivait à s'imaginer le cérémonial. Elle savait que cela consistait en un acte religieux, alors que d'ordinaire les nobles ne s'adressaient presque pas aux divinités. Il était présidé par un proche du défunt et consistait à accompagner son âme vers sa créatrice, la grande déesse Selini, puisque c'était elle qui leur avait confié leurs pouvoirs. Ils lui rendaient ainsi son présent, et espéraient recevoir en retour le repos éternel pour leur âme. Quand les Privilégiés et les Poussières nourrissaient la terre lors de leur mort, les nobles, eux, s'élevaient.

Senia profitait de leur absence pour s'entraîner dans le gymnase privé des Fet'Melek. La Poussière avait besoin de se changer les idées vis-à-vis des changements qui bouleversaient sa protégée, ainsi que des menaces de l'Ombre. Et quel meilleur moyen pour cela que de se défouler sur des mannequins en bois ou des sacs de frappe ? Cependant, et malgré le fait que cette pièce lui fût accessible en tout temps et à toute heure, elle n'y venait que très peu. Il y régnait une atmosphère trop ambiguë pour qu'elle aime s'y rendre. Enchaînant les frappes, Senia se laissa submerger par son passé.

Lorsqu'elle avait signé le contrat de Tiarrukesh, la fillette qu'elle était n'avait pas saisi tout ce que cela impliquait, encore moins ce que signifiait la fameuse formation que le noble lui avait rapidement présentée. Devenir garde du corps ne devait pas être bien compliqué, et elle s'imaginait déjà apprendre à se battre... Elle était bien loin de la vérité !

La Poussière était restée un mois entier dans ce gymnase sans rien voir d'autre du monde que quelques professeurs Privilégiés. Si elle avait très rapidement appris tout sur les poisons et les antidotes - son don la guidant mieux que personne quand il s'agissait de reconnaître les plats empoisonnés, puis de trouver la fiole correspondant à l'antidote dans un temps imparti - le reste était autrement plus compliqué : il avait fallu apprendre par cœur la carte du quartier de diamant pour pouvoir fuir au besoin, ainsi que savoir donner, mais aussi recevoir des coups, résister à la fatigue et même à la torture. La fillette avait haï ses employeurs comme jamais elle n'avait haï personne. Mais force était de constater qu'un mois après, quoi que bien amochée, elle était devenue efficace. Sans cet entraînement, et malgré son don, elle n'aurait pas réussi à protéger Miodanscelle, ni même à garder la vie sauve.

Les cours avaient bien entendu continué, les soirs après l'école et le seul jour libre de la semaine. Elle s'était rapidement endurcie et, après deux ans, il n'y eut plus rien à lui apprendre. Le gymnase avait à cette époque allure d'enfer. Elle y avait hurlé, pleuré, saigné et même supplié. Encore aujourd'hui, malgré le temps qui était passé, elle n'aimait pas s'y rendre. Cependant, elle n'avait pas d'autre choix que de garder la forme et s'y entraînait donc régulièrement.

À côté, elle n'avait su détester les Fet'Melek. Cet entraînement, en plus de lui avoir sauvé la vie à maintes reprises lorsqu'il avait fallu protéger Mio', lui permettait de se rapprocher de son rêve de devenir Privilégiée. De plus, une fois ses preuves faites, Tiarrukesh s'était montré sympathique et compréhensif envers elle. Il s'était même excusé à une reprise de cette formation douloureuse, mais aucune souffrance valait de mettre en péril sa précieuse fille. De son côté, Miodanscelle avait toujours été curieuse envers Senia et lui avait offert sans réserve son amitié.

Le bruit de la porte d'entrée fit sortir la Poussière de ses pensées contradictoires. Miodanscelle et Tiarrukesh étaient rentrés, et le dîner ne tarderait donc pas.

Le repas fut terriblement silencieux, comme si une chape de plomb s'était abattue sur les deux nobles. La poupée gardait le regard rivé sur son assiette, jouant avec son contenu à l'aide d'une fourchette, et Tiarrukesh regardait dans le vide, ses épais sourcils froncés. Mal à l'aise, Senia finit par se lever de table. Aussitôt, Miodanscelle bondit de sa chaise et la suivit jusque dans sa chambre.

— Mio', ça va ? demanda soucieusement la Poussière, se rappelant la douloureuse crise de Miodanscelle deux jours plus tôt.

— Oh, oui, enfin je pense ! Cette histoire me préoccupe juste, Senia. J'ai réussi à grappiller quelques informations en entendant une conversation de Pa', et ça ne me dit rien qui vaille. Mais il se refuse à m'expliquer... Je ne suis plus une gamine, bon sang !

Senia voulut rétorquer qu'elle faisait encore des colères, qu'elle avait du mal à gérer ses émotions et qu'elle était encore trop jeune pour s'inquiéter des problèmes politiques de la cité, mais elle ne dit rien. Elle-même n'y connaissait pas grand-chose, et elle avait assez de tact pour comprendre que cela énerverait d'autant plus Miodanscelle.

— Il essaye de te protéger, tu le sais bien. Il veut que tu vives ta vie à fond, pendant qu'il gère les problèmes…

— Dans un an, je devrai reprendre le salon d'esthétique, être capable de manager mes cousins, négocier avec les marchands, parler avec les nobles. Il ne peut pas me protéger toute ma vie ! Il faut me préparer !

Senia était bien d'accord, mais elle se doutait que Tiarrukesh avait d'excellentes raisons de les laisser en dehors de tout ça. C'était un homme intelligent, censé, qui avait toujours mis un point d'honneur à apprendre et à expliquer à Miodanscelle tout ce qu'elle voulait savoir. Si aujourd'hui il se taisait, c'était soit qu'il n'avait aucune réponse, soit qu'en parler était trop dangereux. Vu ce qu'il avait demandé à Senia, la deuxième option était la plus probable, et cela ne l'enchantait guère.

Le lendemain matin, Miodanscelle avait repris des couleurs, comme si les jours précédents n'avaient jamais existé. Elle se révéla d'une excellente humeur, semblant oublier son ressentiment vis-à-vis de son père. Elle fit même quelques blagues au petit déjeuner et l'embrassa avant d'aller en cours, suivie de Senia. Dès qu'elles furent dans le parc qui les séparaient de l'école, la Poussière ne put retenir ses questions.

— Hier encore, tu boudais, et aujourd'hui c'est presque comme si tu chantonnais de bonheur. Tu m'expliques ?

Miodanscelle lui adressa un clin d'œil et un sourire éblouissant.

— C'est une superbe journée, Senia ! Regarde, le

soleil brille haut, une brise légère nous rafraîchit et il n'y a pas un nuage en vue !

— Mio'...

— Je crois que mon père a vu un réel danger se profiler à l'horizon. Je lui pardonne. Enfin, pour le moment. Et puis aujourd'hui, nous avons bibliothèque.

— Ah...

Senia avait presque oublié le rendez-vous de son amie avec Niowlella cette après-midi même. Elle se sentait un peu jalouse - Miodanscelle ne l'aiderait pas aujourd'hui - mais également pleine de méfiance. Après tout, cette Élémentaire était d'une famille ennemie. Tout rapprochement avec Miodanscelle pouvait être source de danger, d'autant que c'était bien étonnant que la noble ait soudain besoin d'aide en botanique, et encore plus qu'elle demande de l'aide à une Corporelle.

Senia avait appris plus jeune que cette guerre entre les deux familles était aussi vieille que le pays d'Ermera lui-même. Cela l'avait d'abord étonnée, puis la logique s'était imposée : les Élémentaires étaient souvent des combattants, voire même des conquérants, là où les Corporels, beaucoup plus empathiques, étaient des médecins ou des liseurs à la recherche de la vérité. Les uns tuaient, les autres soignaient. Bien sûr, tout cela avait évolué au fil du temps : les Terres étaient devenus des bâtisseurs, les Flammes des forgerons. Même les Vagues avaient réussit le prodige de détourner un fleuve pour le faire couler aux abords d'Imwin, la Cité des Sang-Pur. Mais qu'importait : la rancune restait et traversait les siècles.

La journée passa calmement. Miodanscelle rayonnait plus que d'habitude, soufflant un vent de bonheur chez tous ses camarades et professeurs, à croire qu'elle savait modifier les émotions aussi bien que les corps. Cela avait sans doute à voir avec l'assassinat de Kialanash. D'un coup, la présence de l'Ombre était passée de menace à protection. Les nobles ne craignaient plus sa présence. Au contraire, ils s'assuraient qu'il fût toujours là, même s'ils ne s'approchaient jamais de lui.

Senia, quant à elle, était comme à son habitude ignorée. Enfin presque... Tout le long de la journée, elle put sentir le regard d'Ackis sur elle. Elle avait croisé quelques fois ses prunelles, mais elle n'avait su les déchiffrer. Pour elle, rien n'avait changé. Était-il une menace ou un protecteur ? Dans tous les cas, pourquoi regarder avec une telle attention une Poussière ? Il lui avait même adressé un sourire en coin en remarquant son coup d'œil vers lui en cours d'anatomie, ce qui l'avait fait frissonner.

Dès que la fin des cours sonna, Miodanscelle se crispa légèrement et commença à enrouler distraitement une mèche de cheveux autour de ses doigts. Senia pouvait sentir qu'elle était à la fois heureuse, excitée et angoissée, alors que son visage ne trahissait rien. Elle gardait son sourire aimable de toujours, même lorsqu'elle fut enfin devant Niowlella, qui elle ne souriait pas le moins du monde. L'Élémentaire était aussi tendue qu'un arc, droite, le regard tranchant. Plus aimable, tu meurs ! pensa Senia, en se retenant de lever les yeux au ciel. Les deux nobles marchèrent ensemble vers la bibliothèque, dans un silence opaque que Miodanscelle tentait de percer parfois en parlant de la pluie et du beau temps.

Senia les suivait un peu à l'écart avec le Privilégié de Niowlella. Ce dernier semblait profondément gêné et dégoûté de se trouver là, et mettait le plus d'espace possible entre lui et la Poussière. Cette attitude, pourtant si commune à son égard, la blessait. Être aussi isolée lui faisait mal ! Elle espérait que cela changerait quand elle deviendrait Privilégiée à son tour. Peut-être que si elle l'avait été, Cius aurait été différent avec elle ? Non, elle chassa cette pensée. Elle ne devait pas penser à lui, pas après ce qu'il avait fait.

Une fois à la bibliothèque, les deux nobles s'assirent à la même table et commencèrent à discuter de stratégie offensive. Alors que la conversation de départ semblait tendue, peu à peu Miodanscelle réussit à instaurer une atmosphère plus paisible et douce. Elle ne se départait jamais de son sourire et écoutait patiemment chaque point que lui introduisait Niowlella. Au bout d'une heure, un bref sourire passa sur le visage de l'Élémentaire, mais cette dernière redevint rapidement impassible. Senia n'en revenait pas : Niowlella ne souriait jamais... Elle ne pouvait s'empêcher de dévisager la noble en quête d'un piège, d'un danger. Cela finirait forcément par arriver... Elle qui était si froide et distante d'habitude, ne pouvait pas sourire sans que cela ne soit suspect aux yeux de la garde du corps.

— Eh, la Poussière ! Arrête de la dévisager comme ça ! Tu ne devrais même pas avoir le droit de la regarder, cracha soudain le Privilégié de Niowlella.

Senia détourna son regard des nobles pour le toiser un instant. Ses traits étaient disgracieux : ses pommettes trop hautes, son menton trop pointu, et ses yeux trop petits donnaient une forme étrange à son visage. Même s'il avait le splendide teint or des Privilégiés ainsi qu'une tignasse caramel bien coiffée, Senia le qualifia instantanément de laid. Pour la première fois de sa vie, elle se dit qu'elle-même était plus jolie qu'un Privilégié, ce qui lui donna envie d'éclater de rire. Au lieu de quoi, elle lui répondit.

— Je fais mon boulot ! Elles sont de familles opposées, il me semble que tu le sais. Rien ne peut m'assurer que ta maîtresse ait de bonnes intentions envers la mienne.

— Tsssss… Comment une moins que rien peut-elle protéger une noble si pure ?

La Poussière choisit d'ignorer la remarque et de porter à nouveau son attention sur Niowlella. Ses lèvres s'étaient pincées, comme si elle s'empêchait de dire quelque chose, pourtant le reste de son corps était relâché. Comment interpréter cela ? Miodanscelle était une Corporelle, et même sans le toucher, elle savait mieux que personne décortiquer et lire la physionomie des gens. Pourtant, sans doute trop heureuse d'être près de sa bien-aimée, elle ne semblait pas remarquer ces détails. Niowlella cachait quelque chose, la Poussière en était sûre, et Miodanscelle était aveugle. Senia n'aimait pas ça. Non, elle détestait ça ! Peut-être que cette noble cherchait à blesser son amie non pas physiquement, mais psychologiquement... Et là-dessus, Senia n'avait aucune idée de comment agir. Prévenir Mio' ? Non, cette dernière ne l'écouterait pas. Faire en sorte que chaque rendez-vous soit une déception ou les faire arrêter ? Elle ne savait pas comment faire ça, et ce serait de toute façon la meilleure manière de perdre Miodanscelle. Inconcevable donc.

— Arrête de la regarder comme ça, sinon je te jure que je te bute !

Le ton cassant du Privilégié la sortit de ses pensées. Il lui jetait un regard plein de promesses de mort et se donnait un air terrifiant. Cependant, si Senia était sensible aux remarques contre elle, elle ne l'était pas face aux menaces. Elle sortit tranquillement un de ses poignards de son fourreau et commença à jouer avec, sans quitter des yeux le Privilégié.

— Écoute, le Privilégié ! Au risque de me répéter, leurs familles se détestent. Je ne peux pas faire confiance à ta maîtresse. Elle peut être un danger, que tu le veuilles ou non. Laisse-moi travailler, ou allons régler ça tranquillement à la fin de leur leçon.

— Niowlella n'attaquerait jamais un autre Sang-Pur ! Ta Fet'Melek, par contre, je suis sûr qu'elle cache de la violence derrière son masque de noble parfaite.

Senia observa son interlocuteur en rangeant son poignard. La vue de l'arme avait calmé ses airs de grand chevalier, mais ne l'empêchait pas de jeter des coups d'œil franchement désapprobateurs vers les deux nobles, toujours concentrées sur la leçon. À son tour, Senia se remit à les examiner. Le visage de l'Élémentaire, s'il était toujours fermé, s'était détendu sensiblement et un deuxième sourire, bien que furtif, déforma ses lèvres. Autre élément intéressant, son garde du corps réprouvait ce rapprochement. Se pouvait-il que Niowlella ne veuille aucun mal à Miodanscelle ? Qu'elle se fût approchée d'elle par Envie ? Que ce qu'elle cachait n'était que de la curiosité, ou un désir de se faire une nouvelle amie ?

Senia fronça les sourcils. Son esprit lui criait que c'était impossible, que la politique était trop forte pour qu'un rapprochement pareil soit désiré pour autre chose que tendre un piège... Et que le simple fait qu'un garde du corps n'approuvât pas sa maîtresse ne pouvait, à lui seul, prouver le contraire. Mais son don lui disait, à l'inverse, qu'il n'y avait aucun danger, autre preuve que cela n'était probablement pas un leurre. Senia soupira... Si cette proximité était voulue par Niowlella juste par envie, son cœur ne pouvait que s'en réjouir. Voilà qui serait une merveilleuse nouvelle pour Miodanscelle ! Toutefois, la Poussière garda bien à l'esprit qu'elle devait rester vigilante.

Alors que le soleil se trouvait bien bas dans le ciel, les deux jeunes nobles refermèrent enfin leurs livres. Le Privilégié soupira d'aise, et se leva précipitamment pour s'éloigner le plus possible de Senia. Miodanscelle et Niowlella passèrent devant eux sans les regarder et se dirigèrent vers la sortie, en discutant toujours.

— Demain, c'est à mon tour de te parler botanique, d'accord ? demanda Miodanscelle.

Niowlella lui répondit d'un hochement de tête tendu, presque militaire. Depuis l'instant où elles avaient passé la porte de la bibliothèque, l'Élémentaire était redevenue de marbre. Adieu sourires fugaces et yeux plissés !

— Je te propose que l'on aille dans le parc, il y a des tonnes de plantes intéressantes à étudier et ce sera bien plus instructif. Enfin, si ça te va ?

— Ça me va, à demain !

— À demain, Niowlella !

Elles se séparèrent, partant chacune de leur côté. Malgré ce dernier échange très formel, Senia sentit Miodanscelle trépigner et retenir sa joie. Elle attendit d'être dans le parc, à peine dérangé par quelques passants, pour éclater.

— Elle est incroyable ! s'exclama-t-elle alors. Vive d'esprit, intelligente et drôle, Senia ! Qui l'eut cru, elle qui est si discrète à l'école ? Et qu'est-ce qu'elle est belle…

— Hum… se contenta de répondre Senia.

Drôle ? Si la Poussière avait bien remarqué les rires de son amie, elle n'en avait vu aucun secouer l'autre noble.

— Et elle m'appelle par mon prénom, uniquement par lui ! Ce que l'on fait normalement avec des gens qu'on aime bien... Tu crois qu'elle m'aime bien ?

— J'imagine... Elle a souri...

— OUI, je sais ! Mais faisait-elle semblant ? Toi tu sais ça, tu sais observer les gens et deviner leurs intentions ! Cherche-t-elle à m'amadouer pour de sombres desseins ?

Senia aurait voulu mentir. Elle n'aimait pas Niowlella, la trouvait ennuyeuse et toujours si tendue... Si insupportablement neutre ! Pourtant, elle ne pouvait nier qu'après une heure à la bibliothèque, elle semblait moins crispée qu'à l'accoutumée. Et elle n'était pas un danger pour Miodanscelle, Senia le sentait au plus profond d'elle-même, même si elle n'arrivait pas à se l'avouer.

— Elle... avait l'air différente en ta présence. En tout cas, elle ne te veut pas de mal.

— AAAAAAAAAAAAAH, je suis tellement contente ! Et puis tu aurais dû sentir son odeur... Un mélange de glaise et de vanille, un bonheur…

La Poussière n'était pas tout à fait du même avis, mais elle sourit en écoutant Miodanscelle lui raconter en détail toute leur conversation. C'était bon de revoir son amie aussi joyeuse !

Soudain, son don se réveilla, indiquant un danger mineur. Il venait de l'homme en face d'elles, qui marchait dans leur direction. Senia prit le temps de le dévisager, laissant Miodanscelle babiller avec joie. C'était un noble, de taille moyenne et aux cheveux mi-longs qui lui cachaient la moitié du visage. Elle devinait en dessous un menton aigu, un nez pointu et une mâchoire anguleuse, mais était incapable de voir ses yeux ou son front. Il marchait la tête baissée, comme s'il observait ses pieds d'un air soucieux.

Senia sentait que quelque chose n'allait pas, mais était incapable de deviner quoi. Le noble n'était pas en posture de combat, ses mains pleines de bagues étaient en évidence et non armées. Il les dépassa en les bousculant toutes les deux, grommelant une vague excuse avant de s'en aller. Miodanscelle râla un peu, puis continua son récit avec passion. Senia, elle, jeta un dernier coup d'œil au noble.

Il ne leur avait rien fait. Il s'éloignait... Pourquoi alors Senia sentait-elle le danger s'intensifier ?

- CHAPITRE 12 -

Elle ne voyait rien. Tout autour d’elle semblait dévoré par des ténèbres opaques... Elle baissa les yeux. Ses pieds étaient si engloutis par la brume rampant au sol qu’elle ne les voyait pas. Un curieux sentiment lui tordait les entrailles, et elle s’en sentait presque malade. Elle sut immédiatement que la situation n’était pas normale, elle ne pouvait l’être. Mais son cerveau, aussi troublé que le sol, ne l'aidait pas à réfléchir et plusieurs minutes s’écoulèrent avant qu’elle prenne la décision de bouger. Elle ne pouvait rester là, elle le sentait. Elle avança donc dans une direction au hasard. Elle ne voyait rien d’autre que le brouillard obséquieux et l’obscurité insondable de ce qui semblait être la nuit, mais peut-être atteindrait-elle un bâtiment, une forêt, quelque chose... Son ventre se tordit soudain douloureusement, tant qu’elle chuta sur le sol dur. Elle avait eu l’impression d’être poignardée. Elle porta la main à son ventre avant de la lever vers ses yeux. Aucune trace de sang ! Non, il s’était passé autre chose. Mais quoi ? Ses pensées étaient prises dans un étau confus, nébuleux.

Soudain, alors qu’une nouvelle douleur explosait dans sa boîte crânienne, elle le sentit : le danger ! Son don venait de se réveiller. Son cœur accéléra si violemment qu’elle poussa un gémissement. Elle avait entraîné son don pour sentir d’où venait la menace, mais là, elle la sentait partout, jusqu’au plus profond de son être. Et, pour la première fois depuis longtemps, l’angoisse l’étreignit avec brutalité. Ça n'allait pas, ça n'allait pas du tout !

Senia se força à se remettre debout. La souffrance coupait chacun de ses souffles, mais elle se mit à courir. Il fallait qu'elle avance... Il fallait qu'elle trouve la menace et l'éradique ! La peur la prit à la gorge, lui coupant la respiration. Elle tomba une nouvelle fois à terre, incapable de continuer. C'est alors que l'horizon se découvrit légèrement. Un lit à baldaquin se tenait là, au milieu de rien, une silhouette paisiblement allongée dessus. Miodanscelle ! Miodanscelle était couchée là. Et à côté de son lit… Une tache difforme, une vapeur épaisse et sombre. Quelque chose de mauvais. Ce qui ressemblait à un tentacule se détacha alors de la chose et s'éleva au-dessus de la jeune noble. Senia sentit plus qu'elle ne vit que le tentacule tenait un poignard... Non ! NON !

Senia se réveilla en sursaut, le dos trempé de sueur. Elle sauta immédiatement de son lit, prit à peine le temps de se saisir du poignard sous son coussin et s'élança vers la porte. Ce fut particulièrement difficile, le monde tanguait autour d'elle, mais ses entrailles lui hurlaient que Miodanscelle était en danger. Ses jambes, pourtant si vives habituellement, lui semblaient aussi lourdes que du plomb. Jamais elle n'avait eu autant de mal à marcher ! Et puis comment avait-elle fait pour se réveiller si tard ? L'atmosphère était si lourde de menaces...

La Poussière réussit à s'extirper de sa chambre avec mollesse. Son ventre était douloureux, et elle se sentait si fatiguée, exténuée... Elle n'avait jamais connu pareil épuisement. Avancer lui demandait toute sa concentration. Autour d'elle, le couloir bougeait désagréablement, mais elle savait qu'elle était réveillée. Ce n'était pas un rêve. Son cerveau, toujours embrumé, n'arrivait pas à réfléchir convenablement. Seul comptait d'arriver dans la chambre de Miodanscelle !

Après ce qui lui sembla une éternité, elle atteignit la chambre de son amie et ouvrit la porte à la volée - tant pis pour la discrétion, elle y penserait une prochaine fois.

Son cœur manqua un battement. Il n'y avait personne d'autre que Miodanscelle dans la chambre, qui dormait en ronflotant innocemment. Personne ? Alors que la menace était si présente que Senia en était malade ? Impossible ! Elle scruta les ténèbres avec avidité. C'est là qu'elle le vit : ce léger flottement dans l'air, cette minime déformation de la réalité, invisible à qui ne faisait pas attention.

C'était le travail de Senia d'observer ce genre de détail. Un Invisible était là... Un Ombre, plus précisément. Que cela soit impossible - le Conseil des Douze ne commanditerait jamais un crime pareil - effleura à peine Senia. Elle se mit en action, du mieux qu'elle le pouvait. Son corps avait pris une cinquantaine de kilos en une nuit, et ses muscles hurlaient de fatigue. Sans parler de la chambre de Miodanscelle qui se balançait dans tous les sens ! La Poussière s'élança tout de même vers l'Invisible, en titubant et en fendant l'air avec son poignard. Elle ouvrit la bouche pour hurler, alerter les gardes. Mais ses cordes vocales, dans un effort suprême, ne délivrèrent qu'un faible gémissement.

Soudain, l'atmosphère retrouva sa stabilité. L'Ombre s'était déplacé. Avant de pouvoir se retourner, Senia sentit un violent coup dans les côtes qui lui arracha un cri de douleur. Cela sembla réveiller un peu son corps. Elle se remit en position de combat, guettant une déformation, un bruit, quoi que ce fût qui pût lui indiquer l'emplacement de l'invisible. Mais difficile, avec un monde qui vacillait autant ! Et Miodanscelle qui continuait à dormir alors que le combat faisait un bruit monstrueux...

Là, sur le côté, un bruit et une déformation proches

de la noble.

— Non ! hurla Senia en se jetant sur l'Invisible.

Cette fois-ci, elle atteignit sa cible. Elle planta son poignard dans une partie de corps non identifié et capta un gémissement. L'Invisible n'avait pas eu le temps de s'en prendre à Miodanscelle, pas encore. Avec la force du désespoir, Senia frappa autour d'elle. Elle toucha deux fois sa cible, et entendit même un bruit de craquement d'os. Sûrement un nez qui venait de se briser ! Ce fut à ce moment-là que Senia aperçut la corne de brume qui se tenait toujours près du lit de Miodanscelle, instrument spécialement créé pour donner l'alerte. Alors qu'un nouveau coup la mit au sol, elle rassembla ce qui lui restait de force pour se saisir de l'objet. Elle ne pouvait pas crier ? Elle allait donc souffler !

Le bruit grave et sourd de l'instrument fit exploser en morceau le silence de la demeure. Aussitôt qu'il se fut tu, Senia se releva, ignorant les hurlements de son corps toujours plus faible. Devant elle, la porte se déforma légèrement puis l'atmosphère reprit sa place. L'Invisible fuyait ! Elle se mit en marche pour le poursuivre, mais son corps la lâcha et elle tomba lourdement au sol. La réalité autour d'elle tournoyait à lui donner envie de vomir, ses entrailles hurlaient toujours de douleur, alors que l'Ombre était parti. Le danger était encore si présent ! Il fallait qu'elle en trouve la source, il fallait…

Quelque chose d'humide toucha ses doigts. Elle porta alors sa main tremblante à son visage. Contrairement à son rêve, elle était couverte de sang. La Poussière sut immédiatement que c'était le sien. Elle avait réellement été poignardée... Elle n'eut que le temps de voir des bottes de garde entrer dans la chambre de Miodanscelle avant de sombrer dans l'inconscience.

** ** **

Senia s'éveilla quelques heures plus tard dans sa chambre, le corps douloureux mais l'esprit intact. Tiarrukesh, assis dans un fauteuil, lisait tranquillement un livre. Il le referma quand il vit la Poussière ouvrir les yeux.

— Doucement, Senia ! Tu as perdu beaucoup de sang, lui indiqua-t-il lorsqu'elle voulut se redresser sur son lit.

— Que… ? Miodanscelle ?

— Elle va bien ! Elle est allée en cours ce matin, accompagnée de son cousin et son Privilégié.

Elle n'a pas…

— Non, elle n'a aucune séquelle. Elle ne s'est même rendu compte de rien. C'est pour toi que nous nous inquiétions. Tu as été… très brave !

Tiarrukesh semblait réellement soucieux pour elle. Alors qu'il aurait dû être à son salon ou travailler sa candidature au Conseil, il se tenait assis là, près d'elle. Senia voulut le remercier, mais la porte de sa chambre s'ouvrit sur un curieux cortège.

Deux nobles entrèrent dans la pièce, une femme menue et un homme qui portait d'extravagants tatouages autour du nez, ainsi qu'un Privilégié au regard tendre. Avec un sourire, Senia reconnut Veomian. Son visage, toujours aussi anguleux, était plus tiré que jamais et ses yeux disparaissaient presque sous ses sourcils et ses cernes. Ses cheveux caramel étaient désormais teintés de touches de neige. Ses fines lèvres s'étirèrent en un sourire fugace, en réponse à son ancienne protégée. Le fait de le voir fit le plus grand bien à Senia. Il était comme un père pour elle et même si elle ne l'avait plus vu depuis deux ans, son cœur se serra en pensant qu'elle aurait pu ne plus jamais le revoir. Que la mort n'avait jamais été aussi proche ! La Poussière camoufla ses émotions sous un masque impassible, ne voulant pas pleurer devant des nobles qu'elle ne connaissait pas.

— Senia, je te présente Redakel Ilk'Framwolk, dont le fils est ami avec Miodanscelle, déclara Tiarrukesh. C'est un Nez. Voici Shash Fet'Kurakesh, une de mes cousines. Et Veomian, représentant de la Justice. Ils sont là pour t'interroger sur la nuit dernière, ce sont eux qui sont chargés de l'enquête. Je serai dans mon bureau.

Il salua les trois membres du palais de justice d'un hochement de tête et s'en alla, laissant Senia seule avec eux. Elle n'avait même pas encore repris tous ses esprits ! Comment serait-elle en mesure de leur répondre ? Sans compter que, si la menace avait bel et bien disparu, son corps se rappelait encore du coup de poignard et la douleur la secouait toujours...

— Bonjour, Poussière ! commença la femme. Je suis une Liseuse, une Corporelle spécialisée dans le décryptage des corps. Je suis là pour vérifier que tu ne mens pas durant la durée de ton interrogatoire. Veomian te posera les questions, tu y répondras avec honnêteté. Me comprends-tu ?

— Oui, Madame !

La noble posa son bras sur Senia et ferma les yeux pour mieux se concentrer. Veomian s'assit à côté du lit et plongea ses yeux, l'air très sérieux, dans ceux de Senia. Au cours de sa vie, elle n'avait été interrogée que deux fois auparavant : lorsqu'elle venait d'être recueillie par Veomian, et le soir qui avait coûté la vie de Cius et son cœur brisé. Que ce soit pour le meurtre de ses parents comme pour la mort du Privilégié, jamais elle n'avait eu affaire à une Liseuse. Nouvelle preuve de l'injustice dont étaient victimes les Poussières et Privilégiés ! Cela dit, elle avait été bien heureuse de ne pas avoir à avouer la vérité sur Cius...

— Bien ! Comment t'appelles-tu ?

Les larmes lui montèrent aux yeux, mais elle les refréna. Elle aurait préféré entendre de Veomian des paroles rassurantes, des mots réconfortants, mais il avait bien trop de conscience professionnelle pour s'adonner à des marques de tendresse en plein travail. Elle ravala ses sanglots, et répondit.

— Senia.

— Quel âge as-tu ?

— Seize ans environ.

— Pour qui travailles-tu ?

— Pour la famille Fet'Melek.

— Parfait ! Voici ce que tu dois savoir avant de me raconter ce qu'il s'est passé hier soir. Vous avez été droguées, Miodanscelle et toi, avec du capkta. C'est le seul poison qu'un Corporel ne peut détecter, mais il ne tue pas, il endort quelques heures après ingestion. Il a cependant une odeur caractéristique qu'un nez peut sentir. À quelle heure avez-vous mangé hier midi ?

— Eh bien, à midi, comme d'habitude ! Un petit casse-croûte dans la cour de l'école.

— Rien d'autre avant le soir ?

— Non, rien !

Ainsi, elles avaient été empoisonnées. Comment ? Soudain, un souvenir refit surface. Mais oui, bien sûr, comment avait-elle pu ignorer un détail pareil ?!

— Par contre… commença Senia, la voix pleine de doute. Nous avons été bousculées par un homme en rentrant de la bibliothèque. Un noble. Il semblait très soucieux, il regardait ses pieds. Il avait les cheveux mi-longs qui cachaient la moitié de son visage.

— Tu as remarqué des détails sur cet homme ?

— Pas vraiment. Il avait un menton et un nez très pointus, et ses doigts étaient couverts de bagues, mais je n'ai rien pu voir d'autre.

— D'accord.

Veomian jeta un coup d'œil vers les nobles, qui lui donnèrent l'autorisation de passer à autre chose d'un signe de main.

— Raconte-moi ce qu'il s'est passé cette nuit.

Senia prit une inspiration. Elle raconta tout : son réveil, le monde qui tanguait, son ventre douloureux, l'Invisible, ses coups. À la fin de son discours, elle vit le regard surpris de Veomian posé sur elle et sentit que l'atmosphère s'était soudain alourdie. Parler de ses conclusions n'avait pas été simple, elle avait pensé à le cacher, mais inutile d'omettre quoi que ce fût avec une Liseuse à côté d'elle.

— Impossible ! tonna alors Redakel. Un Ombre, attaquer une gamine noble ? Le Conseil ne laisserait jamais…

— Elle ne ment pas, déclara simplement Shash.

— Le poison a pu lui donner des hallucinations ! Elle pue encore le capkta. Et elle raconte n'importe quoi : même en se concentrant, personne n'est capable de voir un Invisible !

— Certes, Redakel... continua Shash avec sang-froid. Comment expliques-tu donc qu'aucun garde n'ait vu qui que ce fût entrer ni sortir, alors que l'on a trouvé des gouttes de sang partant de la chambre de Miodanscelle et allant jusqu'à la sortie ? Il y a même des traces de pas prouvant que le malfrat a emprunté l'entrée principale. S'il avait été visible, les gardes l'auraient vu.

— Mais…

— C'est une Poussière, mais elle dit la vérité, trancha-t-elle. C'est du capkta qui lui a été administré, impossible qu'elle ait eu des hallucinations. Même s'il est impossible de voir un Ombre, il se peut qu'avec la fatigue, elle ait mélangé ses sens et que son cerveau lui ait fait percevoir des bruits ou des odeurs de manière étonnante. Ce ne serait pas la première fois que ça arrive. De plus, rien d'autre n'explique le sang retrouvé. Quant aux gardes, aucun d'eux ne ment non plus. Enfin, cela confirme ce que nous avons trouvé chez Kialanash Fet'Melek.

Senia put voir le noble regarder sa comparse avec fureur, mais s'incliner devant ses conclusions. Elle devait sans doute être sa supérieure. La Poussière nota également que cette affaire était jumelée avec celle du meurtre de l'oncle de Miodanscelle. Quelqu'un cherchait à voir la famille Fet'Melek disparaître ? Pourquoi un Ombre ? Une personne, ou plusieurs, du Conseil des Douze fomentait dans l'ombre, ou était-ce un Invisible qui travaillait seul ? Dans quel but ?

— Bon, et on fait quoi de la Poussière ? Elle en sait trop ! intervint Redakel.

— La procédure habituelle. Regarde-moi, Poussière !

Senia s'exécuta et fixa Shash, avec une certaine appréhension. Elle ne savait pas ce qui l'attendait. La noble posa ses mains de part et d'autre de son crâne. Une vive douleur embrasa le cerveau de Senia, mais à peine eut-elle le temps de gémir qu'elle disparut.

— Bien ! Maintenant, tu es incapable de parler de ce que tu sais dans cette affaire à une personne qui ne soit pas déjà dans le secret, déclara simplement Shash.

— Tu aurais dû lui effacer la mémoire, grommela Redakel.

— C'est une Poussière, sans Sang-Pur. Elle en serait morte et tu le sais !

— Et alors ?

— Alors, le Conseil des Douze et la Grande Juge n'apprécieraient pas. Sans parler que l'on perdrait la confiance de Tiarrukesh.

— Mais…

— Je suis ta supérieure, Redakel ! Souviens-t'en ! Partons, maintenant... Veomian, je veux le rapport écrit avant ce soir sur mon bureau !

Sans adresser un autre regard à Senia, Shash disparut en discutant avec Veomian de quelques menus détails. Seul Redakel resta là quelques secondes, dévisageant la Poussière avec une lueur de haine dans le regard. Puis il disparut à son tour. Voilà qui n'arrangeait pas la jeune fille : non seulement elle venait de se faire un nouvel ennemi, un noble qui plus est, sans rien avoir fait de mal, mais en plus elle était incapable de parler de tout ce qu'elle avait appris à Tiarrukesh ou à Miodanscelle.

Senia soupira, passant une main sur la nouvelle cicatrice qui barrait son ventre. Au moins était-elle en vie !

Lorsque Miodanscelle rentra de sa journée de cours, la Poussière se trouvait toujours dans son lit, pensive et inquiète.

— Senia ! s'exclama la poupée, en lui sautant dessus et en l'enlaçant longuement.

La garde du corps grimaça. Miodanscelle n'était pas lourde, mais allongée sur elle, cela ne faisait que raviver la douleur au niveau de sa blessure. Heureusement, son amie s'en rendit vite compte et se dégagea en rougissant.

— Désolée, j'étais si heureuse de te savoir en forme ! J'ai eu... J'ai eu si peur quand Pa' m'a tout raconté ! Et ces maudits enquêteurs du palais de justice qui ne voulaient pas me laisser te voir... « C'est la procédure, mademoiselle ! Blablabla, seul l'employeur est habilité à rentrer dans la pièce, blablabla », mima-t-elle avec une voix stridente.

Senia pouffa de rire, mais son ventre la tirailla légèrement, si bien qu'elle s'arrêta rapidement. Pour que Miodanscelle s'escrime à babiller autant et à la faire sourire, c'était que son inquiétude avait été vive.

— Je peux voir ta cicatrice ? Au moins pour savoir si ces incapables antipathiques ont réussi à bien te soigner !

Senia obtempéra et lui montra la longue ligne rouge qui la parcourait. Sans demander son avis, Miodanscelle posa sa main dessus et se concentra un instant. Puis elle sourit doucement.

— Du bon boulot ! conclut-elle. Les tissus sont en excellent état, tu pourrais être debout dès demain. Il n'y a pas à dire, ce médecin est très compétent. Je peux tenter de lire tes hormones aussi, si tu veux ?

Senia n'était pas dupe. Elle n'avait pas besoin d'être rassurée sur son état... La poupée, par contre, transpirait d'angoisse.

— Mio', je vais bien ! C'est passé, c'est fini, je suis vivante.

La noble soupira bruyamment, et se mit à caresser rêveusement ses boucles d'argent.

— C'est vrai, excuse-moi ! Je... Je n'arrête pas d'y repenser et... par Selini, sans toi, nous étions toutes les deux mortes !

Les larmes submergèrent les yeux ciel de la poupée, coulant sur ses joues rebondies. Elle eut un mouvement vers Senia, probablement pour la prendre dans ses bras, mais se reprit au dernier moment pour ne pas lui faire mal.

— C'est pour ça que je suis là ! Pour nous protéger ! Et tout va bien maintenant...

— Tu peux me dire ce qu'il s'est passé, au moins ?

Senia ouvrit la bouche, mais un violent mal de tête s'imposa à elle. Elle se rembrunit et jeta un regard désolé à son amie.

— Ils ont scellé tes souvenirs, n'est-ce pas ? conclut Miodanscelle.

— Oui ! « C'est la procédure habituelle », reprit Senia en imitant la voix qu'avait prise Miodanscelle quelques minutes plus tôt.

Celle-ci explosa de rire et donna une petite tape à l'épaule de son amie. Puis elles enchaînèrent sur leurs journées respectives, heureuses de pouvoir partager un moment ensemble. Heureuses d'être toujours vivantes !

- CHAPITRE 13 -

Dès le lendemain, Senia était sur pied. Il était hors de question pour elle de rester une heure de plus dans son lit, à s'ennuyer comme un rat mort et rater des cours. L'inquiétude de Miodanscelle s'était peu à peu teintée de joie : le soulagement de savoir Senia en vie y était pour quelque chose, mais également son nouvel après-midi passé avec Niowlella la veille, qui l'avait complètement transformée. Rien, pas même la menace de mort qui planait au-dessus d'elle, ne semblait pouvoir ternir son humeur.

Senia, elle, avait du mal à être de bonne humeur. À cause de l'intervention de Shash, elle avait été incapable de parler de ce qu'il s'était passé, que ce soit à Tiarrukesh comme à Miodanscelle. Cela lui avait valu une violente migraine quand elle avait essayé de forcer la chose en écrivant. Ainsi, elle se retrouvait coincée dans ses pensées, frustrée de ne pouvoir les partager, et plus encore de ne pas pouvoir mieux protéger son amie. Elle avait presque failli à sa mission, elle aurait dû deviner les intentions du noble, mieux le dévisager, éviter le contact…

— Eh, Senia, arrête avec ta tête d'enterrement ! Tu m'as sauvé la vie, encore une fois... Tu n'aurais pas pu faire mieux ! lui souffla Miodanscelle devant l'école.

— Mais Mio', il était à ça de…

— Arrête, Senia ! Sans toi, je serais morte cent fois, et il avait beau être proche du but, tu es arrivée à temps. Maintenant, enlève-moi cette mine boudeuse ! Le soleil brille aujourd'hui, ne laisse pas de sombres pensées le ternir !

Senia fronça encore plus les sourcils, mais détourna la tête pour ne pas que Miodanscelle la voie. De toute façon, cette dernière s'était déjà élancée vers ses amis. La Poussière restait assez proche, mais son regard n'était pas rivé sur sa protégée. Elle lui en voulait de ne pas s'inquiéter plus que ça, et elle était jalouse qu'une fille comme Niowlella lui ait fait oublier sa peine. Miodanscelle avait été la seule à voir en elle autre chose qu'une Poussière, et qu'une noble lui vole sa place sans aucune difficulté remettait tout en cause. Senia fit un petit geste de la main pour chasser ses mauvaises pensées, elle y réfléchirait plus tard. Après tout, Miodanscelle était heureuse, et cela seul comptait ! Et puis elle devait passer à autre chose : elle cherchait quelqu'un.

Elle le vit juste avant d'avoir à aller en cours. Même si les nobles étaient rassurés par sa présence, plus personne ne regardait l'Ombre désormais, l'ignorant aussi superbement que Senia. La Poussière s'en sentait encore plus frustrée. Les deux choses qui la qualifiaient lui échappaient totalement. Niowlella lui volait le cœur de Miodanscelle, et Ackis lui dérobait l'exclusivité de l'ignorance des autres. Elle était cependant trop consciencieuse dans son travail pour se laisser divertir par ces idées noires.

Senia observa Ackis tout le long de la journée. C'était un Ombre qui avait attaqué la noble, et même si elle sentait qu'Ackis n'avait rien à voir là-dedans, il fallait qu'elle s'en assure. Elle avait blessé l'assassin, et lui avait même probablement cassé le nez. Or, si un nez cassé ne laissait aucune trace sur un blessé si ce dernier avait été guéri par un médecin Corporel, il en était autrement pour ce qui était d'être poignardé : la marque restait rouge vif et boursouflée pendant quelques jours, à l'image de celle qu'elle portait elle-même.

Heureusement, cette après-midi-là était réservée à l'entraînement avec l'armée. Senia n'eut pas à attendre longtemps pour voir si l'Ombre gardait une trace de combat sur lui. Lorsqu'il fut en tenue, si un caleçon aussi léger pouvait en constituer une, Senia réprima un soupir, mi-soulagée, mi-déçue. Alors qu'elle dévoilait une longue estafilade rouge sur son ventre, la peau de l'Invisible ne révélait rien d'autre que de très anciennes cicatrices blanches et quelques grains de beauté. Ce n'était pas lui qui avait attaqué Miodanscelle...

L'entraînement débuta, avec les habituelles humiliations de Senia et des exercices de combat toujours plus complexes. Lors du combat libre, à mains nues une nouvelle fois, Senia sentit son don se réveiller. Aussitôt, Ackis profita de cette inattention pour la mettre à terre et la maîtriser au sol.

— Belle cicatrice ! lui souffla-t-il à l'oreille, avant de l'aider à se relever.

Elle ne répliqua pas, préférant se lancer immédiatement dans une nouvelle attaque. Certes, son don continuait à lui indiquer une mise en danger, mais c'était sur une personne sans importance. Cette fois-ci, ce fut donc elle qui le mit au sol. Au même instant, elle entendit un cri de douleur et sentit son don se calmer. Un jeune Privilégié venait de se faire casser le bras.

— Pas envie d'en parler, hein ? murmura Ackis.

Senia ne releva pas. Ce n'était pas la première fois, ni la dernière, qu'on la provoquait de la sorte. Elle se remit en garde. Il était bien la dernière personne à qui elle souhaitait en parler... Et, de toute manière, elle ne pourrait rien dire, même sous la torture. Shash s'était assurée de son silence.

L'entraînement se termina sans que l'Ombre ne lui adressât une nouvelle fois la parole. Le silence imposé par Senia lui avait fait froncer les sourcils et il s'était perdu dans ses pensées. La Poussière ne s'attarda pas sur lui. Puisqu'il n'était pas impliqué dans l'attaque de Miodanscelle, alors qui ? Était-ce lié à la présence d'Ackis ? Sûrement... Et les nobles qui l'avaient interrogée avaient sous-entendu que le meurtre de Kialanash y était affilié. Pourquoi les Fet'Melek, alors ? À cause de leur candidature au Conseil des Douze ? Ils n'étaient pas dangereux, puisqu'ils cherchaient simplement à vérifier que leurs intérêts n'étaient pas ternis. Les candidats Élémentaires et Sensitifs étaient bien plus importants, puisque c'était eux qui proposaient le plus de nouvelles lois. Senia le savait, Tiarrukesh les informait, elle et Miodanscelle, de chaque décision importante du Conseil, chaque loi qui pouvait toucher leur commerce. Et de chaque décisionnaire, aussi. La piste uniquement politique ne tenait pas, du moins pas avec le peu de choses qu'elle savait.

— Senia, je peux te parler ?

La voix d'Ackis la fit sortir de ses pensées, alors qu'elle partait des vestiaires. Elle leva les yeux au ciel pour se donner une contenance, pourtant le simple fait de lui demander s'il pouvait lui parler l'étonnait. Que lui voulait-il ? Encore la menacer ? Elle avait déjà bien assez à faire avec un seul Ombre tueur.

— Ce n'est pas ce que vous êtes en train de faire ?

— Effectivement, si. Tu peux me tutoyer, tu sais ?

— Comme il te plaira, Ombre.

La remarque sembla le frustrer, mais il se gratta la gorge avant de reprendre la parole.

— Y aurait-il un endroit où nous puissions discuter tranquillement ? reprit-il.

Sa demande stupéfia si bien Senia qu'elle ouvrit de grands yeux ronds et le dévisagea avec insistance. Qu'essayait-il de lui faire comprendre ? Était-ce une invitation ? Pour la tuer ? Ou pour réellement discuter ? Mais de quoi ? Elle plongea soudain ses yeux dans les siens. Ils étaient d'un noisette teinté de vert qu'elle n'avait vu nulle part ailleurs ! Mais elle ne les admira pas une seule seconde. Une colère montait en elle, sourde et brûlante... Une colère injuste, sans doute, mais qui devait sortir ! Elle avait failli mourir, et voilà qu'elle devait faire face à cet Ombre de plus en plus étrange. Sans compter ses erreurs du passé qui semblaient vouloir refaire surface...

— De quoi ? De ma blessure ? Non, ça ne m'intéresse pas, merci ! Et si ce n'est pas ça, quoi ? Tu comptes tenter de me séduire pour quelque obscure raison ? Ça m'intéresse encore moins !

— Comment ? Mais pas du tout, attends !

Toujours plus furieuse, Senia le laissa planté là, sans qu'il ne puisse formuler sa demande. Son cerveau tournait à cent à l'heure. Que voulait-il savoir ? Peut-être comment elle avait été blessée ? Elle était incapable d'en parler à qui que ce fût qui ne partageait pas son secret... Était-il lui-même en contact avec l'Invisible qui avait tenté de tuer son amie ? Si oui, peut-être souhaitait-il la séduire pour mieux atteindre Miodanscelle ? Après tout, ce ne serait pas la première fois !

Avec douleur, ses souvenirs s'imposèrent à elle. Elles n'avaient que treize ans, Miodanscelle et elle, et déjà tout le monde ignorait la Poussière et adulait la noble. C'était l'époque où son amie essayait encore d'intégrer sa garde du corps dans ses conversations avec son groupe. Bien sûr, Senia en était très mal à l'aise. Elle tentait de garder une distance raisonnable, et restait près des Privilégiés pour faire croire à Mio' qu'elle s'intégrait dans un autre groupe. C'était faux, mais au moins n'avait-elle pas à subir les regards hargneux des nobles.

C'est alors qu'il était arrivé, le nouveau Privilégié d'un Sensitif quelconque. Elle ne se souvenait même plus du nom du noble qu'il protégeait, mais après tout, ce n'était pas le Sensitif qui l'intéressait.

Le Privilégié s'appelait Cius. Elle se rappelait encore avec précision de son visage. Il était anguleux, taillé à la serpe, avec un menton carré et un nez légèrement pointu. Il portait à la perfection le teint doré, hâlé et pailleté des Privilégiés, dénotant avec des yeux d'un bleu marine inoubliable. Il était grand, musclé et portait ses cheveux caramel courts jamais coiffés. Senia l'avait tout de suite trouvé immensément beau, sûrement parce que certaines choses en lui lui rappelaient Veomian.

Il l'avait regardée. Il lui avait parlé. Il avait même été agréable avec elle... Au début, ce n'était que des saluts, des coups d'œil échangés, des sourires timides. Mais rapidement, il était venu la retrouver dans son groupe de Privilégiés pour discuter, échanger des banalités sur le temps, les nobles, les cours... Il l'avait fait rire jusqu'aux larmes, avec son humour piquant et sarcastique ! Et il l'écoutait réellement. Ainsi, elle avait eu l'impression d'avoir un ami, même plus...

Deux mois plus tard, il l'avait attirée dans un coin sombre de l'école, profitant que les autres allassent en cours pour l'embrasser furtivement. Un baiser au goût de promesse et de tendresse ! Elle était arrivée juste à temps pour le cours, le cœur galopant si fort dans sa poitrine qu'elle n'aurait pas été étonnée de le voir s'échapper de sa cage thoracique. Pour la première fois de sa vie, elle avait eu l'impression d'être autre chose que la garde du corps et l'amie de Miodanscelle. Elle avait goûté à une existence différente de celle d'une employée méprisée, une existence qui lui était propre ! Elle s'était sentie spéciale. Elle l'était forcément, puisqu'elle plaisait à un Privilégié.

Cius avait été doux. Cius avait été tendre. Cius avait été compréhensif... Le mois qui avait suivi leur baiser avait été le plus beau de sa vie. Elle n'avait jamais aussi bien ri, aussi bien discuté, aussi bien aimé ! Car elle l'avait aimé... Passionnément ! Si fort qu'elle se serait damnée pour lui, pour ses mots, ses caresses, ses baisers. Pourtant, elle sentait le danger. Son don lui avait murmuré qu'il était néfaste, qu'elle serait sa victime. Mais elle l'avait ignoré. Après tout, rien ne lui disait que son don ne se tromperait jamais.

Un soir, elle l'avait aidé à déjouer la sécurité de la demeure des Fet'Melek pour l'inviter dans sa chambre. Elle lui avait ouvert son cœur, avoué ses sentiments. Il lui avait juste souri. Puis elle s'était endormie dans ses bras.

Senia s'était réveillée en le sentant se lever du lit, son don plus à l'affût que jamais. En l'entendant se redresser, il l'avait menacée d'un poignard effilé. Elle n'avait pas compris, ou plutôt elle ne voulait pas comprendre ! Et puis soudain, l'évidence l'avait frappée. Son don avait pourtant essayé de la mettre en garde...

— Tu vas essayer de me tuer ? avait-elle simplement soufflé.

— Je vais te tuer, effectivement ! avait-il répondu.

— Pour mieux tuer Miodanscelle...

— Exactement !

Ses yeux s'étaient faits de glace. Il était en posture de combat, alors qu'elle était toujours coincée dans ses draps, le cœur en miettes. Il voulait la tuer, et il voulait tuer Mio'.

— Je ne représente rien pour toi ? avait-elle demandé d'une petite voix.

Il avait ri, d'un rire étouffé pour ne pas réveiller la

maisonnée, mais le corps secoué de soubresauts. Il se moquait d'elle.

— Tu pensais vraiment que je pourrais t'aimer ? Tu es une Poussière, laide et stupide ! Je me demande comment tu as pu y croire... Tu aurais mieux fait de rester endormie, je t'aurais laissé la vie sauve !

Il s'était jeté sur elle. Sans la menace qui pesait sur Miodanscelle, elle n'aurait pas réagi. Elle se serait laissé faire... À quoi bon vivre quand l'on est détruit à l'intérieur ? Mais un automatisme s'était mis en place, elle avait esquivé le coup et envoyé valser ses couvertures par la même occasion. Elle avait saisi son éternel coutelas sur sa table de chevet et l'avait lancé. Elle n'avait même pas eu besoin de voir s'il avait touché sa cible, son don s'était apaisé.

Le cœur laminé, l'esprit démoli, elle avait appelé les gardes. Il lui avait fallu des mois pour se reconstruire, pour savourer de nouveau les rires, le soleil, la voix pépiante de Miodanscelle. Mais jamais plus elle n'avait accordé sa confiance aux autres...

C'était pour cela que Senia était en colère contre Ackis. Elle refusait tout rapprochement. Non pas qu'il lui plaisait - elle n'appréciait guère son physique, ni sa manière d'être - mais elle savait qu'à défaut de tomber amoureuse, il pourrait se mettre en tête de devenir son ami. Or, elle se savait assez naïve et idiote pour tomber dans le piège une nouvelle fois, même si Ackis ne lui avait jamais montré autre chose qu'un visage moqueur ou menaçant. Le fait qu'ils soient tous deux rejetés les liait assez sûrement pour qu'ils puissent s'entendre et se comprendre.

Elle se refusait à cela. Le risque était trop grand, et les émotions de bonheur que cela pouvait susciter étaient trop éphémères pour en valoir la peine.

- CHAPITRE 14 -

Senia resta d'une humeur massacrante tout le reste de la semaine. Même les promenades dans le parc, pourtant si beau, avec comme fond sonore les piaillements joyeux de Miodanscelle, ne l'apaisaient pas. Le jour de repos arriva bien vite, renforçant la joie de la noble, mais également l'attitude sombre de la Poussière. La veille encore, à l'armée, Ackis avait voulu engager la conversation, ce qui avait exaspéré la jeune fille. Ne pouvait-il pas se trouver une autre victime ? Elle n'avait que faire de discuter avec lui : Miodanscelle était en danger. Même si le don de la Poussière s'était calmé, il n'en restait pas moins palpable. Un Ombre l'avait attaquée, et elle doutait très fortement qu'il l'ait fait seul. Cela ne pouvait signifier qu'une chose : qu'un noble très haut placé, et peut-être même plusieurs voulaient voir la famille Fet'Melek disparaître.

— Allez Senia, viens ! Pa' nous attend ! Normalement tu adoooores regarder les nobles se faire faire des retouches ! s'exclama Miodanscelle avec un sourire solaire.

Senia bougonna, mais la suivit sans discuter. En réalité, cela amusait Miodanscelle, pas elle. Elle trouvait cela bizarre que des gens aussi beaux trouvent toujours de quoi se plaindre. Un jour, leurs joues étaient trop rondes, le suivant elles étaient trop creusées. Le plus impressionnant restait les effets de mode. Dès qu'un noble du Conseil des Douze changeait d'apparence, tout le monde se ruait dans le salon de Tiarrukesh Fet'Melek ! Ils en ressortaient alors, pétillants d'un bonheur aussi superficiel qu'éphémère, avec le même nez, les mêmes yeux agrandis ou la même coupe de cheveux. Mais ce qui révulsait le plus la Poussière, c'était ces nobles qui ne pouvaient s'empêcher de s'empiffrer, avant d'aller au bout de quelques semaines se faire retirer le surplus de graisse qu'ils avaient accumulé... Alors que tant de Poussières se ruinaient à chercher de quoi se sustenter ! Ne pouvaient-ils pas faire un effort ? Non bien sûr, ils étaient si riches qu'ils pouvaient se le permettre, alors pourquoi s'en priver ?

— Tu n'es vraiment pas drôle en ce moment... C'est à cause de l'Ombre de l'école ? Tu sais, tu as parfaitement le droit d'avoir un petit ami, lui dit Miodanscelle avec un clin d'œil.

— Mio' ! Il ne m'intéresse pas, il n'a rien de… de séduisant ! Rien à voir avec Niowlella, n'est-ce pas ?

— Tutututututu, tu détournes encore une fois le sujet ! J'ai beau adorer parler de cette charmante jeune fille, c'est l'Ombre qui m'intéresse en ce moment !

— S'il te passionne tant, sors avec ! bougonna Senia.

— Oh, allez, je n'ai connu qu'une seule personne pour te mettre dans un état pareil, et comme il n'est plus de ce monde, c'est forcément l'Ombre qui t'a tapé dans l'œil. À moins qu'il ne se soit passé quelque chose ? Oooooh, tu as peut-être… monté le destrier ? Dressé l'animal sauvage ? Escaladé la corde ? piailla la noble, un immense sourire aux lèvres.

— Non ! Mio', quand te mettras-tu dans la tête que je suis une POUSSIÈRE ? On se rapproche de moi pour me TUER, pour T'ASSASSINER ! Il n'y a que toi pour m'apprécier, et encore... Fiche-moi la paix !

Le masque de Miodanscelle se figea en un sourire étonné, qu'elle gardait uniquement pour masquer sa peine ou sa colère. Heureusement pour Senia, elles arrivaient au salon. Les colères de la poupée étaient toujours aussi violentes que des ouragans, et s'il y avait bien une chose que Senia voulait éviter, c'était de se disputer avec son seul soutien.

— Je vois ! finit-elle par articuler. Nous en reparlerons !

C'était mauvais signe, mais Senia, trop fatiguée et déprimée, ne fit rien pour se racheter. Avec un peu de chance, Miodanscelle oublierait. De toute manière, elle n'avait pas le temps de chercher une excuse, ni même l'envie puisqu'elle n'avait exprimé que la vérité. Et de toute façon, elles entraient au royaume des Fet'Melek, coupant court aux discussions non-professionnelles.

La bâtisse était bien moins grande que leur demeure, mais ressemblait tout autant à un palais, avec ses colonnes, sa façade taillée et ses dorures. L'intérieur était, lui, très épuré : quelques fauteuils et tables à l'accueil du salon, avec un poêle derrière le comptoir, près d'une Privilégiée magnifique et souriante. Deux nobles patientaient, attendant qu'on les appelle pour leur rendez-vous. Miodanscelle se dirigea directement vers une porte de service, qui les fit pénétrer dans un petit couloir. Elles entrèrent dans les vestiaires pour femmes, dans lesquels la jeune poupée rangea sa somptueuse robe de velours bleu ciel pour se vêtir d'une tunique simple de couleur bleu clair. Chaque apprenti, ou étudiant, portait cette tenue, indiquant ainsi son rang. Tiarrukesh, lui, portait le même habit, mais bleu foncé, le désignant comme professeur ou professionnel à part entière. Senia garda sa tenue, puisqu'elle restait en toutes circonstances garde du corps.

Une fois la noble apprêtée, elles se dirigèrent dans

un lourd silence vers un nouveau couloir, plus large et décoré. Il donnait sur de nombreuses salles, chacune à l'activité spécifique. Elles trouvèrent Tiarrukesh dans la salle dédiée aux tatouages, concentré sur un noble couché sur le ventre, endormi. La scène, pour qui n'avait pas l'habitude, pouvait paraître étrange, voire cauchemardesque. De l'encre était renversée sur le dos pâle du Sang-Pur, tandis que sa peau remuait en tous sens, comme animée d'une vie propre. Peu à peu, le liquide noir était absorbé, puis se déplaçait sous l'épiderme pour former le motif souhaité.

Le tatouage était un luxe réservé aux nobles. Il leur permettait de s'affirmer, mais aussi de se reconnaître et de savoir à qui ils avaient affaire. Les Corporels portaient souvent des figures animales, végétales et humaines mélangées les unes aux autres. Les Élémentaires, eux, aimaient exposer l'élément qu'ils savaient maîtriser. Les Sensitifs, enfin, se tatouaient uniquement là où leur sens était exacerbé. Les Ombres et les Lumières n'en avaient pas, du moins elle n'en avait jamais croisé aucun dans le salon. D'autre part, les tatouages visibles étaient interdits pour qui n'était pas adulte. Ainsi, Miodanscelle ne pouvait porter les siens que dans son dos, lorsque ce dernier n'était pas découvert par un profond dos-nu, ainsi que son ventre et ses cuisses. Senia eut un faible sourire. Elle aussi en portait, victime des expériences de Miodanscelle, mais petits, bien cachés, et surtout totalement illégaux.

— Ah, mon ange, content que tu sois arrivée ! Peux-tu t'occuper des liposuccions d'aujourd'hui ? Eatchelis s'occupe déjà des transformations faciales et Dehikish des transformations corporelles.

— J'y vais de ce pas !

Senia sentit la déception de son amie. La liposuccion était de loin la plus facile - et ennuyeuse ! -

des activités du salon. Miodanscelle entra dans une nouvelle salle qui contenait un lit simple, quelques sièges, des pots en verre de forme carrée et une petite cloche que la noble utilisa. Presque aussitôt, la Privilégiée qui accueillait les clients apparut près de la porte.

— Je suis prête pour le premier rendez-vous, déclara Miodanscelle.

— Bien, madame !

Une minute plus tard, une énorme noble apparut à la porte. Des flammes étaient tatouées sur ses mains et ses bras, si bien qu'on avait l'impression qu'ils étaient dévorés par un feu brûlant. Des petits yeux flamboyant de mépris fixèrent tour à tour Senia et Miodanscelle, avant de se poser sur le lit.

— Bienvenue dans notre salon esthétique ! Déshabillez-vous, installez-vous confortablement sur le lit et dites-moi comment je peux vous aider, claironna Miodanscelle avec un sourire lumineux.

— Ça ne se voit pas, gamine ? Enlève-moi le surplus, j'ai besoin de bouger ! répliqua la voix maussade de la cliente.

Miodanscelle ne s'offusqua pas et attendit que la cliente s'allonge sur la couche, désormais presque nue. Elle disposa ensuite, tout autour, des pots en verre vide. Puis elle posa ses mains sur la noble. Au bout d'une minute à peine, de minces filets jaunâtres et gluants s'élevèrent dans les airs pour ensuite venir s'installer dans les pots. Miodanscelle faisait ainsi ressortir les cellules adipeuses en trop, les dirigeant dans les contenants. La cliente se désengorgea à vue d'œil, comme une bourse que l'on vide de son or. Une heure plus tard, les filets se tarirent et Miodanscelle passa un linge humide sur le corps de l'Élémentaire, puis une crème qui permettait de diminuer la douleur pour la prochaine étape.

Restait maintenant à effectuer la deuxième partie de l'opération : la peau, à force d'avoir été étirée, pendait désormais de part et d'autre des bras, cuisses et ventre de la noble. Avec un savoir-faire digne de son père, Miodanscelle coupa de larges pans de peau, qui tombèrent avec des bruits flasques sur le sol, avant de combler les entailles ainsi créées en faisant fusionner l'épiderme qu'il restait. Comme une vengeance, Miodanscelle eut la satisfaction d'entendre la noble gémir durant cette étape. La crème ne pouvait pas anesthésier totalement le corps, mais les nobles acceptaient cette souffrance pour retrouver un corps svelte et musclé. Quelques cicatrices resteraient également, mais elles disparaîtraient au bout de quelques jours.

L'Élémentaire se leva en grimaçant. Son corps n'avait plus rien à voir avec celui qu'elle avait en entrant : sa peau, nouvelle et tendue, épousait parfaitement les muscles qu'elle possédait, auparavant cachés sous la graisse. Elle n'attendit pas plus et s'en alla, sans un regard ni même un mot pour les jeunes filles. S'ensuivirent cinq minutes pendant lesquelles Senia aida son amie à fermer les pots de verre, presque remplis de gras, et à les disposer sur un petit chariot, avec une grimace dégoûtée.

Tiarrukesh leur avait expliqué qu'il les revendait à des Privilégiés qui tenaient un magasin de cosmétiques haut de gamme. La graisse des nobles servait à produire les crèmes et le maquillage dont ils se badigeonnaient chaque jour. Elles ramassèrent également la peau étendue au sol pour la mettre dans un sac en tissu. L'épiderme était une denrée rare utilisée par certains pour produire un cuir fin et élégant qui servait, entre autres, à fabriquer les bourses de la majorité des Sang-Pur. C'était un procédé particulièrement sordide, mais l'autre solution était de les donner aux animaux comme nourriture... Et il était, bien entendu, inconcevable pour les nobles qu'on utilisât une partie de leur corps pour satisfaire les besoins d'êtres inférieurs à eux !

Miodanscelle eut deux autres clients avant de devoir remplacer son père, appelé à régler quelques détails politiques avec le Conseil des Douze. Cela l'enchanta, puisque tatouer était de loin son activité favorite. Pourtant, lorsque le soleil déclina et qu'il fallut fermer boutique, la noble n'avait toujours pas adressé un mot à sa garde du corps. Il fallait dire que sous ses airs charmeurs et calmes, elle avait la rancune tenace !

Ce ne fut que lorsqu'elles furent sur le chemin du retour, presque sorties du parc attenant à la demeure Fet'Melek, que la noble finit par lâcher quelques paroles.

— J'attends toujours tes excuses, Senia !

Son doux visage poupon était serein, mais son regard témoignait de son ressentiment. La Poussière retint un soupir : elle qui pensait que son amie finirait par classer cette discussion sans suite, elle s'était lourdement trompée !

— Je ne t'en donnerai pas ! Ce que j'ai dit est vrai : je n'ai jamais eu d'amis en dehors de toi, et les seules personnes s'étant approchées de moi n'ont fait que vouloir me tuer... C'est une évidence que tu ne peux pas ignorer.

— Tu as sous-entendu que je ne t'aimais pas !

— À la mort de ton oncle, tu m'as insultée à t'en crever la voix. Trois jours plus tard, alors que je t'ai sauvée, en me blessant presque mortellement, tu n'étais même pas inquiète puisque tu as vu ta si exceptionnelle Niowlella ! Je dois prendre comment ces signes, moi, hein ?

— Tu es vraiment sérieuse, là, Senia ?

La noble paraissait toujours aussi impassible, mais sa voix était devenue rauque. Les deux jeunes filles étaient arrivées à destination, pourtant elles s'étaient arrêtées assez loin de la porte gardée par la milice familiale pour continuer leur discussion.

— Tu n'es rien, Senia, tu n'es pas mon amie ! Casse-toi, sale Poussière ! commença à imiter Senia, avec une voix suraiguë.

La garde du corps savait qu'elle faisait preuve d'immaturité, mais elle n'avait plus ni la force, ni l'énergie de combattre ses émotions. Elle était frustrée de ne pouvoir parler, en colère contre la parfaite Élémentaire qui lui volait sa place dans le cœur de son amie, et apeurée par les menaces qui s'abattaient sur les Fet'Melek. Ainsi, elle remarqua à peine la peau de Miodanscelle frémir. Généralement, Senia se défoulait pendant ses séances d'entraînement à l'armée ou dans le gymnase des Fet'Melek, mais ce jour-là, elle n'avait pu retenir ses mots.

— Excuse-moi donc, Senia, de ne pas être ta propriété ! cracha Miodanscelle.

— Alors ça, c'est impossible puisque je suis la tienne ! À quoi bon s'inquiéter pour une Poussière, après tout, c'est tellement remplaçable ! Ça fait des années que des Privilégiés à votre service se font assassiner, mais quelle importance ? Un claquement de doigts, et c'est réglé !

— Tu es vraiment immonde ! Me faire culpabiliser parce que, enfin, j'ai réussi à approcher un peu de la fille que j'aime depuis des années ! Au lieu de faire ta mauvaise tête, tu pourrais te réjouir de mon bonheur ! Ce n'est pas parce que tu es malheureuse que je dois l'être aussi !

Senia aurait été ravie de répondre par des mots sanglants, espérant extérioriser ainsi son mal-être, mais une ombre s'était projetée sur les adolescentes. Miodanscelle se tourna vers l'importun, sûrement dans la vive intention de le remballer pour continuer à cracher sa fureur. Pourtant, son visage passa de rouge de colère à une teinte diaphane en un temps record. Devant elle, le regard d'ambre inébranlable de Tiarrukesh Fet'Melek les dévisageait.

— J'espère que vous avez fini ! J'ai besoin de vous parler à toutes les deux...

Elles acquiescèrent sans piper mot. Quand il se détourna, elles le suivirent. Toute rancœur oubliée, Miodanscelle lança un regard apeuré à son amie. Son père avait-il entendu la conversation ?

- CHAPITRE 15 -

Tous trois assis dans le bureau du père de Miodanscelle, le silence s'éternisait. La jeune noble regardait ses mains, les sourcils froncés et son sourire disparu. Tiarrukesh, les yeux rivés sur une feuille de papier, avait les bras croisés pour mieux cacher ses tremblements. Senia, elle, ne savait pas quoi faire. Le père et la fille se comportaient souvent de cette manière quand il fallait parler de choses difficiles. Ils prenaient le temps, trop de temps, pour réfléchir à leurs futures paroles.

La Poussière devina presque immédiatement que cela n'avait rien à voir avec la conversation surprise devant la demeure, une amourette ne pouvait pas rendre quelqu'un aussi soucieux. La peau claire et pailletée de Tiarrukesh mettait en avant des cernes noirs et creusés, reflets de son anxiété. L'inquiétude de Senia monta d'un cran quand elle remarqua les tics nerveux de son employeur. Le noble, loin d'être impressionnable, savait d'habitude cacher ses émotions. Ce n'était pas le cas aujourd'hui...

— Tiarrukesh, que s'est-il passé ? questionna la Poussière, incapable de supporter plus longtemps le silence.

Ce dernier poussa un profond soupir puis dévisagea tour à tour sa fille, toujours tête baissée, et Senia.

— La lignée des Corporels a encore perdu un membre. Shash Fet'Kurakesh a été retrouvée égorgée dans la salle d'eau d'un bar du quartier des Privilégiés. C'est elle qui enquêtait sur ta tentative de meurtre, Mio'. Ses coéquipiers, Veomian Karillo et Redakel Ilk'Framwolk, ont également été agressés mais n'ont pas été tués.

Senia bondit de sa chaise, affolée. L'affaire prenait une toute nouvelle envergure ! Les principaux enquêteurs étaient victimes de tentatives d'assassinat... Et c'était ses proches à elle qui étaient menacés !

— Rassieds-toi, Senia ! Veomian va bien.

Cette information, loin de l'apaiser, la plongea dans une profonde réflexion teintée d'angoisse. Alors qu'elle se montrait toujours calme devant son employeur, elle ne put s'empêcher de faire les cent pas dans le grand bureau. Après deux meurtres de cette envergure, on ne pouvait plus nier que les Corporels étaient visés. Cette situation, inédite pour la justice, ne pouvait continuer... Il fallait plus de ressources, plus de protection, et surtout faire avancer cette enquête avant que cela ne devienne dramatique.

— Ce n'est pas la question ! articula-t-elle. Il y a eu trois tentatives d'assassinat sur des Corporels, et deux ont réussi, tout ça en l'espace de deux semaines. Sans compter que l'enquête ne peut aboutir sans enquêteurs ! Je ne sais pas ce que cherchent ces assassins, mais vous êtes en réel danger !

Et Veomian aussi, pensa-t-elle, mais elle le garda pour elle. Malgré le fait de ne pas l'avoir revu durant deux longues années, Aesia et lui gardaient une place privilégiée dans son cœur. Mais elle ne devait pas y penser, garder en tête sa mission et protéger Miodanscelle.

— C'est vrai, lui répondit Tiarrukesh. Pour une fois, la Grande Juge semble d'accord avec nous et nous a accordé une protection. S'ajouteront donc à notre milice personnelle un Œil et deux Souffles. Seulement... Ils me suivront moi. La Grande Juge pense que tu n'es plus en danger Mio', et que c'était moi qui étais visé à travers toi.

— C'est ridicule, Pa' ! s'insurgea la jeune fille. Tout porte à croire que c'est ma mort que l'on souhaite ! L'assassin s'est d'abord attaqué à Senia, avant de me viser moi, rappelle-toi de ce qu'ont dit les enquêteurs...

— Oui, mon ange, je le sais bien ! Mais la Grande Juge n'a rien voulu entendre. Elle a refusé de me partager ce qu'elle savait sur l'enquête... Il est possible que... Non. Enfin... J'ai peur que cette histoire ne soit bien plus grave que ce que je m'étais imaginé.

Le silence étendit une nouvelle fois sa chape de plomb dans la pièce. Miodanscelle s'était redressée, droite comme un i, ses yeux ciel fixant la bibliothèque d'un air de défi, et ses doigts jouant paresseusement avec une mèche de ses cheveux. Senia, elle, continuait à marcher dans la pièce. Cela lui permettait de réfléchir plus vite.

Le palais de justice était corrompu, elle en mettrait sa main à couper ! Pas par la Grande Juge, non, elle était bien plus fine que cela. Avec une telle position, jamais elle n'aurait effectué un geste aussi traître si elle avait été instigatrice des meurtres. Et elle n'aurait jamais pris une telle mesure en lisant son témoignage, elle aurait forcément protégé Mio' en plus de son père... De plus, tout portait à croire que Miodanscelle et son oncle avaient été poursuivis par le même Ombre tueur. Pourquoi donc la Grande Juge ne prenait-elle pas les mesures qui s'imposaient réellement ?

La réelle question se posait ainsi : qui arrivait à manipuler les informations de manière si subtile que la représentante de la justice la plus haut placée ne pût se douter de rien ? En trouvant ce qui, il serait alors aisé de l'interroger et découvrir le pourquoi. Mais d'abord, il fallait vérifier les informations. Si elle l'avait pu, Senia aurait directement dit à Tiarrukesh ce qu'elle savait, et alors ils auraient pu confirmer avec la Grande Juge, mais c'était impossible. La seule solution qu'elle avait été inenvisageable : aller au palais de justice, récupérer les dossiers des deux meurtres, et faire elle-même sa propre enquête. Inenvisageable, puisqu'elle devait rester avec Mio' en toutes circonstances pour la protéger, et parce que ces informations étaient confidentielles et surveillées ! Les voler était impensable.

Senia pesta intérieurement. Il lui manquait trop d'informations pour pouvoir avancer ses pensées plus loin, répondre à ces questions et surtout mesurer l'ampleur du danger que couraient réellement Miodanscelle, Tiarrukesh et Veomian.

— Je n'en sais pas plus pour le moment. Je savais que l'enquête ne se passait pas bien, qu'elle n'avançait pas, mais c'est tout, continua Tiarrukesh. Maintenant que vous le savez, il va falloir que nous prenions une décision.

— Une décision, Pa' ? Comment ça ?

La voix de Miodanscelle était calme, posée, mais ses lèvres tremblaient légèrement.

— Je ne peux pas t'offrir plus de protection que celle de Senia pour aller en cours, Miodanscelle ! Et envoyer une partie de notre milice t'attendre près des portes serait considéré comme un acte de guerre. Les autres familles feraient de même et... tu sais ce que ça peut donner !

Les épaules de la jeune noble s'affaissèrent légèrement. Ses doigts arrêtèrent leur ballet autour de sa mèche de cheveux, pour l'attraper tout à fait.

— J'ai... J'ai encore les examens, Pa' ! Je n'ai même pas mon... premier diplôme et... Et...

Et Niowlella ! pensa intérieurement Senia. Cela signifiait que sa seule source d'espoir, son rayon de soleil à elle s'éteignait doucement. Après tout, Miodanscelle n'avait cure des cours, elle qui avait toujours eu l'intention de reprendre l'affaire de son père. Elle voulait juste le rendre fier d'elle, en ayant des notes correctes, ainsi que se sociabiliser pour avoir un réseau... et croiser sa belle !

— Je sais, mon ange ! Mais qu'est-ce qu'un diplôme si tu n'es plus en vie pour le passer ?

— Mais... Senia ? Elle est là pour me protéger, hein, Senia ?

Le profond regard de Miodanscelle se fixa dans celui de son amie, plein d'espoir vain. La Poussière se figea instantanément. Si les Ombres pouvaient pénétrer la demeure des Fet'Melek en pleine nuit, il était évident que des Lumières pussent faire de même à l'école. Après tout, rien n'indiquait qu'il n'y avait qu'un seul Invisible corrompu ! Sans oublier que le fait que l'enquête soit compromise par quelqu'un au sein même du palais de justice, peut-être même par un membre du Conseil des Douze, représentait un danger inédit. Angoissant également...

Senia ne doutait pas de sa capacité à protéger son amie, même si elle était attaquée par un Invisible. Cependant, elle l'avait déjà démontré lors de l'attaque nocturne et elle ne doutait pas que leurs ennemis, quels qu'ils fussent, ne feraient pas deux fois la même erreur. Pour cela, elle préférait que Miodanscelle reste aussi proche que possible de son père, et donc de l'Œil et des Souffles. Il y avait bien sûr la possibilité que ces trois derniers fussent des espions à la solde de ceux qui cherchaient leur mort, mais cela pouvait encore jouer en leur faveur. De plus, s'ils laissaient passer un meurtre, ils seraient durement punis. Il leur faudrait du temps pour constituer leurs plans et, durant ce laps de temps, Miodanscelle et Tiarrukesh seraient en sécurité. Enfin, le don de Senia l'informerait tout de même si un quelconque danger se profilait. Peut-être qu'ils en réchapperaient vivants, si l'affaire finissait par être dévoilée... Tiarrukesh avait certainement payé des informateurs pour mener sa propre enquête et tuer l'oiseau dans l'œuf.

Devant le visage fermé de Senia, et sa concentration bien visible, Miodanscelle exhala bruyamment. La Poussière ne la défendrait pas... et elle n'irait pas non plus à son encontre. Elle l'aimait trop pour ça !

— Bien, Pa' ! J'imagine que je n'ai pas le choix, de toute manière !

— Miodanscelle, tu sais que...

— Non, je ne sais pas ! Tu veux me protéger, en échange de ma souffrance ? Soit ! Je suis trop jeune pour comprendre, pas assez consciente de la menace. Je ne la saisis pas vraiment au fond. Comment le pourrais-je, du haut de mes petits seize ans ! Et puis à quoi bon l'école, puisque je reprendrai le salon ? Pas besoin d'amis, ça marche tellement bien pour nous ! Tssss...

Sans laisser le temps à son père de répliquer, elle quitta la pièce. Senia passa une main lasse sur son visage. Elle devrait gérer un nouvel orage de la poupée... Devant elle, Tiarrukesh semblait plus tendu et désespéré que jamais, mais il releva ses yeux dorés vers elle avec sérieux.

— Tu ne peux rien me dire sur ta soirée dans la chambre de Miodanscelle, n'est-ce pas ?

— C'est exact. J'en suis la première désolée...

— Soit ! Je ne peux pas annuler ce que t'a fait Shash, je ne suis pas assez... précis. Je ne voudrais pas te perdre, alors qu'une autre voie s'offre à nous. Tu te doutes que j'ai lancé ma propre investigation.

— Oui.

— Je te ferai part de certains avancements. Je ne doute pas que tu aies en mémoire de précieux indices. Je suis bien désolé de mettre ce genre de responsabilité sur les épaules d'une fille si jeune, mais je n'ai pas le choix. Miodanscelle est tout pour moi !

— Je le sais. Je vous aiderai du mieux que je peux.

Il hocha la tête avec un sourire triste.

— J'aurais un dernier service à te demander.

— Je vous écoute !

— Je sais à quel point ma fille s'est passionnée pour la botanique et l'art de la guerre dernièrement. Par ailleurs, j'apprécie énormément me balader le soir dans le splendide parc qui nous fait face. Peut-être que si... Hum...

— J'ai compris. J'organiserai ça.

— Merci, Senia !

— Je vous en prie.

La Poussière quitta la pièce d'un pas plus vif, l'esprit légèrement apaisé. Tiarrukesh avait non seulement intercepté leur dispute, mais il en avait en plus tiré les bonnes conclusions.

Le noble n'aimait pas se promener, considérant comme une perte de temps de voir des choses qu'il connaissait déjà. Mais le parc serait désormais le lieu privilégié des rencontres entre Niowlella et Miodanscelle, l'école n'étant plus une option. L'amour que Tiarrukesh portait à sa fille valait bien quelques efforts pour surmonter sa répugnance à laisser filer les heures sans rien faire. Avec maladresse, il avait fait comprendre qu'il se tiendrait dehors, avec sa protection, non loin de Miodanscelle pour que celle-ci puisse profiter d'un peu de temps avec la femme qu'elle aimait. Il lui donnait ainsi son aval.

Senia devrait en parler avec la principale concernée. Mais pour l'heure, il fallait surtout la calmer.

Une fois encore, c'est sans surprise que Senia trouva son amie en train de détruire avec colère tous les objets qui avaient le malheur d'être dans sa chambre.

La soirée mouvementée laissa place à une nuit lourde de fatigue angoissée. Miodanscelle refusa d'aller dîner et se laissa emporter dans un sommeil profond, au milieu des plumes d'oie régurgitées par ses oreillers éventrés. Senia, allongée dans son lit et les yeux grands ouverts, continuait à examiner tout ce qu'elle savait, et les pistes qu'elle voulait suivre. Mais ses questionnements, trop nombreux, mettaient en avant la complexité de la situation. Si quelqu'un était de mèche avec au moins un Ombre, et savait influencer les plus grandes sphères du palais de justice, alors ses motivations étaient forcément autres que seulement tuer les Corporels. De plus, rien n'indiquait que ces personnes agissaient seules, multipliant donc les risques qu'encouraient Miodanscelle et Tiarrukesh.

Elle n'avait plus à protéger Miodanscelle désormais, mais ressentait tout de même de la frustration. Malgré ses réflexions, ses pistes, ses conclusions et son don, elle restait Poussière. Et une Poussière n'enquêtait pas ... Elle serait cantonnée à absorber les informations que lui donnerait Tiarrukesh et à garder la plupart de ses conclusions pour elle. Se sentir aussi impuissante la faisait se sentir terriblement mal ! Comment pouvait-elle protéger Miodanscelle si elle ne pouvait même pas la prévenir de l'ampleur du danger ?

Alors que l'épuisement commençait à s'emparer d'elle, un mouvement attira son regard. Sa porte venait de s'ouvrir. Toute seule. Sur le couloir vide noyé dans l'obscurité... Son premier réflexe fut de vouloir la refermer, mais elle ne fit aucun mouvement et ne trahit pas sa respiration. Une porte ne s'ouvrait pas seule, encore moins dans une maison de noble ! Le cœur battant la chamade, elle vit le loquet se soulever et la porte se refermer sans bruit. Si l'Ombre présent prenait cette précaution, c'est qu'il la pensait endormie. Elle ferma donc ses paupières au maximum, les laissant à peine entrouvertes pour voir ce qui se passait. C'était bien sûr inutile, puisque l'Invisible était, par définition, indiscernable, d'autant plus que ses paupières lui voilaient la vue. Ses pas, légers, émettaient un crissement si ténu et éphémère que Senia ne put distinguer avec précision où il se tenait. La peur lui broya soudain les entrailles avec la puissance d'un coup de poignard... Son don n'avait pas daigné se réveiller et, sans lui, elle était incapable de discerner où se tenait son ennemi. Un nouveau crissement...

Senia bondit de son lit, envoyant son poing au hasard dans l'air. Elle n'avait pu tenir plus longtemps, sa respiration se serait emballée, la trahissant immédiatement. Elle n'atteignit aucune cible, mais les crissements de bottes se firent plus bruyants. Elle frappa de son pied vers le bruit, mais une nouvelle fois, rien ne se produisit. Alors, la Poussière ouvrit la bouche pour alerter les gardes de la présence d'un étranger dans la demeure. Si ses cordes vocales vibrèrent, son cri fut étouffé impitoyablement par une main gantée de cuir. Senia envoya sa tête en arrière, dans l'espoir d'atteindre son adversaire, mais elle ne rencontra aucune résistance. Une autre main attrapa prestement son avant-bras pour le coincer dans son dos et un croche-pied la fit basculer sur les genoux. Sous la douleur, la Poussière grogna. Elle tenta, encore vainement, d'atteindre l'Ombre avec son bras restant et de mordre la main qui retenait ses cris...

— Par Selini ! Tu vas te calmer, Senia ? Ce n'est que moi ! Je ne te veux pas de mal !

Aussitôt, la jeune femme se figea. Elle venait de reconnaître la voix rauque d'Ackis.

- CHAPITRE 16 -

Devant la soudaine rigidité de Senia, Ackis desserra lentement son emprise. Quand il l'eut totalement relâchée, la Poussière se retourna vivement vers lui pour lui faire face. Ils étaient tous deux à genoux sur le sol, mais elle pouvait enfin le voir. Il n'utilisait pas son pouvoir, ce qui la rassura quelque peu. Dans l'obscurité, les yeux de l'Ombre brillaient intensément et ses cheveux ébouriffés faisaient flotter autour de sa tête une aura sombre. Ainsi, il ressemblait étrangement à un démon des profondeurs.

— Donne-moi une seule bonne raison, petit Ombre, expliquant ta présence ici !

— C'est une menace ?

— Non, une promesse !

Les dents d'Ackis se dévoilèrent en un sourire qui, dans les ténèbres, apparut carnassier.

— Culottée, intelligente et téméraire... Mais plus encore, invisible ! Tu es parfaite !

— Si tu es venu pour te moquer de moi, je jure sur...

— Ne jure pas ! Je suis venu pour te demander de l'aide.

Senia en resta bouche bée. De l'aide ? Tentait-il de la ridiculiser en lui insufflant l'espoir qu'elle puisse lui être utile ? Elle allait répliquer d'un ton acide, mais il la coupa.

— Je ne te demande pas de me croire tout de suite. Mais avant de m'envoyer sur les roses, laisse-moi t'expliquer mes raisons.

— Oh, je t'en prie, indique-moi donc en quoi je peux aider une personne qui s'introduit illégalement chez les gens !

Le ton désagréable de la jeune fille fit soupirer l'Ombre. Il se repositionna pour se tenir assis au milieu de la chambre, et planta son regard dans celui, impitoyable, de la garde du corps.

— J'ai été appelé sur le terrain car un message anonyme est parvenu au Conseil des Douze. Il menaçait clairement l'école des nobles. J'étais là dans un but de dissuasion et de protection. Lorsque tu as contré la tentative de meurtre de Miodanscelle, mon enquête s'est naturellement dirigée vers vous.

— Tu veux donc m'interroger ? J'ai bien peur que ce soit impossible...

— Non, absolument pas ! J'ai lu le compte-rendu de Veomian. Je...

— Alors pourquoi donc as-tu besoin de moi !

Ackis croisa les bras contre sa poitrine. Toute trace de sourire avait disparu et il laissa patiemment le silence s'installer.

— Réponds-moi ! s'impatienta Senia.

— Je ne te répondrai qu'à une seule condition, Poussière ! Que tu m'écoutes vraiment au lieu de me couper tout le temps la parole ! maugréa l'intéressé.

La mine boudeuse, Senia acquiesça. Sa curiosité était piquée au vif, et même si elle éprouvait du ressentiment vis-à-vis de l'Ombre, elle avait besoin de savoir ce qu'il lui voulait.

— Bien ! Je n'ai eu aucun contact avec les enquêteurs, je travaille seul. Personne ne sait que j'ai lu ce compte-rendu. Or, le compte-rendu qu'a récupéré la Grande Juge est tout autre ! Il ne mentionne pas la possibilité qu'un Invisible ait pu s'attaquer à Miodanscelle. Et maintenant que l'enquête est en suspens faute d'enquêteurs... Écoute, nous sommes les deux seuls au courant de la vérité. Redakel Ilk'Framwolk est plongé dans le mutisme depuis l'attaque et Veomian... n'est qu'un Privilégié. Il a été démis de ses fonctions, il n'est plus qu'un représentant de la Justice quelconque. Ils l'ont relégué aux enquêtes sur les Poussières et les Privilégiés.

Senia intégra les informations. Elles lui donnaient le tournis car elle était trop fatiguée pour pouvoir réfléchir correctement, cependant cela confirmait bel et bien la présence d'un ou plusieurs traîtres dans le palais de justice. Qui plus est des personnes qui modifiaient à leur guise les comptes-rendus des enquêteurs... Combien d'autres avaient-ils trafiqués ? Depuis quand cela durait-il ? Ces questionnements firent monter une boule d'angoisse dans son ventre. Du reste, elle n'était qu'une Poussière... Elle n'avait pas le pouvoir suffisant, même si elle trouvait des preuves, de condamner quelqu'un ! Elle ne pouvait que protéger du mieux possible son amie.

Un autre paramètre à prendre en compte était la sincérité d'Ackis. Après toutes ses intimidations, ses moqueries, était-il vraiment digne de confiance ?

— Comment pourrais-je savoir si tu es franc ? Après tout, ce n'est pas comme si un Invisible avait menacé Miodanscelle !

— Parce que je suis le seul capable de faire avancer l'enquête et, par ce biais, le seul à pouvoir t'aider à protéger ta noble. Tu as très bien compris, j'en suis sûr, que tout cela nous dépasse totalement... Tu as besoin de moi !

Il n'avait pas tort, bien entendu. Après ces révélations, Senia se sentait à la fois effrayée... et soulagée. En effet, elle pouvait enfin discuter avec quelqu'un de ce soir-là. Puisqu'Ackis avait lu le compte-rendu, la barrière mentale qu'avait érigée Shash n'avait plus lieu d'être. Néanmoins, quelque chose d'autre la gênait.

— Et en quoi puis-je t'être si utile, alors ? mentionna Senia.

Le ton sarcastique de la Poussière le fit grimacer, mais il ne se départit pas de son sang-froid.

— Quelles que soient ces personnes, elles savent que j'enquête. J'ai essuyé plusieurs tentatives de meurtre depuis que je suis à l'école, chaque fois par empoisonnement de ma nourriture. Cela me ralentit, je ne peux pas avancer correctement dans ces conditions. De plus, personne ne s'attend à ce qu'un Ombre prenne une coéquipière, encore moins une Poussière. Et justement, en tant que Poussière, si l'enquête nous amène dans les quartiers inférieurs, tu seras bien mieux placée que moi pour chercher des indices et interroger des personnes. Pour aller plus loin, tu as vécu une de ces tentatives d'assassinat, des indices pourraient te revenir en mémoire, et si tout le monde pense que les Poussières ne valent rien... Je sais que tu n'aurais pas survécu si tu n'étais pas intelligente. Et deux cerveaux valent mieux qu'un. Enfin... Ton don pourrait faire la différence !

Senia manqua de s'étouffer avec sa propre salive. Elle n'avait jamais mentionné son don, pas même à Miodanscelle. Elle se contentait toujours de dire qu'elle *sentait* les choses. Les Fet'Melek mettaient ça sur le compte d'une sensibilité accrue et de la chance.

— Mais de quoi tu parles ? murmura-t-elle d'un ton qu'elle voulait décontracté.

— Je t'ai beaucoup observée, tu t'en es sans doute aperçue. Tu as deviné que mon repas était empoisonné sans même savoir où je l'avais acheté. Tu te mets en position de combat le regard rivé vers quelqu'un alors qu'il n'a pas encore amorcé un geste vers Miodanscelle. Tu es prête avant même qu'eux soient prêts à attaquer ! Et tu as sauvé Miodanscelle d'un Ombre, alors que tu étais droguée. Je connais le capkta et ses effets... Tu aurais dû être incapable de viser convenablement ta cible. Pourtant, tu l'as touchée, deux fois ! Je ne sais pas comment tu fais, mais tu as un don, et il est précieux.

Senia fixa l'Ombre un long moment, sans bouger, sans parler... Il s'était tu et attendait, silencieux, ses yeux plantés dans les siens. Il s'était intéressé à elle, d'assez près pour deviner son secret et le mettre à nu. Et il lui demandait de l'aide, à elle, à personne d'autre... Mais comment savoir s'il ne tentait pas juste de lui tendre un piège ?

— Comment as-tu deviné pour les empoisonnements ? Tu étais prêt à manger ton casse-croûte avant que je ne t'arrête... et je n'étais pas là pour t'empêcher de manger les autres ! finit-elle par dire.

Un sourire éclaira la nuit.

— Tu ne perds rien pour attendre ! J'ai eu une formation plus approfondie que la tienne sur la reconnaissance des poisons, par le goût et l'odeur. Et quand ils n'en ont pas...

Il décrocha une petite sacoche en cuir qui pendait à sa ceinture et l'entrouvrit. Il en sortit une petite fiole.

— J'ai tous les antidotes sur moi.

Il rangea le tout. Senia l'observait d'un œil nouveau... Ackis n'avait pas seulement un pouvoir incroyable, offert par son sang, mais aussi une intelligence vive. Être sa partenaire était une chance unique d'en savoir davantage, le plus rapidement possible, sur ce qui se tramait. À l'unique condition qu'il ait été complètement honnête...

Elle ferma les paupières et se concentra sur son don. Il ne lui insufflait rien. Aucun danger, ni imminent, ni éloigné... Rien ! Et s'il se trompait ? Non, il ne se trompait jamais. Et si c'était le cas, alors au moins elle aurait une chance, même minime, de découvrir ce qu'il se passait et de s'en sortir vivante.

Elle ouvrit à nouveau les yeux et les planta dans ceux d'Ackis.

— J'accepte ! Mais je suis enfermée ici la journée, et il est hors de question que tu m'emmènes dans des randonnées nocturnes qui durent des heures. Je ne dois pas paraître fatiguée lorsque je dois protéger Miodanscelle !

— C'est noté. Partenaire ?

Il lui tendit sa main, l'air très sérieux. Elle la serra pour sceller leur nouveau pacte. Quelque chose en elle changea alors, un sentiment vint comme s'agiter dans son cœur. Elle tenta en vain de l'étouffer alors qu'Ackis se relevait déjà... C'était un mélange de reconnaissance et de joie qui ne lui ressemblait pas.

— Tu devrais te reposer ! Je reviendrai demain soir pour que l'on mette au point un plan. J'ai encore quelques détails à régler...

— À demain, petit Ombre !

— À demain, Senia !

Pourtant, il ne partit pas tout de suite. Il jeta un long coup d'œil par la fenêtre, regard rivé vers les étoiles. Puis il se détourna vivement et lui offrit un dernier sourire éblouissant avant de disparaître.

Senia tenta de revoir ce léger flottement dans l'air qu'elle avait observé sur l'Invisible assassin - cette sensation de voir le monde légèrement flou, mouvant... - mais n'y arriva pas. La porte de sa chambre s'ouvrit et se referma sans un bruit. Elle poussa un profond soupir et s'allongea dans son lit. Pourquoi se sentait-elle si apaisée, alors qu'Ackis n'avait fait que confirmer ses craintes ? Était-ce seulement parce qu'elle pouvait enfin parler de cette fameuse nuit à quelqu'un ? Ou bien parce qu'elle avait quelqu'un qui l'aidait, et qu'elle aidait ? La Poussière balaya ses questionnements, trop fatiguée pour réfléchir à tout ça. Elle s'endormit, l'ombre d'un sourire sur les lèvres.

Le lendemain matin, Miodanscelle se leva d'une humeur exécrable. Lorsque enfin Senia réussit à la convaincre de descendre petit-déjeuner, elle s'assit en maugréant à la table à manger. Elle joua un instant avec sa nourriture, la mine boudeuse, sans adresser un seul regard à son père. Ce dernier, visiblement dépassé par la situation, ne fit rien pour améliorer l'humeur de sa fille.

— Aujourd'hui, Mio', il va falloir que tu choisisses entre rester ici avec la milice ou venir tenir le salon avec moi, décréta-t-il d'une voix calme.

— Oh ! Merci, père, de me laisser ce choix ! Que je suis chanceuse !

— Miodanscelle Fet'Melek, je ne te permets pas de me parler sur ce ton ! répondit-il, tendu.

— Une nouvelle obligation ? Bien, père, bien !

Le noble se leva d'un bond de sa chaise. Il dominait la scène de toute sa hauteur, son regard rugissant de colère. Il ne s'énervait jamais contre sa fille, mais elle ne le provoquait jamais non plus. Senia remarqua une nouvelle fois à quel point son employeur pouvait se montrer impressionnant. Sa tunique rouge sang à manches courtes laissait transparaître le ballet de ses tatouages sur ses bras frémissants. Comme pour Miodanscelle, ses émotions modifiaient son corps. Mais il était aussi grand que sa fille petite, aussi musclé qu'elle était menue... Un vrai volcan au bord de l'éruption !

— Très bien ! Puisque je ne t'accorde jamais de liberté, je vais faire le choix à ta place. Tu vas rester ici,

Miodanscelle ! Tu n'es pas en mesure d'accueillir des clients. Bonne journée !

Il partit d'un pas furibond, sans se retourner. La jeune noble repoussa définitivement son assiette et partit en courant dans sa chambre. Un soupir plus tard, Senia la rejoignit. Elle trouva son amie effondrée dans ses coussins, le teint rouge et les joues noyées d'eau saline.

— Je ne peux pas, Senia... Je peux garder la tête froide devant les critiques, devant les tentatives de meurtre, mais je ne peux pas rester enfermée alors qu'enfin, enfin Niowlella me regardait ! Alors que mon père est plus menacé que jamais ! Alors que je n'ai jamais été aussi proche de mourir ! Imagine que l'on se fasse assassiner... Je n'aurais jamais avoué à Niowlella... Je n'aurais pas...

Senia s'assit à côté d'elle et passa son bras autour de ses épaules, dans un geste réconfortant. Miodanscelle se blottit contre elle en sanglotant.

— Mio', calme-toi... Tu sais, je n'ai pas eu le temps de te le dire hier, mais... Ton père m'a dit qu'il irait se promener plus souvent au parc, pour que tu puisses y aller aussi.

— Que... Quoi... ?

— J'ai envoyé un messager hier soir chez les Opt'Diozep, pour voir si Niowlella voulait bien continuer votre... euh... échange d'aide au parc, dès aujourd'hui. Je devrais avoir la réponse avant l'heure du déjeuner.

— Vrai... Vraiment ?

Senia hocha la tête positivement. Miodanscelle se serra un peu plus contre elle, moins tremblante mais toujours frêle. La Poussière voulut lui avouer également qu'elle veillerait sur elle, avec l'aide d'Ackis, mais quelqu'un frappa à la porte de la chambre.

— Madame Fet'Melek, j'ai un message pour vous !

Sans demander son reste, la concernée se leva prestement, passa une main dans ses boucles argentées dans l'espoir de les dompter et essuya ses yeux couleur ciel. Elle alla jusqu'à appliquer son pouvoir sur elle-même, afin de faire disparaître la rougeur de ses joues et le noir de ses cernes. Puis elle ouvrit la porte, son sourire retrouvé, et arracha des mains du Privilégié le morceau de papier qu'il tenait. Les yeux de Miodanscelle parcoururent à une vitesse phénoménale la missive, puis elle tourna ses prunelles pétillantes vers Senia, toute tristesse envolée.

— Elle a accepté !

- CHAPITRE 17 -

La journée passa à la vitesse d'un rêve. Miodanscelle avait passé la moitié de la journée à se pouponner et s'habiller, et l'autre moitié à demander à Senia ce qu'elle en pensait. Elle avait finalement opté pour un corset en dentelle bleu nuit et sa longue jupe assortie, ainsi que pour un maquillage léger. La Poussière l'avait regardée faire sans broncher, n'écoutant que d'une oreille le pia-pia incessant de son amie, trop plongée dans ses réflexions. Elle tentait, en vain, de trouver des directions pour l'enquête qu'elle débuterait le soir-même avec Ackis. Maintenant qu'il lui avait confirmé que les rapports étaient falsifiés, il fallait d'autres pistes.

Retrouver l'homme qui les avait empoisonnées, Miodanscelle et elle, était difficilement réalisable. Tiarrukesh n'était pas le seul à avoir un salon d'esthétique dans le quartier de diamant, et il était facile de ne pas reconnaître une personne qui avait subi une chirurgie du visage ou du corps. Impossible également de faire parler Redakel, puisqu'il ne le souhaitait pas. Et vu la manière dont il avait été traité, il ne lui répondrait ni à elle, ni à Ackis. Restait Veomian. Cependant... Quand elle pensait à l'interroger sur ce qu'il avait découvert, son don se réveillait doucement, lui indiquant que cela le mettrait irrémédiablement en danger.

Alors que Miodanscelle passait pour la énième fois sa brosse dans ses boucles d'argent, l'étage inférieur sembla pris de frénésie. Dans un bruit sourd, la porte d'entrée s'ouvrit : Tiarrukesh était rentré de sa journée de travail. La noble bondit aussitôt de sa chaise et se précipita dans l'escalier principal, avec la vivacité d'un chat. Senia eut bien de la peine à la suivre.

— Pa' ! s'exclama Miodanscelle, un sourire éblouissant aux lèvres.

Elle se jeta littéralement dans ses bras, ne lui laissant que le temps de la serrer contre lui à son tour. Senia remarqua la présence de trois nouveaux nobles à ses côtés, la fameuse protection envoyée par le palais de justice. Ils n'avaient pas l'air content d'être assignés ici, en particulier les deux Souffles qui affichaient un air renfrogné. Rien d'étonnant à cela : les Élémentaires méprisaient tellement les Corporels que devoir en suivre un devait être avilissant pour eux.

— Je suis désolée, si désolée d'avoir été aussi infecte ce matin... pépia la poupée.

Tiarrukesh ne répondit rien. Il lança un regard interrogateur à Senia, qui se tenait dans les escaliers, en retrait. Elle lui répondit d'un geste vague de la tête et de la main, qui suffit à lui faire comprendre ce qu'il se passait. Un soupir, à la fois contrarié et résigné, franchit alors ses lèvres.

— Miodanscelle, à partir de demain, hors de question que tu restes ici à ne rien faire ! la sermonna-t-il. Plus de crises, plus de colères, tu dois passer du temps au salon. J'ai besoin d'une adulte à ses rênes, pas d'une enfant. Tu as compris ?

La jolie bouche de la poupée se tordit, une flamme s'alluma dans ses yeux, son dos frémit et, un instant, Senia se demanda si son amie ne ferait pas une nouvelle scène. Son père s'était rarement montré aussi dur, et jamais en présence d'autres nobles. Elle devait se sentir humiliée. Cependant, elle finit tout simplement par hocher la tête sans piper mot.

— Parfait ! reprit Tiarrukesh, la voix apaisée. Je sors au parc dans cinq minutes, le temps de déposer mes dossiers. Tu pourras m'y accompagner.

Il n'attendit pas la réponse de sa fille et prit la direction de son bureau. Les trois nobles qui le protégeaient restèrent près de l'entrée, un détestable sourire en coin aux lèvres. Miodanscelle les ignora royalement, attendant son père le dos bien droit et la posture altière. La Poussière, à côté d'elle, les invectiva intérieurement. Ils devaient être heureux de voir les tensions régnant chez les Fet'Melek, eux qui étaient si persuadés de leur supériorité au sein des nobles... Après tout, ils servaient la justice, le Conseil des Douze, alors que Tiarrukesh n'était qu'un marchand de services ! Senia leur jeta un rapide coup d'œil, assez pour ne détecter en eux qu'une satisfaction malsaine, loin d'être une menace. Son don restait silencieux, ils ne faisaient pas partie de ceux qui voulaient voir disparaître la famille de Corporels.

Tiarrukesh revint rapidement, son aura écrasante mouchant les sourires de ses gardiens. En silence, les deux Corporels sortirent de la demeure et gagnèrent le parc. Miodanscelle eut tôt fait de trouver une excuse pour s'éclipser et rejoindre, loin des regards indiscrets, sa douce Niowlella. L'Élémentaire l'attendait sagement, et lorsqu'elle la vit, un sourire rapide éclaira son visage, jusqu'à ses yeux d'un gris foncé métallique, loin, très loin des nuages grisâtres habitant ceux des Poussières, qui pétillaient de malice. À quelques mètres d'elle, quelques soldats de la milice les surveillaient.

Bientôt, les gloussements de Miodanscelle se firent entendre, entrecoupés de chuchotements qui n'avaient, semblait-il, rien à voir avec la prétendue botanique que la Corporelle devait enseigner à l'Élémentaire. Alors, seulement, Senia finit par laisser sa rancœur et ses idées reçues de côté pour observer la réalité. Miodanscelle n'avait peut-être pas tort. Niowlella avait beau garder un visage calme, la Poussière pouvait y voir régulièrement le fantôme d'un sourire, et ses yeux brillants parlaient pour elle. Cela n'avait rien d'un jeu d'acteur savamment étudié, non... Senia le sentait. En réalité, elle révélait sa vraie nature à cet instant précis, portant comme Miodanscelle une armure habilement travaillée.

La Poussière était trop loin pour entendre la discussion, mais elle put observer la gestuelle de celle qu'elle avait longtemps considérée comme une ennemie. Son visage et son buste étaient tendus vers Miodanscelle et, lorsqu'elle se lançait dans une longue explication florale, les yeux de Niowlella ne la quittaient plus. Parfois, elle amorçait un geste de la main en direction de la Corporelle, sans jamais toutefois l'achever. Toucher sa peau reviendrait à la laisser lire son corps, dévoiler ses émotions... De son côté, Miodanscelle avait, à quelques détails près, les mêmes réactions, mais son visage était bien plus parlant. Son sourire et ses rires étaient bien plus éblouissants que d'ordinaire. Si le bonheur avait un visage, ce serait celui-ci.

Tiarrukesh réapparut bien vite. Dès qu'elles l'entendirent arriver, les deux filles s'éloignèrent de quelques centimètres et leur visage se ferma, éliminant toute trace de la joie qu'elles avaient pu ressentir, et leur discussion devint formelle et fade.

La soirée qui suivit ne fut pas plus joyeuse que la précédente. Dès qu'ils furent rentrés au domaine des Fet'Melek, Miodanscelle se perdit dans ses pensées et ne lâcha guère que quelques mots durant le repas. Son père ne lui en tint pas rigueur, tout aussi concentré qu'elle. Les nobles assignés à sa garde n'aidaient pas à se détendre, avec leurs chuchotements et leurs ricanements à longueur de temps.

À peine le dîner terminé, Tiarrukesh ordonna à Senia de le rejoindre dans son bureau, loin des oreilles indiscrètes. Une fois l'imposante porte en bois rare fermée, le noble s'effondra dans son confortable fauteuil en soupirant longuement. Sa mine soucieuse durcissait son visage et son regard était, à l'image de celui de Miodanscelle, perdu dans le vague.

— Pourquoi m'avoir convoquée, Monsieur ? s'enquit Senia.

— Tu ne suivras plus Miodanscelle. Les trois nobles qui m'escortent, ainsi que notre milice, me semblent suffisants.

— Ce n'est pas la principale raison, je me trompe ?

— Non, tu as raison. J'ai besoin de toi pour mener l'enquête. À partir de demain, tu seras en contact direct avec l'enquêteur que j'ai employé. Bien sûr, je te demande de la discrétion. Mes trois gardiens ne doivent en aucun cas deviner ce qu'il se trame... Il faut donc que tu sois là lorsque nous rentrons du salon, Miodanscelle et moi.

— Je comprends.

— Parfait... Tu peux aller te coucher, Senia !

La Poussière n'était pas vraiment étonnée. Son don avait beau être précieux, sa présence n'apportait pas grand-chose à cette délégation de nobles. Il était bien plus intéressant de faire mine de la laisser de côté, afin qu'elle poursuive les pistes qu'elle avait.

Senia prit congé de Tiarrukesh après un dernier salut, et se lança immédiatement dans la direction de la chambre de son amie pour lui apprendre la nouvelle. Alors qu'elle s'attendait à de la colère, de la peur et de l'incompréhension, Mio' resta impassible.

— J'y avais réfléchi, lui avoua-t-elle. Je pensais

bien que c'était l'unique solution...

— Cela ne te dérange pas ? demanda Senia, sourcils froncés.

— Si, bien sûr que si ! Je vais me sentir si... seule... Mais ce n'est rien si cela permet à notre famille de retrouver sa stabilité.

Senia hocha la tête. Son amie avait, semblait-il, mûri. Ou bien s'était-elle rendu compte de la dangerosité de la situation dans laquelle elle se trouvait ?

— Tu sembles troublée depuis que nous sommes rentrés... Qu'est-ce qu'il t'arrive ?

La noble poussa un soupir extrêmement semblable à celui qu'avait laissé échapper Tiarrukesh plus tôt. Elle se saisit une mèche de cheveux et commença à la faire rouler entre ses doigts.

— Je ne comprends pas ce qu'il se passe, mais... Ils... Ils pourraient s'en prendre à Niowlella pour m'atteindre, non ? Et si pour résoudre cette affaire, je dois être éloignée de tous ceux que j'aime ? Je... Je n'en suis pas capable, Senia ! Je ne suis pas comme toi, je ne peux pas changer d'environnement aussi abruptement !

— Ne t'en fais pas, je serai toujours là ! Nous nous verrons le soir.

— Je sais, Senia, mais... Niowlella... Je ne peux plus me passer d'elle, tu comprends ? C'est comme si tu me privais de nourriture, c'est un besoin vital de la voir ! Mais...

Senia la prit dans ses bras et Miodanscelle éclata en lourds sanglots. Elle la comprenait parfaitement, elle avait ressenti la même chose pour Cius. Son cœur se serra à la seule pensée du Privilégié.

— Je... je crois... qu'elle m'aime bien aussi... J'ai si envie de... de la revoir... mais si peur qu'elle me rejette... ou que... qu'elle soit blessée... Par ma faute ! hoqueta

Miodanscelle.

— Tout ira bien, Mio' ! Elle est bien protégée, tu sais... Et je te promets de résoudre tout ça au plus vite ! Compte sur moi, d'accord ?

La jeune noble hocha doucement la tête. Ses larmes s'espacèrent peu à peu, pour finalement se tarir. Elle alla alors se coucher, plongeant rapidement dans un sommeil agité. Senia la laissa là et gagna sa propre chambre. En temps normal, elle se serait glissée dans le lit de son amie pour rester à ses côtés, mais elle devait voir Ackis.

Ce dernier était déjà présent dans la chambre de Senia. Lorsqu'il la vit entrer, il lui envoya un sourire ironique.

— Alors, tu as enfin fini de consoler ta douce noble ?

— Moque-toi encore une fois d'elle, petit Ombre, et je te fais manger la poussière ! grogna Senia.

— Laquelle ? Il n'y a que toi ici !

Senia répondit simplement d'un regard dur et glacial. Elle n'était pas d'humeur à rire, surtout pas de sa condition. Le sourire de l'Ombre laissa alors place à un grand sérieux qui dénotait avec sa note d'humour.

— Je ne suis pas plus avancé qu'hier soir. L'enquête est toujours à l'arrêt et le palais de justice compte sur le fait que Tiarrukesh Fet'Melek soit trop occupé pour venir se plaindre. Aucune autre tentative de meurtre n'a été rapportée chez les nobles. Des idées de la marche à suivre ?

Senia ne montra pas son soulagement. Par ses paroles, l'Ombre lui prouvait sa bonne volonté et la place qu'elle avait comme partenaire. Il ne la voyait pas comme inférieure, et lui demandait ce qu'elle pouvait proposer de faire.

— Malheureusement, je ne vois qu'une chose... Interroger Veomian sur ce qu'ils avaient trouvé. Pourquoi vouloir les réduire au silence ? À moins qu'ils aient trouvé une bonne piste... D'ailleurs, que faisait Shash Fet'Kurakesh le soir dans le quartier Privilégié ?

Ackis hocha la tête puis s'approcha de Senia. Sa soudaine proximité fit monter le rouge aux joues de la Poussière. Personne n'avait jamais souhaité, en dehors de Miodanscelle et Cius, pénétrer dans sa sphère intime. Il se pencha près de son oreille, laissant son souffle chaud caresser sa peau, et son odeur minérale mélangeant lichen et sueur titiller ses narines.

— Je sais que Tiarrukesh a employé quelqu'un, et que tu es en contact avec lui. Ne t'a-t-il rien dévoilé ?

Sa voix était douce, posée, mais tintée de menace. Senia ne l'apprécia pas du tout. Aussitôt, elle fit un pas vers Ackis, l'obligeant à reculer, et planta un regard tempétueux dans le sien.

— Puisque tu sembles si bien informé, petit Ombre, tu devrais savoir que je n'aurai contact avec lui que demain ! À ce propos, mes journées se sont libérées. Tu l'aurais sûrement appris si tu m'avais demandé des nouvelles, avant de te jeter corps et âme dans l'enquête...

Ackis lui adressa un sourire lumineux et se recula plus encore, brisant leur proximité.

— Tu es bien impétueuse ! Je suis content que tu sois ma partenaire.

Senia secoua la tête pour chasser son mécontentement. Il l'avait menacée pour la tester, et elle détestait qu'on se joue d'elle ainsi. Mais ses mots la touchaient tout de même, plus que de raison. Elle s'injuria mentalement, consciente qu'elle ne devait pas s'attacher à quelqu'un, même si ce dernier lui donnait confiance en elle. Au fond, il était si exaspérant ! Et en même temps, brillant...

— Je propose que ce soit toi qui interroges Veomian, reprit Ackis. Il te connaît, si je ne m'abuse. Il saisit également l'ampleur de la situation dans laquelle tu es. Je pense qu'il pourrait vraiment avoir envie de t'aider.

Un instant, elle fut étonnée qu'il connaisse son lien avec Veomian. Puis elle se souvint qu'il avait eu accès au rapport de la tentative de meurtre sur Miodanscelle. À sa place, elle en aurait profité pour trouver des informations sur sa nouvelle partenaire.

Senia réfléchit donc à sa proposition plutôt que de l'interroger. Elle voulut lui dire non, son don lui soufflant un léger danger si elle s'approchait de Veomian, mais elle savait que c'était une moins bonne idée encore que de rester à ne rien faire !

— D'accord. J'irai demain soir, en prétextant une course pour les Fet'Melek. Y aller maintenant serait trop louche...

— Tu penses être surveillée ?

La question la déstabilisa, mais elle n'en montra rien. C'était effectivement une éventualité à prendre en compte, puisqu'elle protégeait toujours Miodanscelle. En partant de l'hypothèse que quelqu'un en voulait encore à la noble, la maisonnée entière pouvait être surveillée, selon le nombre de leurs ennemis. Cette pensée la fit frissonner d'effroi.

— C'est toi le détective ! dit-elle. Tu sais qu'on ne peut pas exclure cette possibilité. J'ai sauvé Miodanscelle de sa tentative de meurtre, et le plus logique serait de m'éliminer avant de la tuer, même si je ne suis qu'une Poussière.

L'Ombre continua à sourire, mais ne répliqua rien. Elle se rendit alors compte qu'il la dévisageait avec une sorte d'insistance qui la mit mal à l'aise. Elle allait le lui faire remarquer lorsqu'il détourna le regard vers sa fenêtre.

— Tu as raison. Pour ma part, je vais essayer de voir ce qu'il se dit dans ce fameux bar de Privilégiés qui a vu mourir Shash Fet'Kurakesh.

— Parfait... À demain, alors !

Il hocha la tête, lui adressa un dernier sourire et se dirigea cette fois vers la fenêtre. Quand il prit appui sur la bordure, sa silhouette prête à bondir vers l'extérieur, Senia ne put s'empêcher de le rejoindre à la hâte, prête à le retenir.

— Mais qu'est-ce qu'il te prend ! s'exclama-t-elle.

Il se tourna vers elle, sourit encore de toutes ses dents. Elle songea qu'un jour elle lui ficherait son poing dans la figure pour effacer cet air satisfait.

— Tu as peur pour moi ?

— Bien sûr que non ! se renfrogna-t-elle. Tu t'apprêtes juste à faire un saut de cinq mètres de hauteur, de quoi se briser quelque chose. C'est juste… insolite !

Ackis pouffa légèrement, toujours suspendu dans le vide.

— Je ne vais pas sauter, si c'est ce qui t'inquiète ! Je vais faire un tour sur le toit, puis je désescaladerai pour partir. C'est plus simple que de passer par la porte, il y a moins de gardes. D'ailleurs, c'est par ta fenêtre que l'assassin est entré. Elle est la plus simple à crocheter, même si elle est en hauteur.

— D'accord, tu décides de retracer le parcours du tueur. Mais pourquoi aller sur le toit ?

Ackis poussa un léger soupir, sans que cela ne ternisse son visage jovial. Il s'assit sur le pourtour de la fenêtre, comme si c'était aussi confortable qu'un fauteuil. Et comme si personne ne pouvait le voir depuis l'extérieur.

— Ma chère Senia, sais-tu où habitent les

Invisibles ?

— Non. Quelle importance ?

— Eh ! Tu parles de ma maison ! s'indigna faussement l'Ombre. Tu ne t'es vraiment jamais posé la question de pourquoi vous ne nous voyez jamais ?

La Poussière hocha négativement la tête. Ça ne lui était tout simplement jamais venu à l'esprit ! Elle avait imaginé, naïvement, qu'ils devaient être si peu nombreux qu'ils se partageaient des appartements au palais ou à l'armée. Le visage de l'Ombre se fit songeur, lointain.

— Nous vivons sous terre, expliqua Ackis, une légère mélancolie dans la voix. Invisibles jusqu'au bout ! Autant dire que lorsque nous ne sommes pas en mission, nous ne voyons guère la lumière du jour, ni les étoiles la nuit...

Il lui accorda alors un clin d'œil et un sourire étincelant, revenant totalement au présent.

— J'ai étudié les rondes de vos gardes pour comprendre comment s'y était pris l'Ombre renégat. Dans moins de cinq minutes, quelqu'un passera sous ta fenêtre. Le prochain viendra un quart d'heure plus tard. Ça me laisse quelques minutes pour profiter de la vue ! Tu veux venir ?

Senia prit le temps de réfléchir. Les paroles de l'Ombre l'avaient touchée profondément, mais elle s'interdisait de le montrer. Vivre ainsi, éloignés des autres, devait être un lourd fardeau. Mais elle ne voulait pas révéler ses pensées, ni se faire avoir une seconde fois, même s'il avait l'air sincère.

— Je te suis... finit-elle par se décider.

Pour le surveiller, bien entendu ! Peut-être cherchait-il un nouveau point d'entrée ou quelque obscure information. Ackis sembla enchanté, ce qui la frustra un peu. S'il ne montrait aucune émotion négative, c'est qu'il avait été honnête, et cela la gênait. Elle pouvait s'attacher trop facilement aux personnes franches.

L'escalade fut plus simple que l'avait imaginée la Poussière, la façade taillée permettait de nombreuses prises. Il leur fallut à peine une minute pour dépasser le deuxième étage, réservé aux invités et donc très rarement utilisé, et une de plus pour arriver sur le toit.

Légèrement pentu pour laisser s'écouler l'eau de pluie, il était couvert de tuiles rouges que les deux partenaires gravirent en quelques secondes. Avec un air enfantin peint sur le visage, Ackis s'adossa à l'une des nombreuses cheminées et tourna la tête vers le ciel, comme émerveillé. Senia, elle, eut le souffle coupé.

De son promontoire, la ville plongée dans la nuit se découvrait à elle. Jamais elle n'en avait eu une vision panoramique, se cantonnant à ses excursions dans les différents quartiers. La Cité des Sang-Pur s'étendait sous ses pieds, tentaculaire, couvrant la moindre parcelle de la colline sur laquelle elle était construite. La lune, haute et pleine, l'illuminait, lui conférant un air fantomatique. Pourtant, même à cette lumière chiche, la frontière entre les quartiers était visible. Au loin s'élevaient les remparts, contre lesquels s'amoncelaient les habitations délabrées des bas quartiers. Au-dessus, à peine mieux tenus, se tenaient les bâtiments des quartiers inférieurs. Quelques lueurs subsistaient à cette heure, indiquant l'emplacement des auberges et hôtels particuliers. Il n'y avait pas de tels établissements dans le quartier de diamant. Les nobles ne quittaient jamais leurs demeures la nuit tombée, probablement par superstition.

Ackis se plaça à ses côtés et pointa du doigt les remparts. De l'autre côté, elle pouvait observer une surface plane scintillante.

— Tu vois les reflets de la Ltala ?

La Ltala était le fleuve qui bordait la capitale. En des temps bien plus anciens, Imwin ne possédait aucun cours d'eau à ses pieds. Sa place sur une colline surplombant l'immense plaine qui l'entourait était purement stratégique, mais cela ne permettait pas le marchandage fluvial, bien plus efficace que les caravanes à cheval. Ainsi, le Conseil de cette époque avait demandé aux Élémentaires de dévier la Ltala, dont le lit se trouvait à quelques kilomètres de là. Les travaux avaient duré quelques années, le temps que les Terres creusent un nouveau lit et que les Vagues soient assez nombreux pour détourner une aussi importante quantité d'eau. Il avait fallu faire quelques améliorations au cours des siècles, mais désormais c'était un axe fluvial très utilisé. Le seul défaut qu'il présentait, c'était l'humidité que cela engendrait dans les bas quartiers. Mais, au fond, qui s'intéressait aux conditions de vie des Poussières ?

— Oui, je les vois. C'est… joli...

Joli n'était pas le mot. Sous la lumière des étoiles, on aurait dit une rivière de diamant. Quelque chose de féérique s'en dégageait.

— Eh bien, je ne l'ai jamais vu de près ! murmura Ackis. J'aimerais un jour grimper sur les remparts ou sortir de cette ville pour observer son courant. Certains Invisibles ont la chance de voyager pour leurs missions... Beaucoup rêvent de voir l'océan, les steppes de Mohoha ou encore les forêts du royaume de Mortis, mais moi, je veux juste voir ce fleuve. Et pourquoi pas y naviguer ! Le sentiment de liberté doit y être incomparable.

Senia se tourna vers lui, pour voir s'il plaisantait. Mais, pour une fois, son visage était fermé, son regard lointain. Elle ne pouvait que le comprendre : elle-même se sentait parfois prisonnière de son rôle, incapable d'aller là où elle voulait, et ce devait être pire encore lorsque l'on était sous terre. Au fond, ils avaient tous deux les mêmes devoirs, ceux d'obéir, de protéger... Et les mêmes espoirs ! Si la Poussière rêvait de devenir Privilégiée, c'était pour s'affranchir de sa condition, avoir le choix. Ackis, lui, voulait simplement découvrir le monde extérieur, sentir le vent sur son visage.

Le son d'une cloche, au loin, la fit sursauter. Ackis lui adressa un sourire malicieux, comme s'il ne s'était rien passé. Comme s'il ne lui avait pas ouvert une partie de son cœur !

— Allez, partenaire, il est temps que j'y aille.

Ils désescaladèrent ensemble la façade jusqu'à la chambre de Senia. L'exercice était plus périlleux, mais Ackis lui prodigua de bons conseils et elle arriva finalement en un seul morceau. Lui-même poursuivit sa route, ne lui adressant un signe d'au revoir qu'une fois arrivé dans le jardin. Il activa alors son pouvoir et devint invisible, pour elle comme pour le reste du monde.

Ce garçon, pensa Senia, était bien loin des autres nobles ! Il était efficace et intelligent, mais aussi totalement désarmant. Son sourire espiègle l'horripilait, comme s'il se moquait sans cesse des situations dans lesquelles il se trouvait, et pourtant, ce soir, elle lui avait découvert une faille, de la vulnérabilité, et elle ne savait plus quoi en penser. Mais la Poussière chassa bien vite ces pensées : elle devait se reposer, se recentrer sur l'enquête. Sans compter que le lendemain, elle verrait Veomian, et probablement Aesia. Elle s'endormit le sourire aux lèvres

- CHAPITRE 18 -

Pour la première fois depuis six ans, Senia ne suivit pas Miodanscelle en dehors du domaine des Fet'Melek. Tiarrukesh annonça officiellement que, puisque sa fille n'allait plus à l'école, la Poussière devenait inutile. Il la laissait donc avec un programme d'entraînement intense, et totalement fictif, ce qui n'était pas pour déplaire à ses gardiens Sang-Pur. Eux, plus que quiconque, ne ressentaient que du mépris pour une personne aussi insignifiante. Cela n'empêcha pas Senia d'éprouver un pincement au cœur en voyant s'éloigner son amie. La poupée semblait si perdue, si soucieuse, si éteinte ! Pourtant, Senia n'eut pas le temps de s'inquiéter longtemps pour elle. Du bruit dans la demeure attira rapidement son attention.

Les domestiques s'affairaient, comme à leur habitude, afin de nettoyer et préparer de quoi nourrir la maisonnée. Ils n'étaient pas très nombreux, trois en cuisine, un au service et trois autres au ménage. La gouvernante, une Privilégiée aux traits durs qui n'avait jamais apprécié Senia, était aux commandes de tout ce petit monde. Senia les connaissait peu, et n'avait réussi à nouer des liens qu'avec les palefreniers, les seuls autres Poussières présents au domaine.

Curieusement, alors qu'elle arrivait en cuisine, Senia sentit son don se taire. Pourtant, depuis qu'elle avait pris la décision de parler à Veomian, celui-ci lui distillait en tout instant un léger sentiment de danger. Avant qu'elle pût prendre le temps d'analyser cette nouvelle donnée, la gouvernante se posta devant elle, les traits déformés par une grimace de dégoût.

— Il t'attend dans le bureau de monsieur Fet'Melek ! cracha-t-elle. Ce lâche n'ose même pas montrer son visage...

La Poussière répondit par un unique hochement de la tête. Elle quitta les domestiques pour se faufiler dans le bureau de Tiarrukesh, prenant soin de fermer la porte derrière elle. Au milieu de la pièce, caressant d'une main gantée de cuir le lustre d'un fauteuil, se tenait une personne de haute stature. Entièrement couvert par une longue cape noire, à la capuche rabattue, la Poussière ne put rien distinguer d'autre que les bottes en cuir usé qu'il portait. Ainsi, il ressemblait à une statue vivante et légèrement angoissante.

— Bonjour, Senia ! Tiarrukesh m'a prévenu que tu serais désormais mon interlocutrice, entama la statue d'une voix caverneuse.

Aussitôt, la jeune fille se figea. Interlocutrice ? Tiarrukesh lui avait pourtant signifié qu'elle devait enquêter.

— Vous devez confondre... Je dois investiguer, avec vous !

Un souffle saccadé lui répondit. Elle comprit aussitôt que l'inconnu se moquait de ce qu'elle venait de dire.

— Ta place au sein de cette famille t'a rendue bien orgueilleuse... Tu ne me seras d'aucune aide ! Comme je le disais à ton maître, plusieurs indices confirment qu'une famille d'Élémentaires, les Opt'Messep, serait derrière ces meurtres et chercherait à faire taire les témoins grâce à leurs nombreux contacts. Tout le monde connaît la haine qui lie Corporels et Élémentaires, ce ne serait pas étonnant qu'ils cherchent à assassiner la famille que tu protèges.

— Quels sont ces indices ? Pourrais-je... ?

Un nouveau ricanement la fit taire.

— Eh bien ! La petite Poussière se rebelle ! Au risque de me répéter, je n'ai pas besoin de toi... En outre, ces indices sont durs à trouver, la discrétion est fondamentale. Penses-tu sincèrement que je me baladerais avec pour les montrer à une Poussière ?

— Je pourrais vous aider.

— Mais oui, une Poussière aussi connue que la garde du corps de Fet'Melek, qui flâne sans ses maîtres dans les rues du quartier de diamant, ça passera inaperçu, vraiment !

Senia garda le silence, bouillonnante de colère. L'argument était valide, mais elle n'appréciait nullement la manière dont lui parlait cet homme, comme si elle ne méritait même pas le titre de garde du corps. Comme si elle n'était rien !

L'inconnu se méprit sur ce silence et poursuivit, d'une voix dure et sans appel.

— Je dirai à ton maître que tu m'aides à décoder certains messages, si cela peut te rassurer. Je reviendrai ici chaque matin à neuf heures précises pour te faire mon rapport quotidien, bien que je doute de ta capacité à en saisir le sens. Ne sois jamais en retard, je n'aurai pas de temps à perdre.

Sur ces dernières paroles, il s'en fut, laissant une Senia exaspérée par un tel comportement. Cet homme, à la voix méprisante et au visage caché, ne lui disait rien qui vaille. Et sa théorie ne la satisfaisait pas, pas tant qu'elle n'aurait aucun indice la justifiant. Pour les avoir, elle devrait sans doute demander à Tiarrukesh, mais elle détestait montrer la faiblesse de son sang. Et c'était à elle d'aider l'enquête, pas à son employeur !

Déçue et frustrée, la jeune fille descendit au sous-sol de la demeure. À côté d'une cave fraîche se trouvait l'immense gymnase dédié aux entraînements. Tiarrukesh avait employé les meilleurs maîtres d'armes pour lui enseigner, dans cette pièce, comment protéger sa fille. Désormais, elle n'avait plus besoin d'eux.

La Poussière se distinguait par sa maîtrise à l'arc, aux poignards et aux hachettes. Elle était, en revanche, bien moins douée avec les armes longues ou lourdes. Ainsi se saisit-elle de deux hachettes et entreprit d'attaquer avec fureur plusieurs mannequins en bois disposés autour d'elle. L'exercice, brut, lui tira rapidement quelques grimaces de fatigue, mais elle s'acharna à frapper ses adversaires, toujours plus fort, toujours plus vite, ne s'arrêtant qu'une fois épuisée.

Alors, elle entreprit une série d'étirements pour relaxer ses muscles moulus. L'adrénaline offerte par l'effort l'avait relaxée et lui permettait de s'éclaircir les idées. L'homme ne lui plaisait pas, mais ce n'était pas le premier à l'estimer aussi peu. Sa théorie, elle, pouvait s'avérer plausible, même si sa simplicité apparente était déconcertante. Il faudrait qu'elle examine les indices en question pour être sûre que la piste soit bonne. En parler à Tiarrukesh semblait donc inévitable... Et bien sûr, interroger Veomian et Ackis à ce sujet. De plus, son don s'était remis à la tirailler légèrement concernant Veomian, ce qui ne la rassura pas.

Senia passa le reste de sa journée entre livres et entraînement. Cependant, elle fut bien heureuse de retrouver Miodanscelle en fin de journée. Cette dernière se jeta littéralement dans ses bras, pépiant en racontant sa journée au salon. La noble finit cependant par la laisser, pour courir dans sa chambre afin de se préparer pour sa sortie de la journée. Senia en profita pour demander, discrètement, à Tiarrukesh de l'envoyer faire une course dans les quartiers des Privilégiés, afin de pouvoir discuter des pistes avec Veomian. Ayant confiance en son instinct, le Corporel fouilla dans son bureau un instant, puis en sortit un papier recouvert de chiffres.

— Va apporter cette facture au magasin de cosmétique de Jovius, et ne reviens pas sans l'argent. S'il ne consent pas à te payer, emploie les grands moyens !

La voix de Tiarrukesh portait bien, et ses trois protecteurs envoyèrent un regard moqueur à la jeune Poussière. De telles demandes étaient souvent réservées aux employés les moins importants, puisque désagréables et chronophages. Il n'était, en effet, pas rare qu'un commerçant rechigne à payer et dans ce cas-là, ils avaient une curieuse tendance à passer leur frustration en prenant le plus de temps possible pour répondre à la demande.

Pourtant, Jovius se trouva être un Privilégié jovial et chaleureux. Il tenait une charmante boutique de cosmétique. En regardant les pots alignés sur les étagères, Senia comprit pourquoi ce marchand devait de l'argent aux Fet'Melek : c'était un acheteur de la fameuse graisse retirée par liposuccion. La nausée la prit en pensant aux mêmes pots trônant sur la coiffeuse de Miodanscelle... Comment faisait-elle pour s'en couvrir le visage sans être dégoûtée ?

— Mes crèmes de jour vous intéressent ? demanda Jovius, en revenant avec une bourse pleine de pièces. Vous savez, je les fabrique moi-même. Sans vouloir me vanter, je suis le meilleur alchimiste de la ville ! En tout cas, en ce qui concerne les baumes de beauté.

Senia lui sourit poliment, mais rejeta l'offre. Pour elle, c'était bien dommage de gâcher son talent en alchimie pour produire de telles horreurs ! Les cataplasmes désinfectants et baumes cicatrisants étaient plus intéressants, mais à l'image des mascaras et autres crèmes de jour, bien trop chers pour ses congénères. Sans compter que l'Alchimie, en tant que science supérieure, n'était réservée qu'aux Privilégiés et aux nobles. Aucun Poussière ne pouvait exercer ce métier sous peine de mort, ce qui condamnait ses semblables à se débrouiller avec de l'eau croupie et des bandages sales pour se soigner.

Senia trouvait cela particulièrement injuste : à quoi bon accorder autant de crédit à une justice pour les Poussières, tout en dressant des obstacles les empêchant de survivre ? Cela n'avait pas de sens, et nourrissait la colère sourde de Senia. Si dans un an elle atteignait le statut de Privilégié, peut-être se dirigerait-elle vers l'Alchimie et ouvrirait-elle un magasin avec des baumes et des cataplasmes à prix accessible... Mais avant cela, elle devait continuer l'enquête.

Elle salua avec égard Jovius, puis se remit en route. Heureusement, la maison de Veomian se trouvait sur son chemin du retour. Enveloppée dans sa cape brune, le regard rivé au sol, elle était invisible. De nombreux Poussières marchaient rapidement dans les rues, pressant le pas pour ne pas encombrer les Privilégiés de leur présence. Ainsi, personne ne la remarqua lorsqu'elle se glissa sous le porche d'une maison qu'elle connaissait bien.

Le cœur battant à tout rompre, Senia mit un moment à frapper à la porte. Son bonheur se mua en peur, et elle fut soudain tétanisée à l'idée de revoir ceux qu'elle considérait comme ses parents adoptifs. Et si sa présence les ennuyait ? Et s'ils ne l'aimaient plus ? La jeune fille secoua la tête pour se remettre les idées en place. Il n'était pas question de rester figée ici, sous peine d'être repérée pour comportement étrange, et elle ne pouvait plus reculer. Elle frappa trois coups.

La porte s'entrebâilla, laissant apparaître une peau

hâlée et pailletée, ainsi que des mèches caramel.

— Senia ? demanda la voix anormalement aiguë de Veomian.

— Bonjour, Veomian ! bafouilla Senia, se sentant redevenir enfant.

— Viens, entre vite !

Il lui attrapa le bras et la fit entrer à sa suite. La Poussière n'en menait pas large... Elle ne l'avait pas revu depuis deux ans, en dehors de l'interrogatoire à la suite de la tentative de meurtre de Miodanscelle. Le revoir de manière... intime était grisant et en même temps très impressionnant. Elle ne savait pas comment réagir, surtout lorsque le regard forêt de Veomian se fit interrogateur et... contrarié. La jeune fille n'eut pas le temps de se questionner, Aesia lui adressa un mince sourire préoccupé en lui faisant un signe de la main.

— Je l'emmène à l'étage ! décida Veomian, d'un ton dur.

Aesia hocha la tête et disparut soudain, remplacée par une volée de marche. En un instant, Senia se trouva à l'étage de la maisonnée. Veomian ouvrit une des deux portes et la poussa à l'intérieur d'une petite pièce contenant un simple bureau en bois mité, avant de refermer derrière lui.

— Assieds-toi ! lui ordonna-t-il.

Elle lui obéit aussitôt, sans poser de question. Lui-même s'installa sur une chaise derrière le bureau.

— Senia, que fais-tu là ? demanda-t-il alors.

La jeune fille ouvrit la bouche pour répondre, mais tout un tas de sentiments se disputaient en elle. Pourquoi avait-il été aussi rude ? Pourquoi la regardait-il avec le même visage que lors des interrogatoires ? Pourquoi était-il contrarié, qu'avait-elle fait ? Les larmes lui montèrent aux yeux et roulèrent doucement avant même qu'un son puisse franchir ses lèvres.

En voyant sa détresse, Veomian se radoucit enfin, lui offrant un petit sourire. Il tendit sa main afin qu'elle puisse y poser la sienne, et lui caressa doucement la peau.

— Je suis désolé d'avoir été si brusque... Les temps sont durs. Dis-moi ce qui t'amène.

— Je... Je suis désolée... Je dois enquêter pour les Fet'Melek et... Et...

— Calme-toi, petite ! Je comprends parfaitement, arrête de pleurer !

Senia prit le temps d'essuyer ses yeux, puis d'inspirer et d'expirer longuement avant de reprendre, plus apaisée.

— Je voudrais reprendre votre enquête. J'ai besoin pour ça des indices, des hypothèses que vous avez trouvées.

Veomian soupira doucement et baissa les yeux au sol. Il demeura silencieux un instant. Puis, lorsque son regard vint se fixer dans celui de la Poussière, il se montra inébranlable.

— Je ne peux rien te dire, petite ! Rien...

— Mais... ?

— N'insiste pas ! Je... C'est trop dangereux. Je dois protéger ma famille !

Sa famille ? Pourquoi ne pas simplement nommer Aesia ?

— Comment ça ? On vous a menacés ?

— Je le répète, je ne peux rien te dire. Vraiment ! Tu ferais mieux d'abandonner...

— Veomian !

Mais il chassa sa plainte d'un brusque mouvement de la main, avant de se lever.

— Je te raccompagne. Tu diras au revoir à Aesia comme si cette conversation n'avait jamais eu lieu, et que tu étais juste venue nous rendre une visite de courtoisie.

Déçue, Senia hocha cependant la tête. Ils descendirent ensemble au rez-de-chaussée, un sourire factice dessiné sur le visage. Il alla l'attendre à la porte, tandis qu'elle se dirigeait vers les bras ouverts de sa mère adoptive.

— Ma toute petite puce ! dit Aesia, en la serrant contre elle. Tu m'as manqué... Que tu as grandi !

Senia sourit doucement et serra la femme un peu plus contre elle. Sa tendresse la réconfortait, surtout suite à la discussion houleuse qu'elle venait d'avoir avec Veomian. Elle sentit alors le souffle d'Aesia au creux de son oreille.

— C'est chez les Privilégiés qu'il faut chercher... lui chuchota-t-elle, avant de l'embrasser sur les deux joues.

Sonnée, la Poussière lui jeta un regard plein de questions. Seul un nouveau sourire lui répondit.

— Allez, rentre vite avant que Tiarrukesh ne se rende compte de ton absence !

La Poussière hocha la tête et se dirigea vers la porte. Veomian l'embrassa à son tour, d'un geste plein de douceur qui, lui, n'était pas feint.

— Fais attention à toi, petite ! Rentre bien !

Avant que la porte ne se refermât sur elle, Senia voulut adresser, en se retournant, un dernier geste de la main à sa famille adoptive. C'est alors qu'elle les vit, ces deux prunelles orageuses qui l'observaient avec la plus grande curiosité à travers l'une des fenêtres de la maison ! Ce visage poupin qu'elle n'avait jamais vu et qui s'effaçait déjà derrière les rideaux, étonné de s'être fait prendre en plein examen... La raison pour laquelle Veomian était si effrayé par la menace qui pesait sur lui.

Non, pas sur lui...

Sur son enfant !

- CHAPITRE 19 -

Senia était bouleversée. Elle rentra rapidement au quartier de diamant, ignorant superbement le monde autour d'elle. Veomian et Aesia avaient un enfant ! Heureuse, jalouse, curieuse, désespérée... Toutes ces émotions se mélangeaient en elle et elle ne savait plus ce qu'elle ressentait. Et ces deux puits couleur poussière, le visage tendu de Veomian, les cernes d'Aesia... Tout cela pour une menace ? Due à une enquête désormais au point mort ? Maintenant qu'elle y repensait, la maisonnée des Privilégiés avait le goût de l'inquiétude et de la frustration. Elle ne s'en apercevait que maintenant, mais elle aurait dû le deviner... C'était son travail, elle n'avait pas le droit de se laisser distraire par ses sentiments.

Qui avait pu menacer sa famille adoptive ainsi ? Pourquoi Aesia lui avait-elle soufflé de chercher chez les Privilégiés, alors que l'enquêteur de Tiarrukesh avait des indices chez les Élémentaires ? Les deux étaient-ils liés ? Ou l'un était une fausse piste ? Et surtout, que faisait un Ombre dans cette histoire ?

Elle réfléchit à sa première intuition : elle pensait alors avoir affaire à plusieurs nobles. Il était raisonnable de penser que les Élémentaires et un Ombre pussent faire équipe, d'autant plus que les Opt'Messep étaient proches du Conseil des Douze, mais leur réseau se développait principalement autour de l'armée, pas autour du palais de justice... À moins qu'ils eussent quelqu'un pour modifier les rapports, ce ne pouvait être eux, ou alors ils n'agissaient pas seuls parmi les nobles. Et bien que cette piste fût intéressante, Senia ne pouvait ignorer celle d'Aesia. Après tout, si elle la lui avait donné, c'était parce que Veomian enquêtait dessus et s'était fait agresser pour elle. Mais de même, les Privilégiés ne pouvaient s'attaquer au palais de justice ainsi, donc quel était le lien? Il faudrait qu'elle en touche deux mots à Ackis. Lui saurait peut-être quelque chose, après son excursion au bar.

Une fois arrivée à la demeure des Fet'Melek, Senia tendit son argent à Tiarrukesh et écouta d'une oreille distraite Miodanscelle lui conter, de long en large, sa journée de travail et sa rencontre, courte, avec Niowlella. En réalité, ses pensées voguaient entre des prunelles orageuses et enfantines, et les réponses éventuelles qu'aurait récoltées Ackis. Incapable de tenir en place, et de répondre au regard interrogatif que posait sur elle son amie noble, elle fit mine de se coucher tôt.

En réalité, elle guettait la nuit pluvieuse, nerveuse. Cette histoire la dépassait complètement, la bouleversait. Tous les êtres qu'elle aimait étaient en danger... Avancer dans l'enquête s'avérait donc complexe et dangereux. Néanmoins, rester sans rien faire l'était encore plus. Aucun des choix qu'elle se voyait proposer n'était ainsi acceptable, les deux cas apportant leurs lots de mystères et de risques. De mort aussi, certainement !

L'horloge mécanique sonna minuit. Ackis ne devait plus tarder, il était toujours arrivé aux alentours de cette heure. Senia faisait les cent pas dans sa chambre, plongée dans des pensées désagréables, l'anxiété étendant ses griffes plus profondément dans son cœur. Son don était éveillé et pulsait en elle, distillant une vague et lointaine menace, que ce fût pour Veomian comme pour l'Ombre.

L'horloge mécanique sonna une heure du matin. L'Ombre n'était pas là et un vent de panique menaçait de submerger Senia. Son don l'étourdissait, s'évertuant à la prévenir d'un péril qu'elle ne pouvait voir et dont elle ne pouvait ni comprendre la cause, ni la victime. Ce don pourtant si précis d'habitude la laissait dans un flou total.

L'horloge mécanique sonna deux heures du matin. Toujours aucun signe d'Ackis... Allongée sur son lit, la Poussière tremblait, engloutie dans un océan mêlant frayeur et affliction. Son don s'était amplifié, rongeant ses défenses, hurlant un danger s'approchant continuellement, sans source, sans but, la laissant faible et nauséeuse.

Le léger bruit que fit sa fenêtre en s'ouvrant la fit sursauter. Aussitôt, elle bondit sur ses pieds et observa ses rideaux agités par l'orage nocturne. Un coup résonna contre le cadrant en bois puis, soudain, Ackis apparut chutant contre le sol ! Senia se précipita pour fermer la fenêtre et tirer les rideaux, les rendant invisibles aux yeux du monde.

— Ackis ?

Son interrogation s'étouffa dans sa gorge. Son don lui comprimait les viscères et lui désigna enfin la menace. L'Ombre, toujours au sol, était en danger ! Pourquoi ne sentait-elle que maintenant qu'il était la seule victime ? Elle ne prit pas le temps d'analyser la question et s'agenouilla près d'Ackis. Sa respiration erratique soulevait difficilement sa poitrine, ses yeux grands ouverts tentaient de dire quelque chose, alors que de ses lèvres s'écoulait un liquide vermeil. Il sembla vouloir parler mais fut coupé par une quinte de toux sanglante.

— Tiens-toi tranquille, idiot ! souffla Senia, la voix aussi tremblante que ses mains.

Sur ses vêtements de cuir, elle pouvait voir plusieurs traces de coups de couteaux. Une seule retint son attention, sur le côté droit du torse : large de moins de dix centimètres, il en sortait pourtant une quantité incroyable de sang. Elle devait être extrêmement profonde... Et au vu du liquide s'échappant des lèvres de l'Ombre, la lame avait touché le poumon ! Sans soins urgents, il était condamné.

— Il faut t'emmener à la clinique ! articula la Poussière, consciente que cette solution le condamnait.

Il la foudroya du regard et tenta une nouvelle fois de s'exprimer, mais échoua. Il fallait prendre une décision et Senia en était incapable. Réveiller la demeure ne ferait que les affoler, sans pour autant sauver son partenaire. En outre, la clinique était bien trop loin pour pouvoir l'y amener en vie, et elle se refusait catégoriquement de le voir mourir. Il avait sûrement des réponses, des pistes, quelque chose... Et puis, il ne méritait pas de finir comme ça, allongé dans la chambre d'une Poussière.

— Ne bouge surtout pas, petit Ombre, je reviens tout de suite !

Elle se leva, nauséeuse et chamboulée, les jambes flageolantes. Ce fut pourtant avec détermination qu'elle sortit de sa chambre et entra dans celle de Miodanscelle. La noble dormait paisiblement, un sourire distant sur les lèvres. Senia la secoua sans ménagement.

— Que... Quoi ?

— J'ai besoin de toi, Mio' ! Mais j'ai aussi besoin de ton silence sur cette affaire, d’accord ?

— Je ne comprends rien, Senia ! Fiche-moi la paix et va te recoucher... Ce n'est probablement qu'un cauchemar.

Pour seule réponse, Senia lui agita une main sanglante devant les yeux. Miodanscelle pâlit instantanément !

— Je... Je ne suis pas médecin !

— J'ai besoin de toi, Mio' ! répéta Senia, désormais au bord des larmes.

Ackis ne pouvait et ne devait pas mourir. Il

possédait peut-être des informations clés sur l'enquête... Et si un Ombre pouvait être blessé, comment protéger Miodanscelle ? Senia l'avait combattu, s'était entraînée avec lui : il était plus fort qu'elle, malgré son don. Qu'il soit au bord de la mort était donc effrayant. Elle avait besoin de savoir ce qu'il se passait pour les sauver !

— Mais... D'accord.

Sans daigner se changer, Miodanscelle alla dans la chambre de son amie. En voyant Ackis agonisant au sol, elle jeta un regard mêlant curiosité et dégoût à son amie, mais s'assit à côté de lui et lui saisit la main. Elle posa l'autre sur la flaque de sang qui commençait à s'étendre sur le sol.

Quelques secondes plus tard, la magie opéra. Le sang présent au sol forma de légères paraboles dans l'air, pour venir se glisser à nouveau dans le corps qu'il avait quitté trop tôt. Senia vit la plaie se fermer peu à peu et imagina aisément son amie rassembler les différentes parties des veines, puis ressouder l'épiderme, doucement, patiemment. Ackis, lui, gémissait doucement, son visage se contractant régulièrement sous la souffrance. Se faire blesser devait être douloureux, mais Senia avait appris que se faire guérir l'était plus encore, en partie à cause de la longueur de l'opération. La seule raison pour laquelle les clients du salon esthétique des Fet'Melek ne souffraient pas résidait dans le fait qu'ils se droguaient avant de venir, ou grâce à la fameuse pommade anesthésiante.

Après de longues minutes, la respiration de l'Ombre reprit un rythme régulier, son souffle s'apaisa et ses yeux se fermèrent.

— L'opération l'a épuisé, et je ne suis pas sûre qu'il s'en sortira, commença Miodanscelle en se redressant. Je n'y connais rien en tissu pulmonaire, j'ai fait comme pour la peau...

— Pourquoi as-tu laissé du sang au sol ? demanda Senia en désignant la flaque restante.

— Il n'était pas assez pur pour réintégrer son corps. Du sang contaminé peut être mortel. Senia, que fait l'Ombre ici ?

— Il... Nous sommes coéquipiers sur l'enquête.

— C'est Pa' qui l'a engagé ?

— Non, tu sais aussi bien que moi que les Invisibles n'obéissent qu'au Conseil des Douze !

— Et qui te dit que ce n'est pas l'Ombre renégat qui m'a menacée, hein ? Qui te dit qu'il est dans notre camp ?

Une colère sourde, teintée de déception, commençait à enfler chez la noble et Senia fit profil bas.

— Je le sais, Mio', ce n'est pas lui ! Je ne t'ai pas assez démontré que je mérite ta confiance ?

— Si, bien sûr, mais... L'Ombre ! Pourquoi ne me l'as-tu pas dit ? Depuis quand me caches-tu ça ?!

— Que depuis deux jours. Je ne pouvais pas te le dire, pour le bien de l'enquête. Personne ne sait que nous travaillons ensemble, pour éviter les retombées.

— Eh bien, ça me semble très réussi, dis-moi !

— Mio'...

Un silence pesant prit place dans la pièce, mettant Senia mal à l'aise. Cette dernière décida donc d'essayer de redresser Ackis, inconscient, pour l'installer sur son lit. Avec un soupir frustré, Miodanscelle vint l'aider. Une fois couché et bordé, la noble posa sa main sur l'épaule de la Poussière, dans un signe de réconciliation.

— Écoute, Senia, je saisis ce que tu as voulu faire. Ça ne me plaît pas, mais si c'est la meilleure solution, alors soit ! Je garderai le secret. Par contre, ce sera à toi de le cacher des domestiques.

— Merci, Mio' !

— Remercie-moi en trouvant qui est le salaud qui

veut nous tuer, d'accord ? Et évite tant que possible de me réveiller pour une opération clandestine sur... Comment s'appelle-t-il ?

— Ackis.

— Sur Ackis, donc ! Oh, et tente de dormir, tu as des cernes noirs disgracieux !

Sur ces mots, la noble retourna se coucher. Senia soupira alors et entreprit d'essuyer le sang restant grâce à de vieux habits. Elle les cacha ensuite, se promettant de les brûler ou les jeter discrètement plus tard. Puis, prenant une chaise, elle s'assit au chevet de l'Ombre.

Son visage ovale était décontracté, lui donnant un léger air enfantin. Son teint, pourtant bronzé, semblait bien pâle, contrastant fortement avec sa chevelure de jais. D'un geste maternel, Senia dégagea une mèche qui barrait son front. Puis son regard se perdit sur les vêtements de cuir qu'il portait. Déchirés et tachés de sang par endroits, ils révélaient désormais la cicatrice boursouflée qui avait failli lui coûter la vie. Ébranlée, elle lui saisit la main, apaisée de la sentir chaude et vivante.

À cette pensée, le cœur de la Poussière se serra douloureusement. Qu'avait-il pu trouver de si grave pour que l'on tente de le tuer ? Quel adversaire était assez doué pour l'avoir mis en déroute ? Il s'en était fallu de peu, de si peu, pour qu'il y passe ! Et la mort n'était pas encore totalement éloignée, loin de là, d'après ce que lui soufflait son don... Il était encore en danger. Comment pourrait-il lutter, en semblant si faible ?

Que ferait-elle s'il ne s'en sortait pas ? Que deviendrait la mission ? Que deviendrait-elle elle-même ? Il fallait maintenant se rendre à l'évidence : en une journée à peine, elle s'était attachée à ce travail d'équipe, certaine qu'ils pourraient réussir ensemble. Il avait ce côté rassurant, malgré son sourire insupportable et ses manières étranges, qui la faisait espérer. Seule, elle doutait d'arriver à quelque chose... Sans compter qu'il la considérait comme une égale, reconnaissant son intelligence. Il lui avait fait reprendre confiance en elle. Confiance en l'avenir. À deux, ils pouvaient résoudre l'enquête. Mais seule ?

C'est sur ces pensées que Senia finit par s'endormir, la main d'Ackis dans la sienne.

- CHAPITRE 20 -

Senia s'éveilla aux aurores. Elle vérifia la respiration et les battements de cœur de l'Ombre, avant de descendre rejoindre les domestiques. D'habitude, ils ne pénétraient jamais dans sa chambre, refusant de s'abaisser à la nettoyer puisque c'était celle d'une Poussière. Mais cela pouvait arriver de temps en temps, lorsque Tiarrukesh leur rappelait leurs devoirs, ce pourquoi la jeune Poussière se dirigea vers les cuisines en effervescence. Elle n'y trouva pourtant pas la personne qu'elle cherchait, ainsi apostropha-t-elle une jeune cuisinière.

— Bonjour, pourriez-vous me dire où trouver Madame la gouvernante ?

La Privilégiée lui lança un regard plein de reproches et de dégoût, comme si lui adresser la parole était la pire des offenses.

— Ce ne sont pas tes affaires, Poussière !

— Mais ce sont celles de monsieur Fet'Melek !

Les domestiques avaient beau la mépriser, ils étaient au courant de son travail et de sa proximité avec les membres de la famille de nobles.

— Personne ne l'a vue ce matin, elle a dû aller faire une course plus longue que prévu. Daïla la remplace en attendant.

— Bien, merci à vous !

Que la gouvernante d'une telle maison ne soit pas là était tout à fait inhabituel. De par sa place dans la hiérarchie, il était très rare qu'elle fasse une course, plus encore que celle-ci soit aussi tôt le matin. Tout cela était bien intriguant, pourtant Senia n'y adressa qu'une pensée distraite. Personne ne devait voir Ackis ! Elle se dirigea donc vers Daïla, une femme de ménage, et lui demanda que personne ne vienne la déranger dans sa chambre, puisqu'elle y travaillerait toute la journée. Sans un sourire, la Privilégiée hocha la tête et détourna son attention d'elle, comme si elle ne la méritait pas. Senia ne s'en formalisa pas. Malgré leur dédain, ils lui obéiraient pour ne pas subir les foudres de Tiarrukesh.

Quelques années plus tôt, alors qu'elle venait d'arriver à la demeure, les domestiques lui faisaient toutes sortes de tours : ne pas nettoyer sa chambre, bien entendu, mais également des bousculades dès qu'ils se croisaient, de petits insectes dans ses déjeuners et des bains glacés. Persuadée de mériter ces traitements, car consciente qu'une Poussière n'avait pas sa place comme garde du corps, Senia ne s'en était pas plainte. De tout manière, elle leur était inférieure. Cependant, lorsqu'une de leurs blagues avait failli mal tourner, Tiarrukesh avait deviné ce qu'il se passait et avait repris ces gens avec sévérité. S'attaquer à la Poussière revenait à l'insulter lui-même, puisque cela remettait en doute ses choix, et le noble refusait cela. Ainsi, les employés Privilégiés ne furent plus que silence et regards noirs envers Senia. Même après toutes ces années, et malgré le fait que plus de la moitié aient été remplacés depuis, les employés ne digéraient pas qu'une Poussière fût protégée par Tiarrukesh.

Senia chassa ces mauvais souvenirs d'un mouvement de tête qui fit balancer ses deux tresses brunes. Le passé appartenait au passé, le ressasser ne l'aiderait pas ! Avec un pincement au cœur, elle se dit qu'elle devrait peut-être faire de même avec Veomian et Aesia. Après tout, eux-mêmes semblaient avoir tourné la page. Ils étaient désormais parents, et elle ne leur apporterait, pour le moment, que des ennuis avec l'enquête qu'elle poursuivait.

Sur ces sombres pensées, elle alla lever Miodanscelle, puis petit-déjeuna avec son père et elle. Elle trouva son amie bien calme et silencieuse, mais s'abstint de tout commentaire. Miodanscelle avait sauvé la vie d'Ackis, sans poser de question, et c'était là une belle preuve d'amitié et de confiance. Senia sourit doucement. Elle aimait Miodanscelle comme sa propre sœur, et elle n'hésiterait pas à faire tout son possible pour la sauver de la menace qui pesait sur elle.

Une fois qu'elle fut partie pour le salon, Senia se faufila dans le bureau de Tiarrukesh. Sans surprise, l'enquêteur s'y tenait déjà, malgré les dix minutes d'avance qu'elle avait. Sa silhouette, toujours aussi haute, était une nouvelle fois masquée par sa longue cape noire. Impossible de distinguer son visage ou ses cheveux, mais elle l'imaginait volontiers condescendant.

— Tu es en avance, Poussière ! Tu sembles avoir enfin compris ta place et tes devoirs ! dit-il, la voix plus caverneuse que jamais.

Senia ne répondit pas, consciente que les mots qui lui brûlaient la gorge l'offenseraient. Elle ne pensait pas qu'il fût noble, mais ne pouvait écarter cette hypothèse. Insulter un noble était une bien mauvaise idée, tout comme celle d'avoir des mots crus pour un enquêteur qui pouvait potentiellement sauver les Fet'Melek.

— Par contre, ne t'avais-je pas demandé de ne pas te mêler de l'affaire ? lui demanda-t-il.

— Si, c'est bien ça.

— Alors que faisais-tu hier soir chez un dénommé Veomian ?

La jeune fille en resta un instant abasourdie. Ainsi,

il la faisait suivre et elle n'avait rien senti, rien vu... Pire, il avait espionné une Poussière, qu'il traitait comme une moins que rien. La prenait-il pour une menace, ou s'imaginait-elle des choses ?

— Veomian et Aesia m'ont accueillie lors du meurtre de mes parents, et je leur ai effectivement fait une petite visite hier soir.

— Des Privilégiés attachés à *toi* ! conclut-il d'une voix méprisante. Étonnant !

Elle ne releva pas, laissant un silence pesant s'installer. Cet enquêteur devenait soudain inquiétant. Soit il la faisait suivre elle, ce qui n'avait rien de réconfortant, soit il surveillait Veomian et n'en disait rien à Tiarrukesh... Il fallait qu'elle découvre pourquoi !

— Comme je te le disais hier, reprit-il comme si de rien n'était, je poursuis la piste des Opt'Messep. Tu n'es pas sans savoir que ce sont des Vagues puissants, l'un d'entre eux siège au Conseil. J'ai réussi à intercepter un message crypté qu'ils destinaient à une personne encore inconnue, et je vais tenter de le déchiffrer. Tu pourras le dire à ton maître.

— Bien !

L'homme n'ajouta rien et se dirigea vers la sortie. En ouvrant la porte, une de ses manches se coinça dans la poignée, relevant légèrement le tissu. Le carré de peau dévoilé était blafard, lisse et gris. Senia détourna le regard, le cœur battant. L'enquêteur était un Poussière, aucun doute là-dessus ! Comment cela se pouvait-il ? Un tel poste requérait certains talents, un réseau fourni et une grande connaissance de tous les quartiers... Qu'un Privilégié le fût était probable, mais un Poussière ? Voilà pourquoi il ne montrait pas son visage ! Mais comment diable avait-il pu acquérir un tel pouvoir ? L'enquêteur ne vit pas que Senia l'avait vu, et s'en alla de sa démarche altière.

Le cerveau en ébullition, Senia monta dans sa chambre et s'y enferma. Elle s'assit ensuite au chevet d'Ackis, inquiète et de plus en plus perdue. Les informations étaient trop nombreuses et floues. Il lui fallait découvrir ce qu'elles cachaient mais, seule, elle ne s'en sentait pas capable. Sans compter que son angoisse pour l'Ombre et pour Miodanscelle la fatiguait et la stressait. De plus, son don palpitait toujours en elle, que ce fût pour Ackis comme pour Veomian.

Quittant sa chaise, incapable de rester immobile un instant de plus, la Poussière commença une série d'étirements dans sa chambre. Hors de question de descendre dans le gymnase privé des Fet'Melek ! Malgré ses directives, les domestiques pouvaient trouver ce moment idéal pour recommencer leurs "farces". Une fois ses muscles bien étirés, elle fit quelques exercices de base : abdominaux, pompes et gainage. Sentir son corps chauffer jusqu'à la brûler, ainsi que les tiraillements de ses membres, l'aidait à réfléchir. Aesia lui avait clairement dit de chercher chez les Privilégiés, tandis que le curieux enquêteur de Tiarrukesh la poussait à se pencher sur les nobles. Elle ne pouvait pourtant enquêter sur aucun d'entre eux, même séparément, sans l'aide d'Ackis. La Poussière ne connaissait pas les institutions, les grandes maisons en détail. Où aller pour chercher, comment y entrer et fouiller ? L'Ombre saurait. Après tout, c'était son travail ! En tant qu'envoyé du Conseil des Douze, il devait savoir faire face à toutes sortes de situations.

— Le rouge te va très bien !

Perdue dans ses pensées, Senia n'avait pas entendu Ackis se redresser dans sa couche. Malgré son teint hâlé, il restait très pâle et des perles de sueur coulaient le long de son front. Cependant, il affichait un sourire moqueur.

— Que... Quoi ? Le rouge ? demanda la Poussière.

Elle était habillée comme d'habitude, de son corset brun et d'une chemise flottante blanche.

— Ton visage ! C'est vrai que c'est appréciable d'ouvrir les yeux sur une Poussière cramoisie qui fait des pompes, je ne m'attendais pas du tout à cette surprise, merci beaucoup !

Senia sentit son visage prendre feu. Pour qui se prenait-il à l'insulter dès son réveil, alors qu'elle lui avait sauvé la vie ?! Enfin, techniquement, c'était Miodanscelle qui l'avait guéri, mais elle aurait pu tout aussi bien ne pas l'appeler.

— Tu n'es pas en état de me provoquer, petit Ombre !

Ce dernier commença à rire, mais fut coupé par une quinte de toux qu'il étouffa de sa main. Quand il la retira, elle était couverte de sang. Pourtant, son sourire n'avait pas disparu.

— Tu as bien raison ! Pour une fois, c'est toi qui gagnerais en face à face contre moi...

Elle lui répondit d'un regard noir. C'était vraiment tout ce qu'il avait à dire ? Voyant que son humour ne la touchait pas, il grimaça. À moins que ce ne fût à cause de la douleur qui le traversait !

— Je crois que je dois remercier ton amie noble, finit-il par dire. Ce n'est pas le meilleur chirurgien du monde, mais elle m'a tout de même sauvé la vie.

Le silence s'installa alors, lourd. Senia reprenait sa respiration et s'était lancée dans de nouveaux étirements pour éviter les courbatures. Pourtant, elle planta son regard dans celui de son camarade, très sérieuse. Ce dernier fut vite mal à l'aise et détourna ses prunelles pour observer ses côtes. Lorsqu'une nouvelle quinte de toux le secoua, la jeune femme se leva et s'assit à ses côtés.

— Miodanscelle n'est pas médecin. Elle m'a prévenue que tes poumons ne seraient potentiellement pas rétablis, il faudra attendre ce soir pour avoir d'autres nouvelles à ce sujet.

Ackis hocha la tête, les lèvres soudain pincées et les yeux fuyants. Qu'est-ce qui lui prenait ? Son comportement devenait des plus étranges. Était-il fiévreux ?

— Il serait peut-être temps que tu m'expliques ce qu'il s'est passé, non ? déclara Senia.

— Je ne sais pas si c'est raisonnable... avoua-t-il enfin.

— Comment ça ?

— Ce que j'ai découvert nous met tous les deux en extrême danger. J'ai été repéré, attaqué par un de mes pairs, sûrement celui qui s'en est pris à Miodanscelle et à son oncle. Si tu continues à travailler avec moi, tu risques d'y passer. Je ne veux pas te vexer, mais tu n'es pas de taille face à un Ombre...

— Ackis ! Je risque ma vie depuis mes dix ans et j'ai sauvé Miodanscelle d'un Ombre ! Ce n'est pas parce que je me retire de notre équipe qu'il ne va pas réessayer de s'en prendre à elle, auquel cas je ne la laisserais pas mourir !

— Senia...

— Dis-moi tout de suite ce qu'il s'est passé ! Nous aviserons d'un plan ensuite.

Devant les yeux orageux et la détermination de sa partenaire, l'Ombre finit par soupirer.

— D'accord, d'accord... Je suis allé dans ce fameux bar, celui où Shash Fet'Kurakesh s'est fait assassiner. Là, j'ai découvert que ce n'était pas la première fois qu'il y avait eu ce genre d'incident. Seulement, comme ce n'était que des Privilégiés qui avaient été tués, les enquêtes n'avaient jamais abouti. Et quand j'ai voulu quitter l'endroit, je me suis fait attaquer par un Ombre dissimulé. J'ai réussi à le blesser et à m'enfuir, après quoi j'ai décidé de venir ici. Dans une clinique, il aurait pu me retrouver.

Senia hocha la tête, pensive. Était-ce cela qu'Aesia voulait qu'elle découvre ? Mais quel lien avec les Fet'Melek, si ce n'était l'Ombre assassin ?

— J'ai retenu les noms des Privilégiés. Je ne sais pas quel est leur point commun, mais lorsque je serai rétabli, je pourrai me glisser au palais de justice et retrouver une trace de chaque enquête. Il est fortement probable que ça ait un lien avec les nobles, même si je ne saisis pas encore lequel.

— Le dernier meurtre là-bas est celui de Shash ?

— Non, ils ont retrouvé un corps encore hier soir, juste avant que je me fasse attaquer. Une certaine Vanlia Roscus.

La Poussière retint son souffle, et son cœur se mit à accélérer dans sa poitrine. C'était le nom de la gouvernante des Fet'Melek ! Ça ne pouvait être une coïncidence.

— Elle travaillait ici ! Nous n'avons pas le temps d'attendre, il faut y aller dès que possible ! s'exclama-t-elle.

Ackis voulut se lever du lit, mais à peine sortit-il une jambe des couvertures qu'un gémissement franchit ses lèvres, suivi d'une toux qui colora de vermeille ses lèvres.

— Je suis incapable de sortir de ce lit, Senia ! Je ne peux pas y aller.

— Alors j'irai !

L'Ombre ricana un instant, avant de comprendre que sa partenaire était on ne peut plus sérieuse.

— Non, tu ne peux pas, voyons ! Comment ferais-tu ?

— Je connais le palais de justice, j'y ai attendu

Veomian des journées entières. Je sais où se trouve la salle des archives du côté Privilégiés.

— Senia, tu n'es pas sérieuse !

— Ackis, dis-moi juste comment éviter les gardes ! J'irai ce soir, je sais déjà sortir la nuit sans me faire repérer dans la rue. Je connais les rondes. Je sentirai le danger, si jamais il doit y en avoir un.

— C'est hors de question ! s'insurgea-t-il.

— Que tu m'aides ou pas, j'irai... Trop de vies sont en jeu. Tu devrais le savoir, tu as failli perdre la tienne !

— C'est trop dangereux ! Comment tu comptes t'en sortir, même en connaissant les rondes des gardes ? Et si l'Ombre est dans le palais pour modifier un énième rapport ? Non, définitivement non, je ne te dirai rien !

Senia soupira bruyamment et réfléchit à toute vitesse. Ackis n'avait visiblement pas mesuré à quel point son don pouvait être utile. En même temps, elle n'avait jamais dit à quiconque ce qui la rendait si efficace. Devait-elle le lui révéler ? Même Mio' ne le savait pas ! Ce serait irresponsable de sa part, mais en même temps, Ackis mettrait plusieurs jours à se remettre de sa blessure. Beaucoup de choses pouvaient alors se produire... Ce risque-là, elle n'était pas près de le prendre.

— Ackis, je peux y aller sans soucis au palais ! Je ne crains rien... Quand je dis que je sentirai le danger, ce n'est pas une blague. C'est comme ça que j'ai survécu à beaucoup de choses, comme ça que je sais prévoir les attaques sur Miodanscelle. Ce n'est pas parce que j'ai un bon instinct ou un bon esprit de déduction, je flaire d'où vient un danger et qui il va toucher. S'il y a le moindre problème au palais, je le percevrai ainsi avant qu'il puisse m'atteindre.

— Mais qu'est-ce que tu racontes ?

— Comment crois-tu que je puisse si bien me

défendre ? Que j'ai pu me battre contre un Ombre alors que j'étais droguée ? Ce n'est pas de la chance... C'est mon don ! J'arrive à tout anticiper grâce à lui... et mon entraînement fait le reste !

Ackis ouvrit la bouche pour protester, puis la referma. Il réfléchit quelques instants avant de hocher la tête et de lui adresser un sourire malicieux.

— Eh bien ! Une Poussière avec un pouvoir, c'est du jamais vu ! Mais ça explique effectivement ce que j'ai observé chez toi. Moi qui pensais que tu avais juste une très belle capacité d'observation...

— Alors, on met au point ma prochaine sortie au palais de justice ?

L'Ombre soupira pour se donner une contenance, puis planta ses prunelles dans celles, nuageuses, de Senia. Elle était déterminée, et il savait qu'elle ne reculerait pas devant sa décision. Il n'avait pas le choix, il devait l'aider. Sans compter que son don, si elle en avait bien un, l'aiderait beaucoup dans sa tâche et diminuait les risques qu'elle prenait.

Il pria tout de même la déesse Selini de veiller sur elle...

- CHAPITRE 21 -

Des cliquetis se firent entendre. Discrètement, Senia se faufila alors derrière un mur, à l'abri des regards des soldats. Ces derniers étaient, de toute manière, peu attentifs. Ils comparaient les différents établissements de filles de joie que contenait le quartier supérieur... Une fois que leur conversation se transforma en chuchotis, la Poussière sortit de sa cachette improvisée et se glissa derrière l'imposant palais de justice.

Le bâtiment était exactement le même que dans les souvenirs de la jeune femme, au détail près qu'il était plongé dans l'obscurité. Elle se positionna derrière la deuxième colonne de droite, comme le lui avait suggéré Ackis. Là, elle trouva, cachée par des haies, une ancienne trappe rouillée. Il ne lui fut pas difficile de l'ouvrir, puis de se glisser dans la galerie sombre et humide qu'elle cachait. Senia n'y voyait rien. Elle dut se guider grâce à sa main gauche contre un mur suintant, et sa droite devant elle. Enfin, elle sentit sous ses doigts une porte en bois. L'excitation de participer à ce genre de mission monta en elle, se disputant avec son don qui prenait de plus en plus de place. Depuis qu'elle s'était faufilée hors de la demeure de Fet'Melek, cette sensation de danger enflait en elle, incluant désormais en plus de Veomian et Ackis, Tiarrukesh et Miodanscelle. Il n'était cependant pas encore assez fort pour qu'elle songeât à faire demi-tour, et elle était de toute manière persuadée d'être sur la bonne piste.

En discutant avec Ackis, lui exposant ce que

l'enquêteur lui avait révélé, ils s'étaient rendu compte que la piste des Opt'Messep était peu fiable. Les connaissances d'Ackis sur la politique lui apprirent en effet que cette famille était certes habituée au Conseil des Douze et affiliée de près à l'armée, mais n'avait aucun contact avec les Ombres. De plus, c'était la famille Élémentaire la moins encline à s'opposer aux Corporels et, lors des débats du Conseil, elle cherchait principalement des compromis entre les différents partis, mettant en avant une politique de paix. À moins qu'ils n'aient, pour une quelconque raison, joué ce jeu depuis presque quinze ans pour couvrir de sombres desseins, il était peu probable que ce fût eux.

Il fallait donc creuser la piste des Privilégiés au plus vite. De ce chef, Senia poussa la porte assez précipitamment. Derrière se tenait un escalier qu'elle gravit lentement, du fait de son aveuglement. Après une deuxième porte, elle atterrit dans ce qui était une ancienne salle d'interrogatoire, qui débouchait enfin sur le couloir qu'elle connaissait bien.

Ackis lui avait bien précisé que deux gardes faisaient le tour des couloirs toutes les demi-heures, et l'horloge sonnant minuit et quart l'informa qu'elle avait un quart d'heure pour trouver sa pièce et s'y cacher. Senia la repéra au bout de cinq minutes. Une douce lueur argentée l'illuminait, une aubaine que la lune soit si claire ! Le temps que les soldats en faction vérifient que la pièce soit vide, la Poussière se cacha dans le recoin d'une lourde armoire. Heureusement pour elle, ils n'étaient pas plus attentifs que leurs camarades dans la rue. Une fois qu'ils furent partis, elle put fouiller dans la centaine d'étagères que contenait la pièce.

Elle était dans les archives, côté Poussières et Privilégiés. Cependant, même ici se trouvait une démarcation. À droite, les étagères pour ses congénères.

Elles étaient presque vides... La loi voulait en effet que les archives des enquêtes sur les Poussières qui dataient de plus d'un an fussent jetées. La seule exception à la règle était son propre dossier : puisqu'elle était désormais affiliée à une famille de Sang-Pur, alors son archive restait là.

Les Privilégiés, eux, gardaient leurs archives cinq ans de plus. Quant aux nobles, cela montait jusqu'à cinquante ans. Une nouvelle injustice dans le palais de justice, mais Senia ne s'attarda pas dessus ! Elle était là pour enquêter, et se dirigea donc vers les étagères de gauche, celles contenant les archives des enquêtes sur les Privilégiés. Elle commença immédiatement à fouiller.

Une fois encore, la chance était de son côté. Les enquêtes étant bien classées : elle n'eut qu'à se saisir des dernières en date et à les trier par zone. Il y en avait plus d'une dizaine qui concernaient les alentours du fameux bar, toutes des meurtres ! Les faits étaient similaires : des corps retrouvés dans un coin sombre de la rue, égorgés, sans que personne n'ait rien vu ou entendu, pas même les passants présents à ce moment-là.

— Alabria Coni, cuisinière de la famille Fet'Geshesh. Un des cousins de Miodanscelle, chuchota pour elle-même Senia. Il y a deux semaines...

Parler aidait Senia à mettre ses pensées dans l'ordre et à ne pas s'embrouiller l'esprit. Elle continua avec le dossier suivant.

— Riartus Mexus, secrétaire dans la clinique de Kialanash Fet'Melek. Il y a trois semaines, juste avant son meurtre... Episia Retami, gouvernante de la famille Opt'Diozep. Il y a à peine quelques jours...

Senia ne comprenait pas. Toutes les victimes avaient travaillé pour de grandes familles de nobles, toutes lignées confondues. Certes, les Corporels étaient plus cités que les autres, mais tout de même... Cela n'avait pas de sens, pourquoi tuer des domestiques ? Après quelques nouvelles recherches, Senia se rendit compte que cela durait depuis plusieurs années. Seulement, les meurtres s'étaient accélérés depuis quelques mois.

La Poussière saisit soudain une feuille et une plume. Elle nota consciencieusement chaque famille impliquée, le nombre de décès et le métier des victimes. Cela allait du simple palefrenier au maître d'armes d'une famille. Chez les Fet'Melek par exemple, il n'y avait eu guère que la gouvernante et un palefrenier qui n'avaient pas été assassinés... Du moins, jusqu'à aujourd'hui ! Pour d'autres familles, les décès étaient moins nombreux. Au final de son analyse, un sourire éclaira le visage de Senia, quand elle se rendit compte qu'il était plus dangereux d'être simple employé chez certains nobles que garde du corps. Les Privilégiés en étaient-ils conscients ? Probablement pas, sinon ils auraient fui ces postes comme la peste !

C'est en relisant ce papier pour la centième fois que Senia trouva enfin une piste. Si plusieurs familles n'avaient été mentionnées que très rarement, les Opt'Messep, par exemple, n'étaient pas de ceux-là. Pour une famille d'Élémentaires, ils faisaient partie des plus touchés par les vagues de meurtres. Tous ces indices excluant les Opt'Messep, il devenait presque évident que l'enquêteur de Tiarrukesh se trompait lourdement. Se pouvait-il qu'il ait compris son erreur et qu'il ait eu peur que Senia le découvre, d'où ses menaces ? Ou bien l'avait-il menée vers une mauvaise piste pour quelques obscures raisons ? Non, elle ne pouvait pas douter ainsi de lui ! Elle était certaine que Tiarrukesh avait choisi la personne la plus qualifiée possible pour ce travail... Ce devait être une malheureuse coïncidence, ou bien c'était elle qui ne voyait pas encore les bonnes choses.

Pour en avoir le cœur net, Senia rangea les dossiers, attendit que les gardes fassent leur ronde, et s'élança une nouvelle fois dans le couloir. Il fallait qu'elle en sache plus, et pour cela, elle devait se rendre aux archives des Sang-Pur. Peut-être trouverait-elle un indice dans les enquêtes en cours.

Passer de l'autre côté lui procura un étrange sentiment. C'était dans ce hall qu'elle avait sauvé Miodanscelle pour la première fois ! Et c'était ces couloirs qui lui avaient été toujours interdits, reflet du dégoût des nobles pour leur main d'œuvre. Une partie d'elle-même lui disait de ne pas y aller, que sa place n'était pas dans cet endroit. Qu'elle ne le méritait pas... Qu'elle ne l'avait jamais mérité ! Pourtant, elle chassa ces sombres réflexions. Méritante ou pas, elle devait trouver des réponses. Elle avait certes toute la nuit pour chercher, mais le palais de justice était grand et elle n'avait aucune connaissance de ce que refermait ce côté-ci.

La Poussière glissait sans bruit sur le marbre rosé du sol, et emprunta le couloir qui faisait face à celui qu'elle venait de quitter. Il était plus large et ses murs, couverts de tapisseries épiques, donnaient au lieu une ambiance bien plus chaleureuse. Une odeur d'encens et de cendre froide embaumait l'air, s'ajoutant à la lourdeur de l'atmosphère. Les premières pièces qu'elle ouvrit s'avéraient être de larges bureaux, emplis d'étagères et de fastueux fauteuils.

Il lui fallut une dizaine de minutes pour enfin trouver la salle qui rassemblait des milliers de dossiers, et elle était bien moins impressionnante que celle du côté des Privilégiés. Ce n'était pas étonnant : même en les gardant cinquante ans, les enquêtes sur les nobles étaient très peu nombreuses. Ainsi, la Poussière trouva rapidement les deux concernant Kialanash et Miodanscelle.

Les deux dossiers étaient quasiment vides : aucun indice, aucune piste... Son propre interrogatoire avait été quasiment effacé, dévoilant une tout autre réalité que la vérité. Dans ce dossier émergeait notamment qu'elle avait trouvé, malgré la drogue, un assassin dans un couloir de la demeure, en pleine nuit, et qu'il s'était échappé au nez et à la barbe de la milice de Tiarrukesh. Aucune mention d'Ombre, ni même de tentative d'assassinat sur Miodanscelle. Pas étonnant que la Grande Juge ait fourni de l'aide à Tiarrukesh et non à sa fille... Quant à celui de Shash, le dossier n'existait tout simplement pas ! Les autres enquêtes étaient vieilles de quelques années, et n'avaient rien à voir avec ce que Senia recherchait.

D'un geste rageur, elle s'assit dans un fauteuil et prit sa tête entre ses mains. Quelque chose lui manquait, une information cruciale, et elle n'arrivait pas à la trouver. Pourtant, elle sentait au plus profond d'elle que la solution était proche, si proche... Que signifiaient ces attaques envers les domestiques de grandes familles ? Et pourquoi trois familles avaient été plus épargnées que les autres ?

Une pensée s'immisça tout à coup en elle. Chacune des familles épargnées possédait un siège au Conseil des Douze. Et soudain, un cours sur la politique lui revint à l'esprit. Elle n'avait jamais aimé étudier cette matière, persuadée qu'elle lui serait inutile, contrairement à Miodanscelle qui l'avait harcelée, jusqu'à lui faire apprendre par cœur les ambitions et les idéologies de chaque membre du Conseil. Les Opt'Liassep étaient des royalistes, voulant mettre en esclavage les Poussières, instaurer dans leur pays un roi - à l'image de leurs voisins - et conquérir de nouvelles terres. Les Ilk'Framwolk méprisaient les Corporels et les Élémentaires, les trouvant trop laxistes au niveau des lois. Ils voulaient durcir ces dernières pour diminuer le taux de criminalité, et faire cesser le marché noir chez les Poussières et les Privilégiés. Aussi, l'un d'entre eux était enquêteur au palais de justice. Enfin, les Ilk'Bermowolk prônaient le statut supérieur des Sensitifs et des Élémentaires sur les Corporels, souhaitant intégrer ces derniers aux Privilégiés plutôt qu'aux Sang-Pur.

D'un point de vue extérieur, ils n'avaient pas grand-chose en commun si ce n'était des idées extrémistes. Néanmoins, un nouveau souvenir s'imposa à Senia. Trois ans auparavant, un texte de loi avait été soumis au vote au Conseil des Douze. Il traitait de l'abolition pure et simple de la Purification. Ce rituel, permettant de transférer du sang-pur à un Privilégié ou un Poussière méritant, était controversé, tout comme son gardien, Kialanash Fet'Melek. Tout le monde avait voté contre l'abolition, excepté les familles Opt'Liassep, Ilk'Framwolk et Ilk'Bermowolk. Si cette nouvelle piste était intéressante à étudier dans le cas de Kialanash, elle n'était pas suffisante pour comprendre la tentative de meurtre de Miodanscelle. Elle n'expliquait pas non plus celle, réussie, de Shash qui s'occupait de l'affaire.

Et pourtant, Senia savait qu'elle tenait la bonne piste. Comme pour la pousser à continuer dans cette direction, son don s'était tu, n'indiquant aucun danger. Mais pourquoi chercher à affaiblir les autres familles ? Certainement pour avoir plus de pouvoir ! La Poussière savait que les autres lignées prenaient les Corporels de haut, mais cela n'expliquait pas pourquoi ils s'en étaient également pris à des Élémentaires ou des Sensitifs. À moins que... À moins que ces derniers ne leur apportassent aucun support dans cette recherche du pouvoir, cet asservissement des Corporels ! Ainsi, le fait de tuer leurs domestiques les plus proches, pour faire employer à leur place des espions par exemple, était un excellent moyen de les menacer ou, comme dans le cas de Kialanash, les faire taire. Il était si simple de connaître de cette manière les rondes des milices familiales, le plan d'une demeure ou encore les entrées cachées !

Il restait encore le mystère de l'Ombre à éclaircir. Pourquoi un Invisible se soumettrait-il au choix d'une minorité du Conseil ?

Les derniers rouages de son esprit se mirent en place. Comment n'y avait-elle pas pensé plus tôt ?! C'était si... logique ! Les Invisibles ne se trouvaient-ils pas prisonniers du Conseil des Douze, malgré le fait qu'ils y siègent ? Il était possible, même très probable, que la frustration de ne rester que des marionnettes en ait poussé certains à se rebeller dans l'ombre.

Il fallait à tout prix qu'elle rentre, désormais en possession de réponses à ses questions ! Elle n'avait certes aucune preuve pour faire arrêter les membres du Conseil des Douze, mais Ackis aurait peut-être une idée de comment faire. En possédant ces informations, il était possible de faire face à la menace, en attendant de confondre les coupables. Un sourire éclaira alors son visage. L'espoir était de nouveau permis ! La Poussière se leva de son fauteuil et toute à sa joie d'avoir résolu le mystère, elle n'entendit pas les pas étouffés par le tapis au sol.

C'est à peine si elle sentit le coup s'abattre sur sa nuque et l'assommer.

— Je t'avais prévenue de ne pas te mêler de l'enquête, maudite Poussière ! déclara sinistrement une voix gutturale.

- CHAPITRE 22 -

Lorsque Senia se réveilla enfin, elle ne bougea pas, gardant les yeux obstinément fermés et le corps immobile. Elle sentait les attaches à ses mains et pieds, l'inconfort de la chaise sur laquelle elle était assise et l'odeur d'humidité environnante. Ses douleurs à la tête et au dos faillirent la faire grimacer, mais sa peur était bien plus puissante. Son don ne lui soufflait rien, et pourtant il était évident qu'elle était en danger, retenue prisonnière contre son gré.

Elle avait découvert ce qui se cachait derrière la menace de Miodanscelle, et elle avait eu les clés en main pour la protéger, mais elle s'était fait prendre ! Comment ? Son don était resté muet comme une tombe, à aucun moment il ne s'était réveillé. Avait-il disparu pour de bon ? Non, impossible ! Et pourtant...

— Tu peux ouvrir les yeux, Poussière ! Je sais que tu es réveillée...

Senia connaissait cette voix sourde, profonde, graveleuse. Son cœur se mit à tambouriner plus fort dans sa poitrine et elle ouvrit les yeux sur une grande silhouette noire encapuchonnée. Pourtant, la première chose qui franchit ses lèvres fut un rire hystérique. Rien de joyeux là-dedans, juste une façon d'exprimer sa surprise et sa frayeur.

— Étonnant de ta part de cracher sur ma nature, alors que tu es comme moi ! déclara-t-elle une fois calmée.

Un sifflement aigu lui répondit. Pourtant,

l'enquêteur consentit à rabattre sa capuche pour dévoiler son visage. Une barbe drue cachait mal ses lèvres charnues et ses joues creuses. Ses longs cheveux bruns étaient soigneusement tressés. Mais ce qui la frappa le plus fut son regard de glace : d'un bleu si clair qu'il en était terriblement perçant !

La Poussière détourna le regard. La pièce dans laquelle elle se trouvait ressemblait à une vieille cave humide, et seule une torche lui permettait d'y voir quelque chose. Une table était posée en face d'elle et, derrière, traînait une autre chaise, vide.

— Il est vrai que nous sommes semblables, Senia ! Bien plus que tu ne le penses...

— J'en doute fort ! Je ne kidnappe pas des jeunes filles avant de les attacher sur une chaise !

— En revanche, tu t'introduis dans un bâtiment administratif comme une voleuse pour t'emparer d'informations confidentielles.

— Je peux te retourner le compliment !

Cette fois-ci, un fugace sourire passa sur le visage de l'homme.

— J'espère que tu garderas la langue aussi bien pendue lors de notre petit... entretien, dit-il avec un sérieux terrifiant.

Senia ne répliqua rien. Tiarrukesh l'avait prévenue qu'elle pouvait se trouver dans ce genre de situation. La torture... Même si elle n'était qu'une Poussière, elle était la plus proche des servantes de la famille, et celle qui connaissait le mieux le domaine. Comment sauver Miodanscelle d'une prise d'otage dans sa propre demeure si elle ne connaissait aucun des passages secrets ? Ainsi, elle était une source d'informations importante, et certains pouvaient se servir de méthodes illégales pour y accéder de manière violente.

Cependant, Tiarrukesh l'avait préparée, dès le début de son contrat, à subir ce genre d'interrogatoire. Elle connaissait les différents types de douleurs, comment y faire face, comment ne pas craquer... Bien sûr, jamais il ne l'avait torturée plus de quelques heures d'affilée, mais elle avait confiance en elle et en sa résistance. Cela ne l'empêchait pas d'avoir peur. La douleur pouvait s'avérer terrible, et parfois la seule manière d'y échapper était de devenir fou. Un léger tremblement s'empara alors de ses mains, mais son regard resta dur.

Devant son manque de réactivité, l'enquêteur s'autorisa un sourire méprisant. Il dévoila d'un geste plein de suffisance sa ceinture et y saisit un premier outil : une pince large, mais fine. Senia frissonna... Elle savait qu'il s'en servirait pour arracher ses ongles et ses dents.

— Tu vas me dire toute la vérité, Senia ! Je ne te ferai pas confiance au début... Mais lorsque j'utiliserai cet instrument, tu commenceras à m'avouer quelques-uns de tes petits secrets !

Il posa la pince sur la table, puis se saisit d'un petit marteau dont un des deux bouts formait un pic. Il permettait, entre autres, de briser les os de sa partie plate, et d'atteindre des zones très précises - et douloureuses ! - grâce au pic. Entre les mains d'un expert, c'était un outil effroyablement efficace. Senia ne put empêcher son cœur de cogner douloureusement dans sa poitrine.

— Lorsque j'utiliserai ceci, nous deviendrons très proches. Comme deux meilleurs amis...

Enfin, il sortit un scalpel, dont la simplicité n'avait d'égal que la souffrance qu'il pouvait infliger, manipulé par la bonne personne.

— Enfin, je passerai à la lame. Simple. Efficace... Redoutable pour qui sait la manier ! À ce moment-là, tu me feras plus de confessions encore qu'à la noble que tu te plais à considérer comme ta sœur.

Senia connaissait ces trois instruments. Ensemble, ils feraient des ravages, et elle était persuadée de devenir à moitié folle au bout du deuxième. La frayeur menaça de la submerger, mais elle se contint. Peut-être prierait-elle pour qu'il l'achève, le suppliant de mettre fin à sa vie, mais elle ne craquerait pas. Elle protégerait Miodanscelle envers et contre tout, quelles que fussent les informations que le Poussière recherchait. Alors, puisant dans tout le courage dont elle était capable, ignorant ses tremblements et la sueur froide qui dévalait dans son dos, elle lui sourit avec défi.

— Je vois que tu n'es pas bien terrifiée par ce qui t'attend... Mais avant de commencer ces festivités, laisse-moi te poser une question. Pourquoi ton don n'est-il toujours pas réveillé ?

— Je ne vois pas de quoi tu parles, répondit-elle calmement sans se départir de son sourire.

Pourtant, elle bouillait à l'intérieur d'elle-même. Se serait-elle trompée sur Ackis ? Était-ce lui qui avait soudoyé cet homme pour qu'il la prenne en chasse, l'informant au passage de son don ? Toutefois, Senia garda son calme, refusant de céder à l'affolement qui contractait ses viscères. La peur était la meilleure alliée de son bourreau, elle ne devait pas y céder.

— Vraiment ? Je vais donc te raconter une petite histoire. Il était une fois, un jeune Élémentaire. Très riche, et très puissant... Seulement, il osa enfreindre la loi en défiant son ennemi juré, un autre noble, dans un duel à mort pour venger son défunt père. Sans surprise, il gagna. Mais un inspecteur un peu trop zélé découvrit la vérité. L'Élémentaire fut condamné à la pire des sentences : celle de devenir un déchu. Sais-tu ce que c'est ? Non, bien sûr... Tu n'es qu'une Poussière ! Il s'agit d'éliminer toute trace de sang-pur d'un noble. De le faire devenir Poussière... C'est ce qu'il m'est arrivé.

— Les Fet'Melek n'ont rien à voir avec ton erreur, tu ne peux t'en prendre qu'à toi-même d'avoir enfreint la loi...

L'homme se mit à rire, d'un rire fou ! Puis il vrilla son regard dans celui de Senia.

— Tu as compris ma volonté de vengeance, mais tu ne saisis pas l'essentiel. Être destitué m'a apporté quelque chose. J'ai un don. Oui, comme toi ! Seulement, si tu sens le danger, moi je peux utiliser mon aura pour supprimer tout type de magie. Je l'ai utilisé pour ne pas éveiller tes soupçons en faisant mon rapport chez ton maître, mais également pour te suivre au palais de justice. Voudrais-tu que je te rende ta capacité à sentir le danger ?

Sans lui laisser le temps de répondre à la question, l'enquêteur plissa des yeux. Aussitôt, Senia hurla. Son don lui faisait mal, terriblement mal. Elle était en danger, si extrême que ses poignets se mirent à frotter de manière compulsive contre ses liens. Des spasmes incontrôlables la parcourut. Mais ce n'était pas tout, loin de là... Ackis était menacé. Tiarrukesh et Miodanscelle étaient en péril. Et Veomian... Veomian...

D'un coup, son don se tut. Comme s'il n'y avait jamais eu de danger ! Comme si elle avait rêvé cet instant de douleur et de panique... Essoufflée, les larmes coulant abondamment sur ses joues, Senia était effondrée.

— Il est temps pour nous de passer aux choses sérieuses, ricana l'ancien noble. Faites-le entrer !

La seule porte de la cave s'ouvrit, dévoilant deux soldats, le visage caché derrière un casque, qui tenaient un homme. Ils le forcèrent à s'asseoir sur la chaise en face de Senia, et le lièrent de la même manière qu'elle. Ses cheveux châtains étaient défaits et emmêlés de nœuds sanglants. Impossible de voir ses yeux, voilés par les coquards, et son visage anguleux était méconnaissable. Jusqu'à sa peau, d'habitude si lisse et hâlée, invisible sous le sang et les blessures... Cela n'empêcha nullement Senia de le reconnaître. Son cœur se mit à galoper dans sa poitrine et l'envie de hurler la traversa. Non, impossible, ce maudit Poussière n'avait pas le droit de faire ça ! Il était innocent ! Elle n'avait fait que suivre son instinct, alors que lui était resté en retrait.

— Je sais que tu as été entraînée à la torture, petite Poussière... Mais je suis généreux ! Je te ferai partager cette incroyable expérience avec notre représentant de la Justice favori. Celui qui a découvert mon duel illicite, et qui a presque eu le culot de mettre à mal le plan que j'ai eu tant de mal à construire avec ma famille et leurs alliés ! Malgré tout ça, je lui ai offert la vie de son fils contre son silence, plutôt que de le tuer. Quelle perte cela aurait été pour le palais de justice, un homme si intelligent ! Je serais même allé jusqu'à lui redonner ses fonctions après avoir pris ma place au Conseil des Douze... Mais il faut croire que la famille compte toujours un vilain petit canard ! Tu n'en veux pas trop à ta fille adoptive, Veomian ?

- CHAPITRE 23 -

Quelques heures plus tôt...

Miodanscelle soupira. Le dîner s'était, une nouvelle fois, passé dans le silence. Senia avait gardé le visage baissé, perdue dans ses réflexions, et Tiarrukesh semblait plus préoccupé que jamais. Son père était d'ailleurs bien morne ces temps-ci. Et bien absent... Il passait la moitié de son temps à gérer son établissement avec sa fille, et l'autre à participer à des rendez-vous et des conférences en vue de gagner son siège au Conseil des Douze.

La jeune noble n'approuvait pas du tout, il se mettait en danger pour quelque chose qu'il n'appréciait pas. Qui plus est, s'il était élu pour siéger au Conseil, elle ne le verrait presque plus et devrait gérer à elle seule le salon esthétique. Elle n'irait plus en cours, ne retrouverait plus ses amis... Ne pourrait plus donner ou recevoir de leçon particulière de la part de sa chère et tendre !

Pourtant, en montant dans sa chambre, Miodanscelle ne pouvait être plus heureuse. Elle la verrait ce soir.

La poupée n'y croyait toujours pas, mais leur rapprochement était indéniable. La première rencontre avait été incroyable, mais depuis, elle se demandait si elle ne rêvait pas. Niowlella avait toujours été très impressionnante, inébranlable, jamais un sourire, avec cette aura de puissance et de force qui la fascinait. À côté d'elle, Miodanscelle se sentait protégée. Cependant, elle avait toujours ressenti une faille chez l'Élémentaire, une douceur qu'elle était apparemment la seule à voir. Ce paradoxe entre sa tendresse cachée et sa fermeté visible la rendait très attirante. Miodanscelle avait l'impression qu'elles se comprenaient vraiment, toutes deux attachées à un masque qu'elles mettaient en société.

De ce fait, quand Niowlella lui avait demandé si elle pouvait la rejoindre en pleine nuit chez les Fet'Melek, elle n'avait pas hésité une seule seconde. Elle avait organisé son escapade pour aller la chercher, puis la ramener dans sa demeure par un passage secret qui menait directement dans sa chambre. Bien sûr, elle guiderait Niowlella dans ce passage alors que cette dernière aurait les yeux bandés, pour limiter les risques.

Miodanscelle sourit à la nuit en pensant à la tête de Senia, si cette dernière apprenait cette bien dangereuse virée. Sans doute l'aurait-elle sermonnée à coups de "Comment tu peux être sûre que Niowlella n'est pas accompagnée d'un Ombre qui vous suivra de loin ? », « Qui te dit qu'elle ne te tuera pas ? », « C'est une future architecte, elle pourrait creuser son propre passage secret pour s'en sortir ». Certes ! Mais elle-même, aussi douée fût-elle, avait succombé à l'amour avec Cius. Une terrible erreur qui aurait dû leur servir de leçon.... Mais la poupée sentait que Niowlella ne lui voulait aucun mal, et elle était prête à suivre son instinct jusqu'au bout, quelles qu'en fussent les conséquences !

La noble attendit minuit, le cœur battant et l'esprit embourbé de rêves. Elle s'était vêtue pour l'occasion d'un pantalon confortable, un habit qu'elle ne revêtait pourtant jamais en dehors des entraînements à l'armée, d'une chemise blanche et d'un corset en cuir, le tout agrémenté de gants en cuir également pour ne pas lire le corps de Niowlella quand elle la guiderait dans le noir. Il ne lui manquait que la ceinture assortie de poignards pour ressembler à Senia ! Miodanscelle soupira. C'était la première fois qu'elle avait un secret pour son amie, sa sœur de cœur. Elle avait l'impression que le monde entier tentait de les séparer, entre le danger qui les guettait et cette enquête que la Poussière devait mener... Sans compter Niowlella qui, désormais, faisait partie de sa vie. Et cet Ombre, partenaire de Senia.

Plus la poupée pensait à cet Invisible, ou plutôt Ackis comme l'appelait Senia, plus elle le trouvait sympathique. Il avait de l'humour. Lorsqu'elle était revenue de sa promenade avec Niowlella, elle était montée s'occuper à nouveau de ses poumons - en présence de Senia. Il n'arrêtait pas de plaisanter sur les anecdotes qu'elle se plaisait à raconter sur son amie : la fois où Senia, en s'entraînant, s'était retrouvée coincée sous une fenêtre, ou encore lorsqu'elle avait gobé une mouche lors d'une de ses courses. Ils avaient beaucoup ri, tandis que la Poussière faisait semblant de bouder dans son coin, mais Miodanscelle n'était pas dupe. Elle connaissait par cœur Senia, si bien qu'il lui était facile de lire en elle. Sa position, ses muscles tendus ou non, l'inclinaison de sa tête ou encore ses tics, lui permettaient de savoir l'état émotionnel de son amie, même si cette dernière lui tournait le dos. La noble pouvait facilement deviner ses sentiments. Cependant, Senia ne se laissait plus si facilement approcher. Si seulement il n'y avait pas eu Cius...

Minuit sonna enfin. Aussitôt, Miodanscelle sauta de son lit, ouvrit son passage secret et se glissa à l'intérieur. Il ne lui fallut pas plus de cinq minutes à parcourir les couloirs sombres et humides, pour parvenir dans la rue. Elle était en avance de dix minutes, pourtant Niowlella l'attendait déjà. Lorsqu'elle sortit de sa cachette, l'Élémentaire lui adressa un rapide sourire avant de vriller son regard dans le sien.

— Bonsoir, je recherche une jeune Corporelle ! On m'a indiqué qu'elle traînerait dans le coin...

Miodanscelle gloussa. Entendre Niowlella plaisanter lui plaisait énormément, même si l'Élémentaire gardait un visage stoïque. C'était là un signe d'amitié que la poupée appréciait à sa juste valeur, Niowlella ne plaisantait avec personne d'autre !

— Une noble se promènerait la nuit ? Impossible, mademoiselle, vous devez faire erreur ! rit Miodanscelle.

Il n'existait pas de couvre-feu à Imwin, mais comme un accord tacite, les nobles ne sortaient jamais la nuit. Enfin, sauf pour aller se divertir chez des amis, auxquels cas ils utilisaient toujours un carrosse. Outre les gardes, personne ne se déplaçait à pied après vingt-deux heures.

Les yeux de Niowlella se plissèrent, signe d'hilarité chez elle, ce qui enchanta Miodanscelle. Même si la femme de ses rêves était avare en sourires et en rires, elle n'en restait pas moins parfaite à ses yeux. La poupée voulut tendre une main pour toucher son visage, mais s'en empêcha au dernier moment. C'était un geste totalement déplacé entre deux amies. Et pour le moment, c'est bien ce qu'elles étaient : amies. En voyant ses gants, Niowlella acquiesça, approbatrice, contente que Miodanscelle respecte son intimité. De toute manière, la Corporelle ne la toucherait jamais sans son accord.

Avec une infinie délicatesse, Miodanscelle banda les yeux de sa bien-aimée, avant de lui saisir la main pour la guider dans le passage secret. La sentir si proche d'elle, uniquement séparée par une épaisseur de cuir, la faisait frissonner de bonheur. Durant le trajet, elles discutèrent paisiblement des cours et de la vie au salon. Pourtant, toutes les pensées de Miodanscelle étaient fixées sur cette main qu'elle tenait. Ce contact la chamboulait. Elle était parcourue d'une monstrueuse envie de la toucher, peau contre peau, pour vérifier ses sentiments. Savoir si l'Élémentaire était sincère. Savoir si elle l'aimait en retour...

Miodanscelle s'abstint d'enlever un de ses gants, même si elle en mourait d'envie. Ce n'était pas une manière d'apprendre les choses, et c'était contraire à l'éthique des Corporels. Sans compter que Niowlella lui en voudrait énormément si elle devinait ce contact !

Finalement, elles arrivèrent et, une fois le passage refermé derrière elles, Miodanscelle fit asseoir Niowlella sur son lit, puis lui enleva son bandeau, découvrant ses yeux d'un gris acier vif.

— Je crois que je n'ai jamais vu autant de tapis et de coussins de toute ma vie ! déclara simplement Niowlella en se levant.

Elle fit le tour de la chambre de son pas militaire. Miodanscelle rougit en pensant au jugement que son amie devait émettre : même rangée, avec ces innombrables babioles, la chambre semblait en désordre.

— Il faut croire que j'ai une passion pour tout ce qui est moelleux... finit par lâcher la poupée, pour briser le silence.

Les yeux de Niowlella se plissèrent une nouvelle fois, puis elle s'assit sur un tas de coussins, face à la Corporelle. Le silence tant redouté par Miodanscelle s'installa. La noble n'aimait pas ça, mais elle n'avait aucune idée de la raison pour laquelle l'Élémentaire lui avait demandé de venir. Et Niowlella, pourtant inflexible, laissait glisser son regard dans la pièce plutôt que de la regarder. C'était incompréhensible !

Finalement, la poupée se leva et s'assit près de son

amie.

— Niowlella, pourquoi as-tu voulu venir ici ?

Le regard acier arrêta un instant ses va-et-vient dans la chambre pour venir se fixer dans celui, bleu ciel, de Miodanscelle.

— Je voulais en savoir plus sur toi, sur ta vie... J'avais envie de passer du temps avec toi, en dehors du regard de ton père et ses gardes.

Niowlella s'avança alors, féline, encore un peu plus près de Miodanscelle, si bien que cette dernière pu sentir son souffle sur sa peau. Des frissons la parcoururent, mêlant espoir d'être embrassée et effroi d'être repoussée. La main de l'Élémentaire brisa finalement les derniers centimètres qui les séparaient, pour venir replacer une mèche argentée derrière l'oreille de la poupée. Miodanscelle, tétanisée devant ce geste si gracile, si intime, fixait Niowlella qui examinait avec fascination la mèche.

— Pourquoi ? demanda alors Mio', la voix tremblante. Les Élémentaires et les Corporels sont censés se détester...

— Te détester ?

Un sourire fugace accompagna le plissement de ses paupières, indiquant une nouvelle fois un rire, mais son regard acier redevint vite sérieux.

— Miodanscelle, tu es si... Vivante, pétillante, lumineuse lorsque le reste du monde est terne et sordide... Je n'ai jamais autant ri qu'avec toi, je n'ai d'ailleurs jamais été aussi proche de quelqu'un. J'aurais aimé avoir eu la force de t'approcher plus tôt !

— Approcher la folle qui clame devant tout le monde dans la cour qu'elle n'a pas peur d'un Ombre ? Drôle d'idée !

— Tu exprimes tes convictions haut et fort, et ne te

laisse pas impressionner par une personne qui effrayait pourtant la moitié des nobles présents. C'est une des qualités que j'admire chez toi !

Chaque mot alla droit au cœur de Miodanscelle. Seulement, était-ce de l'amour ? Ou juste une belle amitié ? Risquait-elle de tout briser en lui avouant ses sentiments ? Si Niowlella ne l'aimait pas, pas comme ça tout du moins, elle s'éloignerait, et il lui était inconcevable de vivre sans elle.

L'Élémentaire, devant ce silence, pâlit légèrement et se mit en retrait. Sourcils froncés, lèvres pincées, Niowlella se refermait sur elle-même et Miodanscelle ne savait comment réagir.

— Désolée, je t'ai sans doute fait peur avec mes propos... chuchota finalement Niowlella, avec dépit.

— Non, non, pas du tout ! s'écria Miodanscelle. C'est juste... Personne ne m'a jamais dit ça, et je... Je ressens la même chose pour toi Niowlella. Je suis très attachée à toi aussi.

— Attachée... Certes... Bêtement, j'avais cru... Laisse tomber ! Bon, j'aimerais rentrer chez moi... Veux-tu bien me ramener dehors, s'il te plaît ?

À ces mots, Miodanscelle pâlit brusquement et se remit à trembler. La situation lui échappait totalement.

— Niowlella, je ne comprends pas !

— Ce n'est pas grave, c'est moi qui me suis trompée.

L'Élémentaire ramassa le bandeau qui avait glissé sur le sol et commença à tenter de le mettre. Ses gestes étaient saccadés, son souffle court, comme si elle sortait d'un entraînement. Comme elle n'arrivait pas à le nouer, elle jeta finalement le bandeau par terre d'un geste rageur et s'éloigna de Miodanscelle, pour s'asseoir sur son lit. La Corporelle sentit son cœur se briser. Elle avait manqué quelque chose, fait une erreur, mais où ? Oui, elle était attachée. Même plus que ça, mais elle ne pouvait pas faire le premier pas. Ironiquement, elle avait plus peur d'avouer ses sentiments que d'être en danger de mort.

Pourtant, elle se fit violence, rejoignit Niowlella et posa sa tête sur son épaule. Le chemisier de celle qu'elle aimait faisait barrage à son pouvoir, ainsi que sa propre chevelure. Aussitôt, l'Élémentaire se tendit.

— Que fais-tu ? demanda-t-elle d'une voix tranchante.

— Je t'ai fait du mal, et j'en suis désolée. Je ne savais pas quoi dire. Je... Je ne sais pas si nous ressentons la même chose l'une pour l'autre, et je préfère ne pas le savoir plutôt que de te perdre.

Niowlella bondit sur ses pieds, l'air soudain furieux.

— Tu es donc une lâche ! Tu sais, je peux endurer le fait que tu ne m'apprécies que comme une amie, mais tu dois me le dire !

Miodanscelle déglutit, puis se reprit. Il n'y avait aucun retour en arrière possible. Il fallait clarifier la situation.

— M'aimes-tu ?

Elle avait si peur d'avoir mal compris, que son espoir ne mourût avant même d'avoir éclos...

— Bien sûr que je t'aime, idiote de Corporelle ! s'insurgea Niowlella. Si tu te moques de mes sentiments, ou que tu le répètes, je jure sur Selini que...

Les lèvres de Miodanscelle lui coupèrent la parole aussi bien que le souffle. Ce simple contact aurait permis à la noble de lire en Niowlella, pourtant elle n'en fit rien. Lorsque l'Élémentaire lui rendit son baiser, elle se sentit si heureuse que plus rien n'importait...

** ** **

Lorsque les trois heures du matin sonnèrent, Miodanscelle et Niowlella étaient allongées, occupées à s'embrasser et à se murmurer de doux secrets, au comble du bonheur. Si focalisées sur cette nouvelle intimité qu'elles faillirent ne pas entendre le bruit typique d'une épée chutant sur du marbre... Le silence s'installa soudain dans la chambre et l'atmosphère devint aussi lourde que du plomb. Le plus discrètement possible, elles se levèrent et s'approchèrent de la porte, l'oreille tendue. De nouveau, des bruits métalliques, mais également de chutes se firent entendre. Quelques cris étranglés résonnèrent... La peur s'immisça dans les corps des deux jeunes femmes : une bataille avait lieu dans la demeure ! Soudain, la porte s'ouvrit, manquant de les assommer, et se referma. L'Ombre était entré, sa main pressant son bandage. Il jeta un coup d'œil étonné à Niowlella, avant de détourner son attention sur Miodanscelle.

— Nous sommes attaqués ! Il faut se cacher, vite !

— Mais... Pa'... ?

— Pas le temps, Miodanscelle ! chuchota furieusement l'Ombre.

Elle hocha la tête et désigna son passage secret. Ackis secoua négativement la tête.

— Non, j'ai vu un Invisible avec eux ! Il connaîtra son existence.

Il désigna la fenêtre, tandis que des combats acharnés se poursuivaient plus bas dans la demeure.

— Le toit ! Ils n'iront pas regarder là-haut.

— Nous allons tomber ! s'exclama soudain Niowlella. Et je ne suis pas une lâche qui s'enfuit devant le danger...

— De un, si nous restons là, ils nous tueront ! À

trois, nous n'avons aucune chance, d'autant plus que je suis blessé et que nous ne sommes pas armés... De deux, le toit reste notre meilleure chance de survie, le risque en vaut la peine !

Il se dirigea vers le passage secret et l'entrouvrit légèrement pour donner une fausse piste aux attaquants, laissant une Niowlella bouillante de rage. Pourtant, cette dernière ne tenta pas de le convaincre de rester pour se battre.

Ackis passa le premier par la fenêtre. S'agrippant à quelques prises et prenant comme appui le rebord de la fenêtre, il se hissa facilement jusqu'au toit. Il aida ensuite rapidement les deux nobles à grimper jusqu'à lui, leur désignant des prises simples. Miodanscelle était à peine arrivée qu'ils entendirent, plus bas, la porte de sa chambre être fracassée.

Les trois Sang-Pur retinrent leur respiration. Ils virent apparaître une tête se pencher par la fenêtre, mais cette dernière ne jeta un coup d'œil qu'en contrebas avant de disparaître.

— Elle a fui ! Le passage secret est ouvert, envoyez immédiatement des hommes aux différentes sorties ! Elle ne s'échappera pas cette fois-ci...

— La Poussière n'est pas dans sa chambre, Ider !

— Elle doit se trouver avec sa noble. Dégageons d'ici avant que la garde rapplique !

Ackis changea de position sur le toit, lorsque les bruits de pas se furent éloignés. Peu à peu, le silence s'installa. Pourtant, il fallut attendre quelques instants pour voir des hommes quitter la demeure et s'enfuir dans la nuit. Miodanscelle était tétanisée, tremblante de peur. Niowlella la tenait fermement contre elle, le visage fermé, pour éviter que son amie ne bascule.

— Ils sont partis ! Nous pouvons rentrer à

nouveau, déclara Ackis.

— Où est Senia ?! s'exclama Miodanscelle, terrorisée.

— En mission. Mais elle devrait déjà être revenue...

— Et Pa'... ?

L'Ombre lui lança un regard plein de compassion. Miodanscelle ne put s'empêcher de lâcher un sanglot étranglé...

— Espérons qu'il ait réussi à fuir !

Sur ces mots, ils descendirent tous trois et réintégrèrent la chambre de la noble. Niowlella tenait toujours Miodanscelle dans ses bras, pour tenter de la réconforter, mais cette dernière ne pensait plus qu'à une chose : son père. Elles suivirent Ackis, qui se chargea de vérifier qu'il n'y avait plus de danger. Les couloirs étaient jonchés des cadavres de la milice des Fet'Melek, et leur sang éparpillé sur le marbre le rendait glissant. Miodanscelle se remit à sangloter doucement. Elle connaissait bien ces hommes et femmes qui la protégeaient, elle avait beaucoup de respect pour eux.

Mais rien ne l'avait préparée à ce qui se trouvait dans le bureau de Tiarrukesh.

— Pa' ! hurla-t-elle, hystérique.

Le noble semblait presque paisible, assis sur sa chaise, les yeux fermés comme s'il faisait une simple sieste. C'était sans compter l'immonde plaie qui lui déchirait le cou, laissant encore s'échapper un peu de sang.

— Non... Non... Pa', tu ne peux pas ! Tu n'as pas le droit ! Tu m'avais promis ! hoqueta Miodanscelle.

Elle toucha le sol écarlate et porta une main au bras de son père. Aussitôt, le sang s'éleva dans l'air et réintégra le corps du noble.

— Tu n'as pas le droit de m'abandonner ! chuchota

la poupée, presque tendrement. Regarde, je te redonne ton sang, tu vas aller mieux, comme Ackis ! Je l'ai guéri, tu sais ? Pourtant il était mal en point...

Niowlella s'approcha doucement de son amie, qui continuait son monologue sans queue ni tête. Le pouls de Tiarrukesh était inexistant, il était déjà mort. Alors, elle s'accroupit et prit Miodanscelle dans ses bras.

— Laisse-moi le sauver, je peux le faire, je peux le faire ! chuchota la poupée.

— Il est déjà mort, Mio' ! Je suis désolée...

— Non, non, je le peux... Je le peux !

— Son cœur ne bat plus, tu le sens, n'est-ce pas ?

— Non… Non ! Pourquoi ont-ils fait ça... ?

— Je ne sais pas, Mio'. Je ne sais pas.

Les sanglots de Miodanscelle redoublèrent. Elle ne lui avait pas dit à quel point elle l'aimait... Ces semaines de tension les avaient éloignés, et elle regrettait profondément de ne pas avoir passé plus de temps avec lui. De ne pas avoir partagé un dernier rire, un dernier câlin. Maintenant, c'était fini ! Il était mort ! Elle ne le reverrait jamais lui sourire, l'appeler « mon ange », la rassurer...

Elle était seule.

- CHAPITRE 24 -

Ackis ne tenait plus en place. Il passa rageusement sa main dans ses cheveux corbeau, en pestant intérieurement. Il avait conscience que son attitude pouvait s'apparenter à un manque cruel d'empathie, cependant il ne connaissait pas l'homme égorgé au sol et, mort pour mort, il devenait donc la dernière de ses préoccupations. Senia manquait toujours à l'appel, ce qui l'inquiétait bien plus. Elle aurait dû être rentrée depuis une bonne heure, ce qui n'augurait rien de bon.

Il aurait dû insister plus lourdement sur la dangerosité de la mission qu'elle s'était attribuée. Mieux, il aurait dû taire ses trouvailles. Elle n'aurait alors couru aucun risque...

Mais ce qui était fait n'était plus à faire. Il fallait désormais réparer ses erreurs, bouger de cette maison ensanglantée. La retrouver. Il ouvrit la bouche, dans l'espoir de convaincre les deux nobles de le suivre pour l'aider – après tout, seul et blessé, il n'irait pas bien loin – mais fut interrompu net par des pas et des voix se rapprochant dangereusement de la demeure. Son oreille était assez affûtée pour reconnaître le bruit d'armures de gardes, mais également la voix d'un enquêteur du palais de justice. Redakel Ilk'Framwolk ! Celui-là même qui était censé être mutique depuis son agression...

— Il faut vous cacher ! souffla Ackis aux deux jeunes nobles effrayées.

— Je... Je connais une cachette dans cette pièce...

renifla Miodanscelle, de longs sillons salés creusant encore ses joues.

Elle tâtonna un instant, avant d'enclencher un mécanisme au sol qui dévoila une cache assez grande pour deux personnes.

— Mettez-vous là et n'en sortez pas avant que je vous le dise, d'accord ? murmura Ackis.

— Et toi ? s'exclama Niowlella.

— Je suis un Invisible !

Sur ces paroles, il les vit disparaître sous le plancher. La cache était imperceptible pour qui ne connaissait pas son emplacement ! Une fois certain de leur sécurité, Ackis se glissa dans un couloir et y trouva ce qu'il cherchait : même avec une torche, ce recoin resterait assez sombre. Il souffla profondément puis activa son pouvoir. Aussitôt, son corps fut enveloppé par son environnement comme une couverture. Il était bel et bien Invisible !

— Toi, reste dehors au cas où d'autres viendraient... Filias, suis-moi ! déclara une voix autoritaire.

Peu après, l'Ombre vit passer devant lui deux hommes. L'un, aux cheveux gris coupés courts et au nez couvert de tatouages, lui donna des frissons. Un instant, son pouls s'emballa. Son odeur à lui, caractéristique des Ombres, serait masquée par celle que son frère de sang avait laissé suite à son crime, mais il pourrait sentir Niowlella et Miodanscelle si la cache n'était pas assez bien protégée...

— Aaaah, Tiarrukesh ! soupira le Nez en entrant dans le bureau. Je t'avais pourtant prévenu, mais tu n'as pas voulu retirer ta candidature... Je sens encore l'odeur de ta fille, elle n'a pas dû aller très loin...

— Que dois-je faire ? s'enquit une seconde voix, calme et grave.

— Monte à l'étage, va dans la chambre de la fille et fouille son passage secret. Une chance que ce maudit Ombre nous ait donné les plans !

— Je la trouve, je la tue ! Je laisse des traces ?

— Bien sûr, idiot, je ne t'ai pas engagé pour tricoter ! Tiens, voilà quelques mèches de cheveux de Poussière, ça suffira pour accuser sa garde du corps stupide. Il y a déjà plusieurs indices qui mènent à elle, et tout le monde croira qu'elle a tué ses employeurs pour une sombre affaire de jalousie. L'enquête sera très vite clôturée !

— Mais... Et si elle est avec sa noble ?

— Je sais où elle se trouve, et ce n'est pas aux côtés de Miodanscelle ! Ne t'en fais pas pour ça !

Lorsque l'assassin partit, Ackis pu entendre Redakel renifler et déplacer des affaires dans le bureau. Une folle envie de le tuer le fit frissonner... Il savait où était Senia, et Ackis ne doutait pas qu'elle était retenue quelque part contre son gré. Pourtant, il n'en fit rien. Il était affaibli, un assassin traînait dans les parages ainsi qu'un garde, et rien n'indiquait qu'il n'y en avait pas d'autres. Il n'eut de toute manière pas le temps d'y réfléchir plus, puisque Redakel sortit de la demeure et ordonna au garde restant de le suivre.

Une fois sûr que les hommes étaient partis, et qu'ils n'avaient aucun autre complice, Ackis se dirigea vers le bureau et fit sortir les deux jeunes femmes de leur cachette. Miodanscelle avait cessé de sangloter pour arborer un air sombre et vengeur.

— Retrouvons Senia ! Et allons tuer ces salauds ! Ackis, où est-elle allée ?

— Elle a voulu entreprendre une entrée au palais de justice, mais... Je te l'ai dit, elle devrait déjà être rentrée.

Miodanscelle recouvrit ses épaules d'une grande cape noire qui la dissimulait dans la nuit. Elle tendit celle de son père à Niowlella, sans un mot, puis sortit dans la rue, suivie des deux Sang-Pur.

Aller jusqu'au palais de justice s'avéra être un jeu d'enfant grâce à Ackis. Il connaissait à la perfection les rondes des gardes, les ruelles oubliées et les recoins cachés. Une fois sur place, il les guida vers la vieille trappe qu'avait empruntée Senia quelques heures plus tôt. D'un geste, il leur demanda de l'attendre. Il se glissa avec douceur dans les entrailles du bâtiment, pour s'y extirper quelques secondes plus tard.

— Il y a trois traces de pas. Deux allant vers le palais, dont celle de Senia, et une se dirigeant vers cette sortie, plus profonde. Quelqu'un l'a suivie, puis l'a portée vers la sortie.

— On l'a tuée ?! s'horrifia Miodanscelle.

— Non, il ou elle n'aurait pas pris la peine de la sortir du palais si ça avait été le cas. Je n'en sais pas plus : le passage est en terre là-dessous, ce qui aide à déchiffrer des traces, mais nos rues...

— Sont pavées... acheva la noble, les mains tremblantes.

Un long silence suivit cette déclaration. Ackis réfléchissait aux potentiels suspects et à l'endroit où ils auraient pu amener Senia, mais ils étaient si nombreux, ouvraient tant de possibilités... Il était perdu, pour la première fois ! Et sa peur de voir disparaître la Poussière était si intense qu'elle l'empêchait de réfléchir correctement.

Miodanscelle, elle, s'était assise sur le sol, les bras repliés sur ses genoux et la tête baissée, en proie à une véritable crise de panique. Tout son corps était parcouru de frissons et, parfois, elle laissait échapper un gémissement qu'elle étouffait à peine. Mais ce fut Niowlella qui attira l'attention de l'Ombre, lorsqu'il jeta un regard désespéré autour de lui. Elle était restée silencieuse tout au long du trajet. Désormais accroupie, ses deux mains posées à plat sur le sol, il nota un détail loufoque : elle était déchaussée. Au bout d'un moment qui parut interminable, elle se releva doucement, grimaçant légèrement.

— Je pense pouvoir la trouver... déclara-t-elle doucement.

Aussitôt, la Corporelle se dressa, un nouvel espoir brillant dans son regard triste et terne.

— Comment peux-tu le savoir ?

— C'est un peu compliqué, mais lorsque nous marchons, nos pas résonnent dans les pierres pendant un certain temps. Normalement, on ne peut pas lire ce genre de signaux car trop de gens marchent dans les rues, mais en pleine nuit, une fois les échos des pas des gardes écartés, je peux en percevoir un assez profond pour être celui de la personne que nous recherchons.

Miodanscelle sauta littéralement dans les bras de son amante et l'embrassa à pleine bouche, sans se soucier du regard étonné de Ackis. Loin de les juger, ce dernier était surtout surpris d'une telle profusion de sentiments dans un moment si tendu ! Il passa une nouvelle fois sa main dans ses cheveux, redoutant de laisser l'espoir l'envahir. Senia aurait dû revenir depuis longtemps, la retrouver vivante tiendrait du vrai miracle... Il ne pouvait se laisser briser par sa mort, il fallait qu'il s'y prépare.

— Tu es la meilleure, Niowlella ! Allons la sauver !

L'Élémentaire hocha la tête, un sourire illuminant fugacement son visage, et se mit en route, lentement. Lire le sol à l'aide de sa peau nue contre les pavés, ainsi qu'éviter les gardes, les faisaient avancer prudemment. Il leur fallut une heure pour qu'enfin, Niowlella s'arrête devant une bâtisse délabrée du quartier inférieur, les sourcils froncés. Une heure de torture pour Ackis, qui ne cessait de compter les minutes réduisant les chances de retrouver Senia vivante !

— Elle est juste en dessous de nous. Je sens... sept humains. Deux se trouvent dans la cave, le reste plus bas encore.

— Je prends le relais ! souffla Ackis.

Il se glissa dans le bâtiment, son pouvoir activé. Il lui fallut une minute pour trouver les deux sentinelles postées dans la cave, protégeant une entrée souterraine. Et à peine deux secondes pour les éliminer sans bruit ! Ce faisant, il sentit ses muscles abdominaux le tirer et une désagréable douleur l'élancer dans son torse. Si la peau était cicatrisée, Miodanscelle l'avait prévenu que n'importe quel mouvement pouvait mettre à mal la plaie située sur ses poumons.

Jouant la carte de la prudence, il remonta voir les deux nobles. Miodanscelle le fustigea, concentrant une nouvelle fois son pouvoir pour tenter de ressouder ce qu'il avait déchiré, tandis que Niowlella semblait réfléchir.

— Il reste cinq personnes. Je peux sentir avec précision deux personnes devant une porte, et les trois restantes de l'autre côté. Impossible de lire les paroles qui sont échangées, leurs échos sont trop faibles pour résonner correctement dans la pierre. Je ne sais pas ce qui nous attend là-dessous.

— Vous pouvez prendre les armes de ceux que je viens d'éliminer, proposa Ackis. Mais normalement, je devrais être en mesure d'éliminer ceux qui restent.

L'Ombre retourna dans les profondeurs de la bâtisse, suivi des deux nobles. Il activa une nouvelle fois son pouvoir et descendit, silencieusement, les escaliers derrière les deux cadavres qu'il avait laissés. Il arriva rapidement au bout, des torches dévoilant un couloir menant à une porte en bois, une nouvelle fois gardée. Pourtant, cette fois-ci, rien ne se passa comme prévu.

— Eh toi, pas un geste ! déclara le premier soldat, les yeux rivés vers Ackis.

L'Ombre, ne comprenant pas, se retourna pour voir si on le suivait. Ce n'était pas le cas... Il mit une main devant ses yeux, ahuri de voir que son pouvoir s'était dissipé.

Les gardes s'avançaient vers lui, le regard mauvais, l'épée tirée. Il n'avait pas le choix, il allait falloir les combattre et ce, sans l'avantage d'être Invisible. Sans même celui d'être en bonne santé !

Réflexe acquis par de nombreuses années de pratique, il tira un poignard caché dans sa manche et le lança avec précision en plein cœur du premier soldat. Ce dernier s'écroula dans un ultime gargouillement. Dans son élan, Ackis dégagea une nouvelle lame pour arrêter l'épée du deuxième garde, cherchant visiblement à tâter son buste. Le choc des deux armes se répercuta dans tout son corps, lui infligeant une douleur atroce au niveau des côtes. Lorsqu'il para une deuxième attaque, il cracha en même temps du sang. Définitivement, Miodanscelle ne deviendrait jamais médecin.

Il trouva cependant la force d'esquiver une dernière attaque, se jetant au bas de l'escalier. La douleur se fit plus intense, le paralysant un centième de seconde. Assez pour qu'un homme rompu au combat puisse l'achever...

La terre sembla trembler un instant, et lorsque Ackis releva les yeux vers son assaillant, ce dernier était transpercé de part en part par des pics rocheux. Derrière, Niowlella lui sourit doucement, le teint pâle, et s'écroula dans les bras d'une Miodanscelle impuissante. Sa peau pailletée était couverte de sueur. Les Élémentaires étaient puissants, mais leur pouvoir requérait beaucoup d'énergie. Certains avaient même été consumés par la force destructrice qui était la leur !

— Il en reste trois ! souffla l'Élémentaire, en reprenant un semblant de couleur.

L'Ombre hocha la tête et, malgré la douleur, s'avança vers la porte close. Un goût métallique envahissait sa bouche, et sa respiration était sifflante. Mais il n'y avait pas de temps à perdre ! Les dernières personnes pouvaient avoir entendu le bruit des combats et finir leur sale besogne... Il ne se permettrait pas d'échouer, alors que Senia était tout près.

Un poignard en main, son pouvoir toujours inactivé, il ouvrit la porte.

- CHAPITRE 25 -

Le monde se résumait à la douleur. Feu dans ses veines, tiraillements dans chacun de ses muscles, lames perçant ses doigts et le dos de ses mains... Mais ce n'était rien. Rien comparé à la nouvelle vague que lui fit subir Ubsinnash, l'enquêteur anciennement noble !

Senia ne put s'empêcher de gémir lorsque son don s'éveilla une nouvelle fois. Sa boîte crânienne semblait sur le point d'imploser, tandis que ses entrailles se déchiraient. Avec l'once de force qu'il lui restait, la jeune femme tourna la tête sur le côté, de quoi vomir le peu de bile que gardait son estomac contracté. Miodanscelle, Ackis et bien entendu Veomian étaient encore en danger mortel. Elle aussi, mais elle n'en avait que faire ! Cependant, une partie de son esprit nota qu'elle ne sentait plus planer de menace sur Tiarrukesh depuis un moment. Elle ne s'attarda pas dessus, craignant ce que cela signifiait...

— Tu es plus résistante que je ne l'avais imaginé ! commença Ubsinnash. Mais je te sens à bout. Tu ne tiendras plus longtemps... Que dirais-tu que je repasse à notre ami Veomian ?

La Poussière laissa échapper un sanglot. Des larmes salées perlèrent et vinrent brûler les multiples plaies sur son visage, tandis que son don ne cessait de lui hurler que rien n'allait.

— Non... Pitié, non... souffla-t-elle dans un murmure.

Ubsinnash se planta devant elle, un sourire

chaleureux sur son odieux visage. Croulant sous la souffrance, Senia releva pourtant ses yeux pour les fixer dans ceux, détestables, de l'ancien noble. Elle aurait voulu être forte, lui envoyer le genre de regard de défi qu'elle avait réussi à conserver pendant quelques heures, et pourquoi pas lui cracher une glaire sanglante au visage... Mais sa bouche pâteuse ne pouvait désormais plus qu'émettre des sons indistincts, et ses yeux étaient trop enflés et douloureux pour qu'elle puisse les garder totalement ouverts !

— Je le laisserai tranquille si tu me dis qui t'a aidée, ce que tu sais, ce que tu as révélé et à qui, déclara-t-il d'une voix doucereuse.

Senia détourna le regard pour observer Veomian derrière Ubsinnash. Il était en meilleur état qu'elle, mais son visage abîmé suintait de sang. Ses mains, quant à elles, étaient méconnaissables, entre mélange de phalanges aux angles inconcevables, morceaux de chairs et sang séché... Quelques plaies barraient ses bras, laissant s'écouler le liquide vital goutte par goutte. Il lui adressa pourtant un sourire - ou plutôt une grimace ! - qui se voulait rassurant. Malgré ce qu'il subissait, il l'aidait à tenir et lui offrait sa confiance.

Pourtant... Pourtant, elle n'en pouvait plus ! Son don, sa souffrance et celle de Veomian, tout cela était trop violent pour elle. Se raccrocher à un mensonge, jusqu'à y croire soi-même, lui avait expliqué Tiarrukesh... Seulement, lorsque Ubsinnash, dans un soupir frustré, se saisit de son marteau de malheur pour exploser la dernière phalange en place de Veomian, lui arrachant un cri et quelques larmes supplémentaires, sa volonté vacilla. Elle ne pouvait pas le voir souffrir, ne le supportait plus ! Pas plus que son don qui se déchaînait, toujours plus fort, ou que la douleur qui pulsait dans son corps, la mettant à l'agonie.

— Arrête ! Arrête, je vais... parler ! couina Senia, pleurant de plus belle.

Peu importaient les préceptes et conseils qu'on lui avait prodigués. Peu importaient ses rêves de devenir, un jour, Privilégiée. Enfin, peu importaient le sourire d'Ackis et ses yeux pétillants de malice lorsqu'il la taquinait. Elle allait le trahir, mais cela n'avait plus aucune importance.

Elle se devait de sauver Veomian, et ne souhaitait que la mort en retour.

Un sourire atrocement victorieux aux lèvres, Ubsinnash s'approcha de Senia, délaissant la torture qu'il avait commencée sur Veomian, et s'accroupit pour lui faire face. Il éveilla son don, faisant taire celui de Senia.

— Je t'écoute ! déclara-t-il, sa joie à peine dissimulée.

— Non, ne dis rien ! soupira Veomian.

Sous le coup de la colère, Ubsinnash se dressa d'un bond et planta sans état d'âme la lame de sa ceinture dans la main de Veomian, lui arrachant un nouveau cri et le clouant sur sa chaise. Au même instant, il arrêta d'utiliser son don, laissant ainsi Senia se noyer une nouvelle fois dans la souffrance de savoir ses amis en danger, sans pouvoir y faire quoi que ce fût.

— Parle encore et j'arrache les doigts de ta protégée !

Sans attendre la réaction de Veomian, il se détourna une nouvelle fois vers Senia.

— J'attends, Poussière !

— Je... Je n'ai...

Elle n'eut pas le temps de poursuivre. La terre se mit à trembler doucement sous ses pieds, l'espace d'une seconde, avant de s'arrêter net. Aussi, avant même qu'elle ait pu s'en étonner, l'enquêteur s'était relevé vivement et avait couru se mettre à côté de la porte, dos au mur. Là, Senia sentit immédiatement son don s'éteindre, comme une chandelle sur laquelle on aurait soufflé. Elle reprenait peu à peu ses esprits... À l'évidence, ce tremblement de terre n'était pas naturel, il venait forcément d'un Élémentaire proche. Mais pourquoi un tel noble s'amuserait-il à venir ici ?

Un cliquetis résonna, preuve qu'une clé venait d'enclencher la serrure de la porte. Cette dernière pivota doucement, dévoilant dans un premier temps un couloir sombre. Puis...

Le souffle de Senia se coupa un instant quand elle croisa le regard vert d'Ackis ! Son cœur se mit alors à tambouriner si vite dans sa poitrine qu'elle en eut mal. Il ne pouvait pas être là... Il ne devait pas être là ! Son teint translucide et le sang au coin de ses lèvres trahissaient son état : il n'était pas de taille.

Et encore moins les deux nobles qu'elle vit apparaître derrière lui ! Niowlella, frémissante, expliquait par sa présence le tremblement de terre qu'elle était désormais incapable de reproduire. Et Miodanscelle... Intelligente, mais si incompétente en matière de combat !

— Fuyez ! hurla Senia, de nouvelles larmes d'impuissance coulant sur son visage abîmé.

Ce fut sans doute son avertissement qui sauva la vie d'Ackis. Sentant le danger qu'ils couraient, il bondit sur le côté, évitant ainsi un poignard qui volait dans sa direction.

— Eh bien, voilà qui répond à ma question ! ricana Ubsinnash, en saisissant un nouveau poignard dissimulé dans sa manche.

Sans attendre son reste, il s'élança vers Ackis, ne s'attardant sur aucune des deux nobles. Niowlella prit un air concentré, puis déconcerté en comprenant que son pouvoir était inaccessible. Miodanscelle, elle, passé le choc de voir son amie et un représentant de la Justice méconnaissables, s'approchait en courant de Senia. Soudain, de l'épée qu'elle avait récupérée, elle trancha les liens qui la retenaient à sa chaise.

— Mais que t'a-t-il fait... murmura la Corporelle au bord des larmes. Mais comment a-t-il pu...

Lorsque la Poussière fut libérée, elle se leva dans l'espoir d'aider un Ackis de plus en plus en difficulté.

Non, voulut se lever...

Elle s'écroula lamentablement, incapable de tenir sur ses jambes en coton. Sans parler de la vague de souffrance qui menaça de la faire perdre connaissance ! Miodanscelle s'accroupit pour aider son amie, mais Senia la repoussa.

— Libère d'abord Veomian... souffla-t-elle.

La Corporelle hocha gravement la tête et, les joues ruisselant de larmes, alla détacher le Privilégié, avant de revenir vers Senia pour l'aider à se relever. Elle se fit rapidement prêter main forte par Niowlella, le visage inquiet et déstabilisé.

De l'autre côté de la pièce, Ackis ne savait plus où donner de la tête. Son assaillant était bien plus doué que les gardes de l'entrée et lui avait déjà infligé plusieurs blessures. Bénignes, certes, mais assez profondes pour le gêner dans ses mouvements.

Impossible de croiser le fer, il ne pourrait rivaliser avec la force du Poussière. Il fallait attendre, attendre une ouverture dans sa garde parfaite et prier pour avoir le temps de le toucher. Pour le moment, seulement esquiver, la côte douloureuse, le sang plein la bouche... Espérer ne pas se faire planter, auquel cas ce serait la mort assurée ! Et, pour un Ombre, se faire tuer par un Poussière était une humiliation qu'il refusait de subir. Même s'il était blessé !

Même s'il était mourant... Il était un Ombre, les combattants les plus crains du pays !

Une attaque audacieuse vint caresser ses côtes, laissant une nouvelle plaie sur son passage.

— Que dirait le Conseil des Douze s'il apprenait qu'un Ombre est incapable de se débarrasser d'un miséreux Poussière ? ricana Ubsinnash. Quelle honte tu serais pour ta famille !

Il feinta à droite, avant de diriger son poignard vers la cuisse d'Ackis. Ce dernier évita la blessure, au prix d'une nouvelle grimace de souffrance et d'un nouveau crachat teinté de rouge. La fatigue venant s'ajouter, il savait avec certitude qu'il n'en avait plus pour longtemps. Là, un coup d'œil lui suffit pour voir Miodanscelle et Niowlella porter Senia vers la sortie. Il faillit sourire... Elle, au moins, aurait une chance de s'en sortir vivante tant qu'il s'occupait du Poussière !

Une nouvelle énergie s'empara de lui, et il tenta un coup de pied fouetté qui fut facilement évité par son adversaire. Un ricanement répondit aussi au coup de poing qu'il voulut assener par la suite... Enfin, un coup de poignard dans son épaule arrêta définitivement le combat.

Ackis sentit l'intégralité de ses forces le quitter instantanément. C'était fini ! Il allait mourir, incapable de faire honneur à sa famille, impuissant face à la menace que courait sa complice, sachant qu'elle et ses amies mourraient par sa faute.

Il s'écroula sur le sol, le cœur en vrac et ses pensées en miettes. Le Poussière, au-dessus de lui, leva son poignard dans le but d'achever sa tâche ingrate.

C'était sans compter sur Veomian ! Le Privilégié, quoique titubant, se projeta contre son tortionnaire, les faisant tous deux tomber au sol à leur tour. Le bras droit inutile, Veomian usa de son coude gauche pour frapper

Ubsinnash au visage avec toute la force dont il était capable.

— ON NE TOUCHE PAS À MA FAMILLE ! hurla-t-il, fou de rage.

Cependant, la torture l'avait affaibli. Une fois l'hébétement passé, Ubsinnash retrouva sa vivacité et bascula Veomian sur le côté, avant de le chevaucher et d'immobiliser ses bras avec ses jambes, faisant hurler le pauvre homme de douleur. Le Privilégié tenta de donner des coups de pieds et de genoux, en vain. Dans un dernier élan de courage, il cracha au visage de son assaillant.

— Quel dommage... ! rit ce dernier, hilare. Tu aurais fait un si bon représentant de la Justice sous mon règne...

Le poignard s'enfonça avec violence dans la cage thoracique du Privilégié et déchira son cœur. Quelques spasmes le secouèrent puis, dans un ultime gargouillement, le corps de Veomian cessa de trembler à jamais.

Ubsinnash récupéra son arme dans un bruit de succion, puis revint vers Ackis. Ce dernier s'était traîné jusqu'à un mur et tentait, vainement, de se redresser pour continuer de combattre son assaillant.

— À nous deux, petit Ombre ! susurra le Poussière.

- CHAPITRE 26 -

Senia gémissait doucement. Allongée au milieu des ruines, loin de la cave, elle laissait, impuissante, les mains de Miodanscelle tenter de la guérir. La Poussière sentait tous ceux qu'elle aimait en danger, incapable de pouvoir les aider, ou même de leur parler. Le monde entier se résumait à la souffrance qui pulsait dans chacun de ses membres, et à son don qui déchirait ses entrailles. La voix de Miodanscelle, qui se voulait apaisante, lui parvenait dans un murmure inintelligible.

Soudain, une douleur fulgurante et intense traversa son corps, la faisant convulser. La jeune fille avait l'impression qu'un poignard s'était frayé un chemin entre ses côtes pour venir déchiqueter son cœur, déjà en morceaux. Pourtant, aussi rapidement qu'elle était apparue, sa torture s'acheva. Et avec elle, le sentiment que Veomian était en danger.

— Non... souffla Senia. Non, non, NON !

Des perles salées noyèrent ses prunelles orageuses, avant de cascader sur la peau déchirée de ses joues. Elle ne voulait pas le croire... Veomian ne pouvait pas mourir, il n'en avait pas le droit ! Il avait une femme et un enfant qui l'attendaient chez lui. Il l'avait, elle...

— Veomian... continua-t-elle à sangloter.

Mais son don la rappela rapidement à elle. Le péril que courrait Ackis était de plus en plus grand, et cette constatation la frappa comme un coup de poing. Elle ne pouvait pas perdre Ackis, au même titre que Miodanscelle.

Elle se sentait bien avec lui, il représentait son partenaire. Leurs rencontres nocturnes, son sauvetage, la confiance avec laquelle il avait accepté qu'elle continuât la mission... Il ne pouvait pas mourir, lui aussi !

Senia se tourna vers Miodanscelle, les yeux clos, concentrée sur sa tâche. Derrière elle, Niowlella faisait les cent pas, visiblement très nerveuse.

— Il faut sauver Ackis... prononça d'une voix désespérément faible Senia.

— Pas tant que je ne t'aurais pas guérie ! déclara avec autorité Miodanscelle.

— Il va mourir...

La Corporelle ne répondit pas et continua sa tâche. L'épiderme de la jeune femme se refermait, mais la fatigue et la douleur la happaient plus que jamais. Bandant sa volonté, elle tenta de se relever, mais la main de Miodanscelle la maintint au sol.

— J'ai dit non ! dit la noble, une pointe hystérique dans sa voix.

— Il va mourir !

— Je ne te perdrai pas, Senia ! De toute façon, tu ne lui serais d'aucune aide ! Tiens-toi tranquille !

— Il va... !

— Il ne va pas mourir, déclara alors calmement Niowlella.

De surprise, Miodanscelle lâcha un instant Senia et leva des yeux ahuris vers sa compagne.

— Niowlella, non... souffla la Corporelle. Je... Je... Non ! C'est dangereux, tu ne peux...

Un baiser de sa belle lui coupa la parole. Un baiser au goût de sel et d'au revoir.

— Je t'aime, Miodanscelle Fet'Melek ! Mais tu n'as aucune autorité sur mes actions. Si l'Ombre meurt, nous mourrons avec lui... Et je ne laisserai pas ça nous arriver !

— Niowlella, tu...

Mais l'Élémentaire se détourna et s'élança dans les escaliers sans attendre son reste, une épée en main.

— Merde ! pesta Miodanscelle.

Plusieurs élancements parcoururent le corps de Senia, qui gémit une nouvelle fois. Son amie cherchait visiblement à la rafistoler le plus vite possible, sûrement pour voler au secours de son amante. Pourtant, elle s'arrêta bien vite, la mine pétrifiée.

— Que se passe-t-il ? demanda Senia, se sentant un peu mieux mais ayant toujours le tournis.

— Je ne peux pas soigner tes doigts.

Elle désigna l'auriculaire et l'annulaire de la main gauche de Senia. Enfin... Ce qu'il en restait ! Plusieurs éclats d'os ressortaient, baignés dans un mélange de chair, de muscles et de sang.

— Soigne le reste alors !

— J'ai déjà fait tout ce que je pouvais...

Senia se redressa. Ses habits déchirés dévoilaient des cicatrices blanches et plusieurs croûtes suintantes. Aussi, il manquait à sa main droite tous ses ongles. Sans compter sa tête qui tournait toujours sous l'assaut permanent de son don, et sa main gauche encore torturée. Cependant, la jeune femme se mit debout, titubant encore légèrement. Il ne fallait pas qu'elle se laisse aller à la souffrance et à la fatigue : elle devait intervenir !

— Donne-moi ton épée ! demanda-t-elle à Miodanscelle.

Cette dernière lui tendit l'arme, avant de se lever à son tour.

— Je viens avec toi, déclara-t-elle simplement à son amie.

Ensemble, l'une titubant, l'autre le visage fermé et sévère, elles se glissèrent dans les escaliers jusqu'à la cave.

Lorsque son don se tut, Senia se sentit beaucoup mieux. Une nouvelle énergie coulait dans ses veines et, portée par l'adrénaline, ses jambes semblaient plus solides.

Lorsqu'elles entrèrent dans la cave, les deux jeunes filles se figèrent. Veomian, dont les yeux verts fixaient le plafond d'un air vide, baignait dans une flaque de sang. Sa cage thoracique avait été déchiquetée à coups de poignards. Ackis, lui, se tenait debout contre un mur ensanglanté, les yeux fermés et le corps tremblant. Il semblait plus faible et fiévreux que jamais. Enfin, Niowlella enchaînait les passes défensives, incapable de rivaliser avec la technique de son adversaire.

D'elle-même, Miodanscelle s'élança vers Ackis. Senia, elle, alla prêter main forte à l'Élémentaire, tentant de ne pas songer au corps sans vie de son père adoptif. Il fallait qu'elle les sauve ! Si elle adressait la moindre pensée à Veomian, alors sa détresse la submergerait et elle n'arriverait plus à combattre.

Malgré leur faiblesse, elles avaient l'avantage du nombre contre Ubsinnash, qui se rendit vite compte qu'il ne pouvait les surpasser. Ayant conservé toute sa force physique, Niowlella bloquait des attaques que Senia n'aurait pu esquiver ou arrêter, par manque de vitesse et de force. Cette dernière, par ses connaissances, savait où viser pour affaiblir son adversaire. Bientôt, ce fut à lui de voir les plaies s'ouvrir de toutes parts sur son corps. L'équilibre s'était inversé, transformant ses proies en prédateurs, et il sut instantanément qu'il n'avait plus aucune chance.

Avec un cri de rage, et dans un acte désespéré, il repoussa violemment Niowlella d'un coup de pied, récoltant au passage une nouvelle coupure, avant de s'élancer vers l'Ombre et la Corporelle qui tentait de bander ses blessures.

— Miodanscelle ! hurla l'Élémentaire, tandis que Senia s'élançait à la suite d'Ubsinnash.

Malgré la fulgurance, la scène était comme vécue au ralenti par Senia. L'enquêteur arrivait vers Ackis et Miodanscelle, l'épée levée. Le premier, dans un geste désespéré et empreint de fatigue, leva son poignard pour tenter de barrer la lame de son ennemi. La seconde entama un mouvement de réflexe vers la gauche, pour esquiver, en criant comme une damnée. L'arme d'Ubsinnash rencontra celle d'Ackis, mais cela ne suffit pas pour arrêter son trajet mortel. Dans un arc flamboyant, la gorge de l'Ombre s'ouvrit, béante, laissant s'échapper un flot intarissable de sang.

Une demi-seconde plus tard, l'épée de Senia décapitait Ubsinnash.

- CHAPITRE 27 -

Les yeux de Senia s'ouvrirent sur des poutres rongées par l'humidité, illuminées par la lumière du petit matin. D'un geste encore machinal, elle voulut porter sa main gauche à son visage. La vision des deux moignons qui avaient remplacés son auriculaire et son annulaire la fit alors frissonner. Cela faisait trois jours et pourtant, elle ne s'y habituait toujours pas ! Elle laissa choir mollement sa main sur son lit.

Comme tous les matins depuis trois jours, la jeune fille dut se faire violence pour se redresser sur son lit, en position assise. Elle se saisit ensuite du seau rempli d'eau posé par terre pour se rafraîchir, et ne put s'empêcher d'observer son reflet déformé par les vaguelettes. Miodanscelle n'était pas chirurgienne, encore moins médecin... Du bout du doigt, Senia caressa la cicatrice qui traversait sa lèvre et son menton, ainsi que celle, encore rouge et boursouflée, qui défigurait sa pommette droite. Ces deux-là ne s'effaceraient jamais, tout comme une bonne dizaine d'autres parcourant ses bras. Ses doigts ne reviendraient pas non plus.

Veomian était mort...

Une vague de chagrin déferla encore une fois en elle, menaçant de la submerger. Elle n'avait pas su le sauver ! Trop faible qu'elle était, elle l'avait laissé mourir à sa place... La culpabilité la rongeait, l'étouffait.

Et Ackis... ?

Quelques larmes s'écoulèrent sur ses joues quand

elle se leva et sortit de sa chambre improvisée. Un salon aussi démoli que sa chambre s'ouvrit devant elle. La pièce contenait en tout et pour tout une table et quatre chaises en bois mité, ainsi que des étagères directement taillées dans le mur. Elle trouva sur ces étagères un jambon ainsi qu'un quignon de pain, dont elle se servit pour se nourrir.

Son petit déjeuner terminé, Senia se leva et se glissa dans une nouvelle pièce, plongée dans le noir. Une autre chambre. Sur le lit, une masse sombre, qui se soulevait et s'abaissait dans un rythme régulier... Un sifflement aigu accompagnait chacun de ses souffles.

Ackis n'avait pas bougé depuis qu'elles l'avaient amené là en urgence. La Poussière leva sa main valide et vint coiffer ses cheveux avec minutie. Du bout des doigts, elle effleura ensuite la peau douce de la joue de son complice. Aucune cicatrice sur son visage hâlé ! Poursuivant sa caresse, elle s'arrêta au niveau de sa jugulaire. Là, un trait boursouflé barrait sa gorge. Il s'en était fallu de si peu pour qu'il y reste... Senia ne remercierait jamais assez Miodanscelle pour sa vitesse d'intervention ! Aussitôt Ubsinnash mort, elle s'était jetée sur Ackis pour le soigner. Malheureusement, cela ne l'avait pas empêché de plonger dans l'inconscience, pour ne plus en ressortir.

La Poussière rêvait de voir ses yeux s'ouvrir autant qu'elle le craignait. Il s'était créé un lien entre eux, du moins elle l'espérait. Mais comment réagirait-il lorsqu'il la verrait, défigurée, incapable de manier ses poignards de la main gauche ? La chasserait-il ? Le dégoûterait-elle ?

Avec un soupir, Senia se leva une nouvelle fois et entreprit de mouvoir les différents membres d'Ackis : doigts, mains, poignets, bras, chevilles, jambes et cou. Miodanscelle l'avait prévenue qu'il était possible que l'Ombre mette du temps à se réveiller, il fallait donc prendre soin de ses muscles pour ne pas qu'ils fondent comme neige au soleil. Son amie avait, bien entendu, omis de dire qu'il pouvait tout aussi bien ne jamais s'éveiller ! Mais Senia gardait espoir. Son don, désormais bien plus calme qu'auparavant, indiquait que l'Ombre ne risquait plus de mourir. Quant à savoir s'il ouvrirait les yeux, c'était une tout autre histoire...

Elle passa ensuite à sa toilette. Bien que pudique, Senia n'avait pas eu d'autre choix que de le déshabiller intégralement. Elle le nourrissait aussi et lui donnait à boire, heureuse à chaque fois de voir qu'il gardait le réflexe de déglutir. Mais, naturellement, il faisait également ses besoins... et elle nettoyait tout ça, le regard rivé sur le mur pour respecter l'intimité de son ami.

Une fois sa tâche terminée, elle se rassit et attendit. Parfois, elle se penchait à son oreille pour lui murmurer quelques secrets, partager avec lui des souvenirs, lui expliquer à quel point il devait revenir... Parfois, sa main valide se perdait dans ses cheveux. Parfois même, elle posait sa tête sur son torse pour écouter les battements de son cœur, rassurants par leur régularité.

Le soleil bascula dans le ciel, laissant place à une nuit sans lune. Au loin, une cloche sonna. Alors, quelques coups retentirent contre la porte en bois du bâtiment délabré. À contrecœur, Senia quitta Ackis pour aller ouvrir. Miodanscelle et Niowlella, cachées sous de fastueuses capes, entrèrent dans la bâtisse. Chaque soir, elles déjouaient les gardes pour venir voir la Poussière dans le bas quartier.

— Voilà quelques victuailles... déclara Miodanscelle, en lui tendant un panier d'osier rempli de nourriture.

— Merci beaucoup ! souffla la Poussière, avant de commencer à ranger le tout sur ses étagères. Quelles sont les nouvelles ?

— Pa' a été inhumé aujourd'hui.

La voix de la Corporelle avait tremblé, signe des émotions qui menaçaient de la submerger. Senia tenta de lui sourire et la prit dans ses bras, la berçant légèrement pour la réconforter. Elle eut bien envie de rejoindre son amie dans sa tristesse, mais s'en empêcha. Elle devait se montrer forte pour elle.

Miodanscelle brisa soudain son étreinte et sortit d'un repli de sa cape une gourde. La noble se saisit de trois verres et les remplit à ras-bords d'alcool de pomme, avant de s'asseoir lourdement sur une chaise, suivie de Niowlella.

— Les nouvelles sont mauvaises, commença Niowlella. Ilk'Framwolk poursuit son petit jeu, et deux nouveaux serviteurs de familles influentes sont morts. Nous sommes pour le moment sur nos gardes, mais les autres nobles ne nous croient pas.

— Mais ne vous ont-ils pas touchées ? s'étonna la Poussière. Il suffit de lire vos corps pour comprendre que vous dites la vérité !

— Trop d'émotions nous ont parcourues selon eux, et le traumatisme aurait pu entraîner des hallucinations. D'autant plus que nous ne connaissons que très peu Ilk'Framwolk, donc de là à savoir reconnaître sa voix... Bref, nos cerveaux nous auraient joué un tour, soi-disant. Ce chien a encore gagné cette bataille ! Et dire qu'il n'y a que ma famille pour nous croire et s'opposer à ses sbires et lui, en demandant un siège au Conseil...

— Il n'y a pas que vous ! intervint alors Miodanscelle, le regard rivé sur le sol.

Niowlella poussa un profond soupir, laissant le silence s'imposer quelques instants. Senia fronça les sourcils. Qu'est-ce que lui cachait son amie ?

— Miodanscelle... reprit Niowlella, hésitante. Elle veut reprendre la place de son père. Je suis contre, évidemment ! Et puis, tu es bien trop jeune pour un siège au Conseil !

— Mio' ! s'exclama Senia. Tu es folle, tu vas te faire tuer !

La Corporelle releva ses yeux océan pour les planter dans le regard orageux de son amie. Ses lèvres frémissaient et la Poussière pouvait deviner la valse de ses tatouages sur ses avant-bras.

— C'est mon choix ! Je veux leur faire payer leur erreur... Ils n'ont pas le droit de gagner, je le refuse ! Et puis, maintenant que les trois nobles qui protégeaient Pa' ont été définitivement radiés des soldats protecteurs du Conseil pour incompétence, j'ai droit à une nouvelle escorte bien plus efficace et digne de confiance. Je les ai touchés, ils sont honnêtes lorsqu'ils disent qu'ils me protégeront jusqu'à la mort, même s'ils sont dubitatifs sur la culpabilité de Ilk'Framwolk.

Senia connaissait bien la petite étincelle qui s'était allumée dans le regard de la noble. Têtue, elle le ferait et irait jusqu'au bout. La Poussière n'y pouvait rien, pas même la protéger d'elle-même désormais. Elle était hors-jeu.

— Par ailleurs, tu es toujours recherchée, poursuivit plus calmement la Corporelle. Ce salaud a réussi à prouver, par ses manigances, que tu étais l'assassin de mon père. Du coup, tu ne peux pas rester là. Ils iront bientôt fouiller dans ces quartiers pour te trouver...

— Tu as encore une chance de fuir la capitale, renchérit Niowlella. Ils n'iront pas te chercher autre part... Les demandes administratives auprès des Régisseurs des autres villes mettent des mois à être acceptées, et avec les pertes qu'a reçues le palais de justice ces dernières semaines, il est fort probable qu'ils n'iront pas aussi loin dans leurs recherches.

Senia se plongea dans ses pensées, portant l'alcool de pomme à ses lèvres. Imwin avait beau être la capitale de leur pays, les autres cités en étaient presque indépendantes. Le Conseil des Douze érigeait des lois qui étaient appliquées dans tout le pays, mais chaque cité pouvait créer les siennes, tant qu'elles n'allaient pas à l'encontre de celles du Conseil. Elles étaient dirigées d'une main de fer par leur Régisseur, un noble puissant qui incarnait la figure de l'autorité en leur sein.

Du reste, passer d'une cité à une autre n'était pas un problème pour un Poussière. Il suffisait d'inventer une histoire de nobles trop violents, ou d'assassinat de sa famille pour pouvoir être accepté dans une autre ville. Seulement... Quitter Miodanscelle dans ces conditions lui était inconcevable. Elle était encore en danger, elle le sentait... Même si son don était relativement calme, même si le risque n'était pour le moment plus aussi grand qu'auparavant, la noble était dans une situation plus que délicate.

Non, Senia ne l'abandonnerait pas. Jamais !

— Ou alors... commença une voix rauque.

Senia manqua de s'étouffer avec l'alcool qu'elle avait avalé. D'un bond, elle quitta sa chaise et se retourna. Habillé d'un unique caleçon long, l'air débraillé et les jambes flageolantes, Ackis se retenait de tomber, la main posée contre le mur. Ses yeux s'agrandirent de stupeur lorsqu'il dévisagea la Poussière. Cette dernière rougit violemment et baissa la tête, pour laisser ses cheveux bruns cacher son visage défiguré.

— Ackis ! Tu devrais retourner te reposer ! tempêta Miodanscelle qui, pourtant, souriait légèrement.

— Votre réunion est plus intéressante que ma

chambre, répliqua l'Ombre en claudiquant jusqu'à la table pour s'asseoir. Et je disais qu'il y avait une autre solution...

Niowlella leva les yeux au ciel en soupirant tandis que Senia se rasseyait, la tête toujours baissée.

— Illumine-nous, Ô grand Ombre ! ironisa l'Élémentaire.

— Miodanscelle, connais-tu la théorie sur la manière de gérer une Purification ? reprit Ackis, sans se départir ni de son calme, ni de son sourire.

Un silence pesant s'installa immédiatement dans la pièce. Senia releva la tête et observa les deux nobles bouche bée.

— Mais Ackis, voyons... déclara Miodanscelle, comme si elle parlait à un enfant. Même si Senia devient une Privilégiée, elle devra quand même quitter Imwin. Les Privilégiés ne sont pas comme les Poussières, ils sont suivis et si un nouveau arrive en ville, il doit se faire identifier. Ils vérifient d'où il vient et pourquoi...

— Qui a dit qu'elle deviendrait une Privilégiée ? s'étonna Ackis.

Miodanscelle ouvrit ses yeux étonnés encore plus grand. Elle se demandait s'il n'avait pas reçu un coup à la tête qui le faisait délirer !

— Il faudrait plusieurs sessions de Purification pour la transformer en Sang-Pur ! Et même ainsi, elle ne serait pas inscrite dans les registres en tant que noble, comment voudrais-tu qu'elle passe inaperçue ? On lui demandera son nom, sa famille, ses antécédents !

Ackis tourna la tête pour envoyer un sourire flamboyant à Senia, ainsi qu'un clin d'œil. Cette dernière, loin d'être à l'aise face à son regard, détourna les yeux et regarda ses cuisses.

— Il n'y a pas de registres chez les Ombres, conclut-il.

Epilogue

Senia tâchait de se détendre. Allongée sur son lit dans la bâtisse en ruine, elle jeta un regard empli d'appréhension à Miodanscelle. Cette dernière lui sourit alors tendrement et posa une main rassurante sur son bras. Derrière elle se tenait Niowlella, toujours aussi stoïque. Ackis, quant à lui, était allongé sur un autre lit, l'air confiant. Il n'avait pas arrêté d'essayer d'attirer son attention durant la journée, en engageant la discussion et en plaisantant. Mais Senia refusait cette attention... Elle ne la méritait pas, pas après les avoir tous mis en danger ! Elle avait déjà bien du mal à supporter l'empathie de Miodanscelle, elle ne pouvait endurer le regard d'Ackis, qui ne manquerait pas d'être dégoûté ou peiné. Elle se détestait déjà bien ainsi !

— Vous êtes prêts ? clama Miodanscelle d'une voix sereine.

L'Ombre et la Poussière hochèrent la tête. Ackis leur avait expliqué que le sang des Invisibles était très puissant. Si puissant qu'il suffisait d'une seule Purification pour transformer quelqu'un en Ombre ou en Lumière... Cette technique avait été souvent utilisée par sa famille, lors des périodes noires où il n'existait presque plus d'Invisibles. Et pour cause : personne ne voulait se marier avec eux ! Peu à peu, ils avaient trouvé des stratagèmes. Se marier avec les Invisibles des autres cités, par exemple. Mais la plus répandue était celle de se marier, ou de purifier les Privilégiés et les Poussières qui travaillaient pour eux. Des techniques restées secrètes pour ne pas affoler le Conseil des Douze ou les Régisseurs des différentes cités...

— Ainsi, il me suffira de dire que Senia a sauvé ma vie, en découvrant par la même occasion quelques-uns de nos secrets, et que j'ai décidé, vu ses talents au combat, de la purifier en Ombre, avait argumenté Ackis. Ma famille l'acceptera rapidement, il faudra juste que les autres n'apprennent pas qui elle est. Nouvelle vie, nouvelle identité ! Comme ça, nul besoin de fuite.

Miodanscelle avait aussitôt accepté, enthousiaste à l'idée d'avoir toujours son amie près d'elle. Senia avait simplement hoché la tête. Devoir subir le regard d'Ackis, ainsi que celui de sa famille, la faisait frémir d'angoisse... Elle était défigurée, handicapée d'une main. Elle ne se voyait plus d'utilité. Pourtant, elle n'avait pas eu le cœur à refuser, surtout parce que c'était la seule solution. Et que cette seule solution avait redonné le sourire à Miodanscelle ! La Poussière ne pouvait pas prendre le risque de briser le cœur de son amie, pas après ce qu'elles avaient vécu...

— Alors c'est parti ! chuchota Miodanscelle. Je vous épargne le petit discours que l'on doit normalement adresser à la Déesse Selini... Mais si vous nous écoutez, grande Déesse, accordez à Senia l'honneur d'être purifiée. Elle le mérite.

La Corporelle ferma alors les yeux, comme elle le faisait chaque fois pour se concentrer, sa main droite posée sur le bras de Senia, la gauche sur celui d'Ackis. Ses lèvres pleines frémirent et deux petites plaies jumelles apparurent, laissant s'écouler le sang. Celui de la Poussière était d'un rouge vif, tandis que celui de l'Ombre possédait des reflets charbonneux. Le sang d'Ackis s'éleva alors en une gracieuse courbe, avant de pénétrer dans la plaie de

Senia.

Dans un premier temps, la Poussière ne sentit rien. Puis soudain, son corps se mit à trembler de manière incontrôlable. Niowlella choisit ce moment pour s'allonger au-dessus de Senia, empêchant son corps de basculer du lit ou Miodanscelle de devoir arrêter son œuvre. La poupée, en transe, murmurait des mots incompréhensibles que la Poussière n'écoutait plus. Elle pouvait sentir, sans douleur, sa peau s'étirer, un autre sang que le sien parcourir ses veines, et son cœur battant à un rythme désordonné et chaotique. Parfois, sa respiration se coupait et elle perdait connaissance. Niowlella la ranimait à chaque fois avec violence.

Enfin, le flot de sang invoqué par Miodanscelle se tarit. Ackis se leva pour rejoindre les deux nobles au chevet de Senia, qui était de nouveau tombée dans l'inconscience. La peau de son visage pâle bougeait toute seule, animée d'une vie propre, tandis que ses cheveux tombaient par touffes sur le coussin et le sol.

Après plusieurs minutes, son teint prit la couleur hâlée et pailletée des Ombres, tandis que des cheveux noir de jais poussaient rapidement à la place des anciens, lui conférant une allure garçonne.

Puis, soudain, Senia cessa de respirer.

Miodanscelle poussa un petit cri de surprise, tandis que Niowlella foudroya Ackis du regard. Ce dernier, pas le moins du monde inquiet, se contenta de leur envoyer un sourire dur.

— Il suffit juste de redémarrer son cœur, Miodanscelle !

Cette dernière s'affaira rapidement, passant sa main sous son haut pour la poser sur sa poitrine. Bientôt, le souffle de l'ancienne Poussière résonna.

— Tu aurais pu me prévenir, abruti ! s'emporta la

poupée.

— Si je te l'avais dit, tu n'aurais jamais voulu le faire, alors qu'il n'y a aucun risque, argumenta l'Ombre avec un sourire.

Sourire qui disparut aussitôt sous la claque d'une Miodanscelle excédée.

— Abruti ! répéta-t-elle avant de sortir, furibonde, de la pièce.

Niowlella se contenta de lui envoyer un regard noir, avant de la suivre. Ackis, lui, demeura un instant hébété, puis s'assit au chevet de Senia.

Il pouvait enfin la regarder sans que cette dernière ne se détourne. Les deux cicatrices qui traversaient son visage lui conféraient un air féroce. Il posa sa main sur celle, allégée de deux doigts, de sa complice. Elle ne pourrait plus jamais tenir une arme aussi efficacement qu'avec une main valide, mais d'expérience il savait qu'elle pourrait facilement atteindre un bon niveau avec des poignards. Avec douceur, l'Ombre récupéra la tignasse brune de l'ancienne Poussière et la posa sur le sol. Elle portait désormais des cheveux similaires aux siens, quoique bien plus courts. Il devait admettre que ça lui allait bien ! Cela contribuait, avec ses cicatrices, à son aura de guerrière.

Alors qu'il allait attarder son regard sur le reste de son corps, habillé de sa tenue de garde du corps déchiquetée, Senia ouvrit ses yeux gris et les planta dans ceux d'Ackis. Une étrange lueur y brillait, d'abord étonnée puis, d'un coup, très angoissée. Senia se mit à trembler, paniquée, et cherchait visiblement du réconfort. Ackis lui ouvrit ses bras et elle s'y engouffra sans hésitation, lâchant quelques pleurs. L'Ombre, déstabilisé, ne comprenait pas. Jamais il n'avait vu pareille réaction à une Purification !

— Senia, shhhh... chuchota-t-il pour la calmer.

Tout va bien. Tu es une Ombre maintenant.

— Tu... Tu ne comprends pas, Ackis ! s'exclama-t-elle avec une voix hystérique.

Elle se dégagea de son étreinte, avant de baisser la tête sur ses mains. De la droite, elle ne cessait de caresser les moignons de la gauche, l'air affligé. De plus en plus perturbé, l'Ombre posa la main sur son épaule.

— Alors explique-moi, répondit-il avec une voix calme.

La jeune fille passa une main dans ses cheveux, marqua un temps d'hésitation en constatant leur longueur, puis se reprit et regarda avec application le mur qui se trouvait derrière son complice.

— Mon... Mon don a disparu. Je ne le sens plus, Ackis !

Remerciements

Tout d'abord, un immense merci à l'ensemble de ma famille proche. J'étais au départ discrète sur mes écrits, mais votre soutien et votre amour m'ont toujours portée et, si ce livre existe aujourd'hui, c'est en grande partie grâce à vous. Vous m'avez encouragée, sans jugement... Et pour ça, merci, merci, merci.

Je tiens également à remercier mes tous premiers lecteurs sur wattpad : EtheldredeFrankoys, AzilisHelori44 et MotPas. Vous ne le savez peut-être pas, et il se peut même que vous ne lisiez jamais ces lignes, mais sans vous, je ne serais jamais allée au bout de ce projet. Ce sont vos commentaires, vos impressions, vos corrections qui m'ont aidée à bâtir cette histoire et poussée à finir son premier jet.

Viennent ensuite mes bêta-lecteurs ! Capa Meo, Jennifer, Cyrielle et Aj Lanolli, merci à vous d'avoir investi du temps pour lire et corriger ce beau bébé. Grâce à vous, je peux présenter mon livre sous son meilleur jour ! Merci également à Step pour sa superbe couverture, et son incroyable patience face à mes demandes de modification. Le rendu est sublime !

Merci mille fois Jupiter Phaeton, AD Martel et Marie Monier pour l'exemple que vous m'avez donné, et pour avoir répondu à mes (nombreuses) questions et hésitations. Si le livre est publié, c'est que vous y avez grandement contribué par votre positivité et votre amitié.

Merci infiniment à Bastien. Toi qui as dû te

coltiner ma folie, mes moments d'hésitation, de peur, et qui m'a soutenue jusqu'au bout, même quand j'étais insupportable ! Je dirais bien que tu es un peu comme un phare en pleine tempête, mais on va éviter d'être trop cucul... Merci.

Enfin, merci à toi, lecteur, qui tiens dans ta main le fruit d'un an et demi d'écriture et de passion. J'espère que tu auras pu voyager, et que tu auras aimé découvrir Imwin, la Cité des Sang-Pur, ainsi que ses personnages. Sans toi, ce monde-là serait terne, et n'existerait pas. Grâce à toi, mon rêve se poursuit, et les aventures de nos héros également.

N'HESITEZ PAS A LAISSER UN COMMENTAIRE AMAZON !

Ça fait toujours plaisir et ça aide les petits auteurs à avoir plus de visibilité

POUR PLUS D'INFORMATIONS

Instagram :
https://www.instagram.com/lucille_ch_auteure/
Facebook : Lucille Chaponnay Auteure
Site Web : https://chaponnaylucille.wixsite.com/auteure

Printed in France by Amazon
Brétigny-sur-Orge, FR

12820789R00164